A Conquistadora de Estrelas

NATALIA AVILA

A Conquistadora de Estrelas

Outro Planeta

Copyright © Natalia Avila, 2025
Obra publicada mediante acordo com a Agência Magh
Copyright © Editora Planeta do Brasil, 2025
Todos os direitos reservados.

Preparação: Lígia Alves
Revisão: Thiago Bio
Projeto gráfico e diagramação: Renata Zucchini
Ilustrações de miolo: Freepik
Capa e mapa: Mika Serur

DADOS INTERNACIONAIS DE CATALOGAÇÃO NA PUBLICAÇÃO
(CIP) ANGÉLICA ILACQUA CRB-8/7057

Avila, Natalia
  A conquistadora de estrelas / Natalia Avila. – São Paulo : Planeta do Brasil, 2025.
  320 p. : il.

ISBN 978-85-422-3628-6

Ficção brasileira 2. Literatura fantástica I. Título

25-1120   CDD B869.3

Índice para catálogo sistemático:
1. Ficção brasileira

MISTO
Papel | Apoiando o manejo florestal responsável
FSC® C112738
www.fsc.org

Ao escolher este livro, você está apoiando o manejo responsável das florestas do mundo, e outras fontes controladas

2025
Todos os direitos desta edição reservados à
EDITORA PLANETA DO BRASIL LTDA.
Rua Bela Cintra, 986 – 4º andar
Consolação – 01415-002 – São Paulo – SP
www.planetadelivros.com.br
faleconosco@editoraplaneta.com.br

*Para quem não procura o amor,
mas olhando o céu
se torna o último romântico.
E para Ceci e Giu,
que cruzam as estrelas
para se amar.*

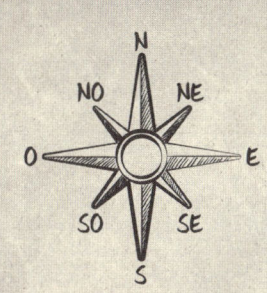

*Havia canções
de marinheiros sobre
o que aconteceria
quando o firmamento
se desprendesse
do céu e do mar,
e como isso seria
o fim de tudo.*

O EP Canções de Traberan *foi lançado a partir de partituras e anotações originais encontradas nos diários de bordo da capitã Cecília Cerulius. Você pode ouvi-lo nas principais plataformas de streaming musical ou na caixinha de música mágica, que é vendida em Nanrac em troca de um segredo.*

Prólogo

— Dediquei minha vida às estrelas como um fiel guardião, seguindo a sabedoria de nossos antepassados, assim como cada um de vocês. Não esperava que seríamos a geração que veria o firmamento sucumbir.

Os astrônomos do próspero Reino de Traberan se entreolhavam em silêncio, em volta da mesa redonda no topo da torre mais alta do palácio, reservada para os observadores dos astros e para aqueles que colecionavam fragmentos de conhecimento sobre os corpos celestes.

Era o tipo de coisa que todos acreditavam estar bem descrito nos livros, confiando cegamente na sabedoria dos antepassados e na sua capacidade de descrever o que viam; porém, perpetuar o conhecimento sempre deixa um pouco de quem conta a história. Logo, após algumas gerações os registros de Traberan eram em parte a verdade que os antepassados do reino observaram e em parte o que eles queriam que acontecesse. Em cada livro amarelado nas estantes que davam a volta no cômodo, emoldurando as janelas, o conhecimento se mesclara a teorias, ideias novas, superstições e previsões sobre o futuro.

Naturalmente, estudar o céu era um ofício belo, porém ingrato. As estrelas estavam longe demais, e, mesmo com o aprimoramento das lentes em telescópios e lunetas, elas ainda pareciam injustamente distantes. Não era como se alguém pudesse subir, dar uma espiadinha e voltar com uma história para contar, certo?*

Um deles, o mais velho de todos, acariciava a barba que pendia comprida e branca até os joelhos. Ele era o único que ainda sabia identificar símbolos e runas pertencentes aos céus – que não deveriam fazer parte do mundo material dos humanos – e não passara esse conhecimento a ninguém, com medo de que caísse nas mãos erradas.

Os murmúrios cessaram quando ele começou a falar, sua voz aparentemente frágil pela idade e seu olhar com a determinação de um jovem desafiado pela primeira vez:

— As estrelas não são mais as mesmas. Os relatos dos navegadores nos últimos duzentos anos mostram uma inconstância dos astros ao longo das estações. Novas constelações estão surgindo e desaparecendo, fazendo o mais atento de nós questionar a própria sanidade.

Nenhum deles demonstrou incômodo, mas um arrepio correu pela espinha dos homens orgulhosos. Maus presságios não eram algo de que os estudiosos falariam em voz alta, pois a intuição

---

* Se respondeu que sim, talvez – apenas talvez – não esteja no livro certo.

não era empírica ou mensurável, não importava o que sentissem, mesmo que a verdade e o perigo gritassem em seus velhos ossos. Nenhum dos astrônomos se apoiaria em algo tão frágil para formular um argumento. Pura tolice.

Um deles, o segundo em comando, ousou fazer uma pergunta. Deveria herdar a liderança dos demais, e era esperado que tomasse a iniciativa em casos assim, mesmo sabendo que o ancião jamais falava além do que tinha determinado.

— Compartilhe conosco suas aflições, Mestre Darios.

— A cartografia dos nascimentos, da localização de tesouros, da previsão de cometas e de maus presságios está... imprecisa. — Ele engoliu em seco. — *Incorreta*.

— Tenho certeza de que podemos ajustar nossos cálculos para considerar os novos corpos celestes, mestre — outro respondeu, abaixando a cabeça com medo de ter sido ousado demais ao falar fora da sua vez.

Um a um, seguiram o debate levantando possíveis razões para as estrelas que surgiam sem aviso e desapareciam sem deixar um rastro observável. Reviraram alguns dos livros buscando entender as evidências, a preocupação crescente tomando conta dos astrônomos um a um. Nenhum deles mencionou, mas havia lendas que preparavam as mentes infantis para momentos assim, histórias feitas para assustar os jovens inocentes, ao avesso dos contos de fadas utópicos.

Naturalmente, o tipo de coisa que se ignorava e que tornava mais experiente, mais sábio e mais besta. Era mais um clássico caso de homens velhos tentando compreender os mistérios do universo, como se fosse uma questão simples a ser resolvida com anotações e madrugadas em claro.

— Receio que os cálculos não sejam o problema. — Mestre Darios contraiu os lábios. — Minha teoria é a de que o que observamos está... *vivo*. De um jeito que ainda não podemos entender. Que talvez nenhum homem jamais entenda.

— E o que devemos fazer, mestre?

— Continuem fazendo seu trabalho com afinco, estimados colegas, e que nenhuma palavra que eu disse aqui saia do sigilo sagrado da nossa ordem. Sei que não tenho muito mais tempo com vocês, mas o reino precisa de nós, nem que seja pela força da tradição. E que os Deuses tenham piedade quando céu e terra se partirem.

Os demais assentiram. Mestre Darios estava certo sobre uma coisa: nenhum homem entenderia os acontecimentos duvidosos e incertos que ocorrem nos céus.

Mas esta é a história de uma garota.

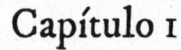

Capítulo 1

O mal-entendido que precede um plano idiota

— Devo ressaltar, Hector, que preciso de sua absoluta discrição quanto ao que estou prestes a revelar. Quero contar nos dedos de uma mão quem está a par do ocorrido, e ainda assim sou um tolo por arriscar tanto. — A voz grave parecia inquieta.

Cecília se encolheu ainda mais dentro do gabinete de livros de seu pai, e abriu um pequeno sorriso ao falar sem som: *Juro que só vou contar para quem eu confio, caro estranho.*

A garota amava descobrir o que os outros tentavam esconder. Aquele lugar tinha começado sendo seu refúgio, um ponto seguro para desaparecer por algumas horas e se entregar à paz da escuridão. Era estranho para as outras crianças, mas ela amava brincar de tentar enxergar o que havia além do breu, como se algo fantástico se escondesse ali, aguardando. Uma parte dela ainda procurava por essa coisa que não tinha nome nem forma – como são todos os sonhos desconhecidos.

Porém, ela não era mais tão criança, e agora, aos dezessete anos, mal podia respirar sem ousar esbarrar na porta e ativar as dobradiças velhas e fofoqueiras, prontas para denunciar sua presença intrusa. Havia começado a espionar as reuniões confidenciais aos doze anos, logo que a casa ficara vazia demais. Foi quando seu irmão partiu subitamente, prometendo algo sem sentido sobre uma *vingança*.

Cecília conhecia o sentido da palavra, mas, no dia em que um garoto jogou seu livro de sonetos no chão só porque ela preferia ler a assistir uma corrida de cavalos, foi que experimentara a sensação. Ainda assim, não sabia como esse sentimento poderia mover alguém a atravessar fronteiras.

Isso porque Cecília Maria Angélica Cerulius era feita de muitas coisas: ideias mirabolantes, palavras emprestadas de poemas, uma dose injusta de sorte e muita... muita teimosia.

Na verdade, noventa por cento da garota era pura teimosia. Tanto que até mesmo o firmamento sempre fazia sua vontade só para não ter o trabalho da discussão.

Mas ela também era a filha caçula do Marquês Hector Cerulius, responsável pelas frotas do Reino de Traberan, o que significava que era muito privilegiada. A menina havia tido tantos tutores quanto poderia para lhe ensinarem: piano, pianola, idiomas estrangeiros, história antiga, história atual, história especulativa, literatura, filosofia, economia, alquimia e até mesmo confeitaria. Cecília era dedicada em cada um de seus desafios, tendo uma sede por conhecimento que rivalizava com a ambição dos mais ricos do mundo. Só havia desistido de vez de fazer merengue decente, pois às vezes desandava e aguava de maneira inexplicável.

E, sendo uma jovem da nobreza, era natural que visitasse frequentemente o palácio e fizesse amizade com outras damas distintas. Porém, fora justamente entre as mais influentes personalidades do Reino de Traberan que ela havia aprendido coisas que seus tutores seriam incapazes de conceber – especialmente porque eram inapropriadas para donzelas na flor da idade.

Aprendera, por exemplo, que você jamais deve confiar em uma informação a menos que outras duas pessoas também a confirmem em segredo absoluto. Aprendera a jogar cartas e fora ensinada que você não precisa de sorte para ganhar se memorizar as jogadas dos oponentes. Aprendera que não conseguia ganhar nos dados porque a mesma estratégia não se aplicava – e é claro que fora esse jogo que despertara sua atenção.

Ela queria a imprevisibilidade, uma vez que sua vida era, por mais que ela relutasse... *chata*. Vivia com uma sede que poderia fazê-la beber o mundo, mas de novo e de novo se encontrava naquele mesmo armário onde mal cabia, à espera de algo fenomenal acontecer. A escuridão, porém, nunca a olhava de volta.

Afinal, pertencer à nobreza é nascer tendo feito um pacto não intencional com uma série de regras sem sentido, e a mansão dos Cerulius, onde crescera, havia ficado grande demais sem seus irmãos mais velhos, Jim e Leo. Dois idiotas, francamente – se bem que todo caçula tem certeza de que os irmãos mais velhos são, ao mesmo tempo, seus heróis pessoais e as pessoas mais imbecis que existem.

No caso dos irmãos de Cecília, um havia passado os últimos cinco anos sendo feliz e viajando o mundo com a esposa, voltando para casa apenas em datas comemorativas repleto de presentes exóticos, sorrisos fáceis e histórias tão secretas que começariam guerras se caíssem nas bocas erradas. O outro havia partido quando ela era apenas uma criança, e estava ocupado demais preso em outra dimensão para se preocupar em enviar um cartão de aniversário.

Enfim, rotina da nobreza. Problemas de uma família normal.

Alguns poderiam pensar que, se seus irmãos tivessem ficado por perto para herdar as responsabilidades da família, Cecília teria tido uma juventude simples. Mas aqueles que diziam isso não eram confiáveis, pois estava claro desde o início que a garota tinha nascido para desafiar as estrelas. E, bom, se ela não tivesse, não haveria uma história decente para contar – e ninguém precisa perder tempo com histórias que não valem a pena serem repetidas, não é?

O fato é que Cecília ficou parada como um gato ao ouvir os passos calmos de seu pai seguidos dos passos firmes de outro alguém adentrando o escritório. Prendeu o riso quando os dois se sentaram no sofá de couro fazendo um som escatológico e indecoroso que apenas dois adultos poderiam ignorar com naturalidade. A garota levou a mão à boca para se conter, pois estava grande demais para rir de barulho de *pum*. Essa reação seria imperdoável para uma jovem dama.

Não que aquilo importasse, mas, já que as dobradiças não tinham denunciado sua presença, ela deveria manter o voto de confiança. Tinha retornado para casa havia dois meses e ansiava por saber qual missão seria confiada a ela a seguir. Desde o noivado da Princesa Sabrina de Traberan com Lady May Gimez, ela começara a ser distanciada das funções sociais – que consistiam basicamente em organizar festas, confraternizações e festivais para que as negociações do reino fluíssem de forma diplomática internamente e com outros territórios – e começara a agir dentro das operações, mapeando rotas marinhas e otimizando embarcações. Não tinha permissão para ficar longe de casa mais de uma semana, mas desejava um voto de confiança maior, e começara a perceber que conhecimento também significava liberdade.

Cecília notara que o pai parecia genuinamente surpreso com alguns dos projetos náuticos da filha, que começara a fazer seus talentos serem notados aos treze anos. Fazia pequenas modificações em uma caravela quase esquecida pela marinha, apesar de estar em bom estado. Ela havia feito alguns testes para novas velas com pedaços de tecidos de seus vestidos que vieram diretamente da misteriosa República de Nanrac em modelos menores da embarcação (*brinquedos*, mas Cecília não usaria esse termo nem sob tortura) e pouco a pouco reformara a caravela nos mínimos detalhes – o que não vinha ao caso naquele momento, pois o que realmente lhe interessava era a curiosidade pulsante sobre o que seu pai falaria ao desconhecido.

Cecília arriscou olhar pela fechadura, uma fenda de luz iluminando seu olho verde-esmeralda enquanto ela procurava uma visão melhor do estranho. Só conseguiu distinguir o cabelo loiro besuntado de gel e a ponta de um bigode opulento. Na ombreira de seu traje estava um broche de ouro em forma de asas – o símbolo dos Gimez –, o próprio duque. Ele era pai de uma de suas melhores amigas, mas nunca estava por perto. Então, se ele viera até a mansão dos Cerulius, deveria se tratar de algo urgente. E, definitivamente, não era uma festividade alegre para celebrar a colheita. Cecília prendeu os lábios, preparando-se para ouvi-los, mas as formalidades adultas e a preparação do charuto, além do ritual de girar o uísque no copo, duravam uma eternidade.

— É sempre um prazer recebê-lo, Vossa Graça. Qual seria a natureza do nosso afortunado encontro? — Marquês Hector Cerulius quebrou o silêncio, não soava tanto como seu pai. Fingiu uma postura relaxada ao acender o fósforo e baforou algumas vezes a fumaça em um gesto que Cecília não entendia como poderia ser divertido.

— Podemos pular as formalidades, Hector. Nossa aliança não fluiu como gostaríamos por causa de seus filhos...

— E de sua filha. Nem eu nem você poderíamos ir contra a vontade da Coroa. — Sua voz parecia sorrir.

— A princesa herdeira é mimada e impulsiva. Incapaz de gerar um herdeiro por mérito do próprio capricho. Uma *irresponsável*. E é por isso que nossa cumplicidade precisa se estreitar pela honra de dois homens. — O modo como ele dissera a última palavra embrulhou o estômago de Cecília, que se segurou para não sair do armário e dizer poucas e boas. Mas fazer isso a denunciaria. Ela ficaria de castigo, o duque voltaria para casa satisfeito, achando que estava certo, e o pior: ela não saberia o precioso segredinho desse aristocrata safado.

— O que se passa? — O marquês levantou a sobrancelha.

— Você bem sabe que o ducado de Gimez fica no extremo norte de Traberan. No litoral — ele acrescentou, como se alguém precisasse de lições de geografia.

— Naturalmente que sim. Há problemas nas suas terras?

— Você, meu caro, não encontraria terras mais prósperas daqui até Montecorp. A questão é que aquela ilhazinha insolente resolveu se manifestar após dezoito anos sendo irrelevante nas transações comerciais.

— Bosnore enviou notícias? — O pai de Cecília havia quase engasgado com a fumaça.

A garota revirou a própria mente à procura do que sabia sobre aquele lugar. Não aparecia muito nas aulas de história ou de geografia, sendo ignorado pela maioria dos tutores como um território fadado ao fracasso. Seu rei tinha mais de 85 anos, e nenhum herdeiro de sangue ou criação. Ninguém na linha de sucessão, nenhuma riqueza pungente. Já possuíra ouro e plantações medicinais, mas, após ter sofrido os efeitos de uma onda gigante quinze anos antes, nenhum aventureiro ou diplomata se importara com a ilha, temendo atrair a má sorte para seus próprios reinos. Mais uma vez o egoísmo dos homens falara mais alto, e Bosnore fora deixada para o esquecimento pelo mundo. E especialmente pelo seu principal aliado: Traberan.

Cecília se lembrava vagamente de contarem sobre uma expedição que enviara medicamentos, trigo e arroz para a ilha devastada, mas na época ela só tinha dois anos, e ninguém fizera questão de registrar apropriadamente o que acontecera para compartilhar com ela depois.

O duque se acomodou na cadeira novamente, o ruído indecoroso mais alto dessa vez.

— Eu daria a cabeça do meu melhor cavalo em troca de *notícias*, simplesmente. Veja por você mesmo.

O marquês segurou em suas mãos o pergaminho que tinha o selo rompido, e, enquanto seus olhos cruzavam as linhas, seu rosto ficou pálido. Hector colocou sobre a mesa alguns documentos, e do armário a garota só conseguia identificar o selo de alguns outros territórios.

— Esse... rei conseguiu o apoio de Nanrac? — O marquês não quis acreditar.

— E um dos nossos navios de carga desapareceu na rota de Bosnore. Há o registro de uma tempestade, mas eu apostaria o selo da minha família que esse bastardo fez isso como um sinal de alerta.

Cecília não estava acostumada a ver o pai naquele estado, parecendo vulnerável. Ela ainda não sabia o que ele havia lido, mas o ar ao redor pareceu mais quieto. Mais frio. Ou talvez fosse só o modo como ele levantava a sobrancelha, buscando a presença nada reconfortante do duque para lhe dizer que tudo não passava de uma piada de mau gosto. Ele deveria ser destemido, invencível, brilhante – assim como ela. Após alguns instantes de silêncio mortal, o duque o quebrou ao se levantar.

— Se quisermos acreditar em sorte, em cinco dias temos um jantar no palácio, podemos nomear a pessoa ideal para essa missão e selar um acordo de paz. Traberan não pode arcar com um conflito agora, não com a incerteza da existência de um herdeiro para o trono. Somos frágeis diante de outras nações. Você sabe quem eu tenho em mente, Hector. — O tom de voz do duque indicava que isso não era uma conversa. Era uma decisão já tomada, que ele informava por algum interesse próprio.

— Acha mesmo que ela está pronta? É só uma menina — Hector ponderou, as palavras soando ocas.

Cecília gelou. Seu pai estava falando *dela*, para sabe-se lá qual destino perigoso e vital que estava em risco. Seu sorriso se abriu, descaradamente largo. Em pouco tempo ela poderia gritar, nunca se sentira tão feliz! O pai lhe confiaria uma missão importante.

E, sim, a garota era claramente irresponsável, pois, mesmo se antecipasse as desgraças que aconteceriam com ela, teria comemorado do mesmo jeito.

— Tão pronta quanto qualquer um de nós. E com sorte vamos conseguir colocar um fim no fiasco que é esse reino. Um teatro para o qual eu jamais compraria o ingresso, e ainda assim sou forçado a assistir de camarote.

— E para que você precisa de mim?

— Você tem acesso aos melhores navios. Precisamos causar impacto em Bosnore. Eles podem ter seu *brinquedo* de volta, mas precisam saber que ameaçaram o reino errado. — Uma veia verde se mexia como uma cobra na testa avermelhada do duque. Sua voz era baixa, controlada, apenas para disfarçar sua ira.

— Fique calmo, Vossa Graça. É o tipo de situação diplomática delicada, mas facilmente solucionável.

— Você diz isso porque suas terras não estão na linha de frente desses selvagens liderados por um bastardo. Isso acaba o quanto antes. Já chega de vexames protagonizados por Traberan.

O duque se levantou, ajeitando seu traje elegante por costume, sempre impecável. O marquês seguiu o movimento e saiu do escritório, acompanhando-o até a porta.

Cecília sabia que eles demorariam exatos cinco minutos andando calmamente do escritório até a saída da mansão, mas os dois estavam apressados e ela teria menos tempo do que gostaria para ler o conteúdo do pergaminho.

E da sua próxima missão.

Uma missão de *vida ou morte*.

Pelas forças do caos, a última vez que sorrira assim tinha sido quando nomeara sua caravela. E antes disso, quando convencera sua mãe, a Marquesa Berenice Cerulius, a ficar com uma gatinha cinza que encontrara nos fundos do quintal. Cecília havia afirmado que a gata tinha olhos verdes, assim como os seus e os da mãe, portanto era parte da família. Ela a batizara de Lua, já que parecia a lua cheia nos dias frios, quando se deitava como uma bolinha, e uma lua crescente nos dias quentes, em que ficava esparramada pelos cantos. A gata não se esforçara para conquistar toda a família, era fofa e dengosa demais, e no fim da semana já tinha obtido o direito de dormir no travesseiro ao lado da garota. Passara a acompanhá-la em todas as viagens.

Cecília empurrou a porta do armário com menos cuidado do que deveria, o ranger do metal arrepiando sua espinha.

— *Shuuuu!* — ela disse, franzindo o cenho.

A jovem capitã estava prestes a saber seu próximo destino. Os dedos dela encontraram a superfície áspera do papel gasto pela maresia e pelo suor. O pergaminho era maior em suas mãos do que parecia quando espiara seu pai. Ela o desenrolou apressadamente, lutando com a folha, que tentava voltar ao formato anterior. A caligrafia era nítida e bela – o contrário das notícias que a garota lia.

Bosnore não havia entrado em queda vertiginosa na última década, pelo contrário. Tinha se reerguido com o auxílio da República de Nanrac (cujo funcionamento Cecília só conhecia graças a histórias contadas por seu irmão e sua cunhada), alegando ter sofrido uma pilhagem desleal em seu momento mais vulnerável.

O rei por fim havia desistido de um herdeiro legítimo, uma vez que nenhuma de suas esposas sobrevivera ao parto e ele não tinha mais o rigor necessário para se casar. Porém, o Príncipe Klaus, de 21 anos, agora clamava o direito ao trono, por compartilhar o mesmo sangue do rei.

Ah, um bastardo, Cecília entendeu, levantando a sobrancelha. Ainda era uma questão determinante em algumas partes do mundo – inclusive em Traberan –, mas nunca fizera sentido para a garota. Um filho é um filho, não importa o sangue. Família é quem te orienta, troca seus cueiros e ainda faz o favor de te suportar no fim do dia. É quem olha para você com orgulho e diz que te ama mesmo com todos os seus defeitos (não que ela tivesse algum que fosse admitir em voz alta).

Os passos voltaram firmes pelo corredor; seu pai estava se aproximando. Ela deixou seus pensamentos em uma gaveta mental para analisar depois e correu pelas linhas do pergaminho antes de o enrolar de volta, repassar as informações na mente e apoiá-lo na mesa de centro.

Saiu pela janela, andando com cuidado pela borda do parapeito até a que dava em seu quarto. Magda, a governanta, deu um pulo para trás ao ver a menina se jogar para dentro de seus aposentos e xingou algo baixinho quando Cecília assoprou um beijo em sua direção. A senhora era seu membro favorito da família, pois não contava aos pais da garota sobre suas travessuras nem a repreendia.

Cecília viu o caderno aberto sobre sua escrivaninha, repleto de rascunhos para alterações que ainda gostaria de fazer em sua caravela, esboços desenhados com carvão, rascunhos de cálculos, rabiscos sem sentido de nuvens e estrelas e trechos de poemas que escrevia repetidamente quando estava entediada. Lápis, canetas-tinteiro, tubos de tinta vazios e um vaso de flores frescas que Magda cultivava a encaravam de volta.

Ela anotou tudo de que se lembrava sobre o pergaminho, mas se irritou ao não recordar bem do final nebuloso. Não tivera tempo o bastante para ler com calma. Não prestara atenção. Era algo sobre levar de volta a Bosnore um item que aparentemente fora roubado por Traberan e que era um tipo de relíquia histórica.

Um cacareco que ninguém usava em troca de uma aliança pacífica e do cessar de um conflito que ainda não tinha começado. Parecia razoável.

E o melhor era que o todo-poderoso Marquês Hector Cerulius havia escolhido sua filhinha caçula para essa missão de extrema importância. Certamente pelas informações confidenciais que ela possuía sobre Nanrac, o Povo Submerso, história do mundo e tudo mais.

Cecília sabia o que seus tutores lhe ensinavam e sabia mais ainda do mundo pelos relatos de seu irmão e de sua cunhada. Coisas que ainda não estavam nos livros, como o trono do Povo Submerso, que seria herdado por uma sereia, irmã da esposa de seu irmão, uma das guardiãs dos segredos dos mares. Cecília às vezes se perguntava se de fato veria uma sereia e viveria para contar a história. A relação entre a superfície e o povo do mar só existia amigavelmente na República de Nanrac; fora isso, um fingia amigavelmente que o outro não existia.

Finalmente a responsabilidade real que ela tanto esperava. Finalmente a tal chance de ver o desconhecido de perto. Ela não tinha certeza do que deveria fazer, mas sentia na vibração de seu sangue que era algo *grande*.

Cecília olhou para sua cama, os lençóis de algodão de Ellioras perfeitamente retos, as almofadas azuis com hortênsias bordadas enfileiradas e Lua dormindo no topo de todas elas. Nada ali se parecia de verdade com ela, todas as peças escolhidas por sua mãe com o melhor que uma garota nobre poderia ter. A garota franziu o cenho, desejando estar no caos organizado de seu quarto na cabine da caravela, onde realmente sentia que estava em um lugar do mundo feito para ela.

Correu até a gatinha e apoiou a cabeça sobre seu corpinho macio, ouvindo-a ronronar. Respirou fundo, torcendo para que seu pai batesse à porta do quarto e lhe desse a boa notícia. Em cinco dias ela brindaria em segredo com Princesa Sabrina de Traberan e sua esposa, Lady May Gimez, no jantar oferecido por Sua Alteza Real. Elas naturalmente eram de confiança e suas amigas mais queridas. A diferença de idade ainda as fazia parecer irmãs mais velhas de Cecília, porém a garota havia tocado piano em sua festa de noivado e no casamento, o que as tornara ainda mais próximas.

A jovem capitã respirou fundo, sabendo que deveria estar com tudo pronto para partir imediatamente nessa data, mas ainda havia trabalho para ser feito na caravela, se ela quisesse chegar a salvo à costa de Bosnore. Um arrepio percorreu seu corpo ao perceber que era sua primeira missão realmente importante, mas ela sabia que estava pronta.

Ainda que significasse velejar por águas amaldiçoadas – ou assim diziam desde a onda gigante que derrubara o reino. Os boatos sobre o mar flutuante eram soprados entre os marinheiros no porto, o tipo de conhecimento que não se encontra nos livros ou com tutores, mas com aqueles que aprenderam com o balançar das ondas e com histórias apuradas em cada porto.

No último ano, Cecília fazia o trabalho de apresentar a marujos e grumetes conhecimento básico sobre geografia, história e linguagem. Lendas deveriam andar lado a lado com o conhecimento testado, não como norte e sul – polos inalcançáveis. A garota tocou na pata da gata, massageando suas almofadinhas.

— Imagina isso, Lua. Um mar que flutua sobre nossas cabeças faria de nós um tipo de peixe? Ou membros da corte do Povo Submerso?

— *Miaaaau* — ela fez o miado de *talvez*. Cecília estudava cinco idiomas, mas era fluente em *gatês*.

— Você vai comigo nessa também? — Ela se deitou de bruços na cama, e sua gata virou o queixo para cima, como um croissant de cabeça para baixo. — Ok, *você* dorme mais um pouco. *Eu...* — Ela colocou a mão sobre o coração. — Vou fazer algumas alterações em *Aurora* e volto com peixe fresco ao entardecer.

— *Miau!* — obrigada!

A garota olhou para a porta do quarto, tentando ouvir passos vindo do corredor na esperança de o pai pedir licença para entrar e os dois terem uma daquelas longas conversas, que sempre a faziam entender melhor como o mundo funcionava. Só encontrou o silêncio. Teria que esperar até que ele decidisse falar com ela.

Cecília sacudiu os pensamentos e pegou uma folha em branco, um giz e a pintou sobre seu projeto desenhado no caderno, transferindo o desenho em uma versão rudimentar, porém legível. Atravessou as portas da mansão com o esboço em mãos e saiu pelas ruas de Realmar com uma animação contagiante. Quando voltou para casa, o céu estava a alguns instantes de escurecer e as primeiras estrelas apareciam.

Estava claro para todo o firmamento que era uma ideia ruim, mas era tarde demais para impedir Cecília de fazer o que ela estava prestes a fazer. Uma guerra irromperia graças à imprudência da menina, que olhava o mundo como se fosse alcançá-lo por inteiro. Ela não compreendia o perigo da missão ou o que aconteceria se a tal relíquia caísse em mãos erradas.

Mas uma estrela em particular a perdoou sem se esforçar. A garota *não sabia*, e seu coração só tinha sonhos, boas esperanças e uma dose incompreensiva de teimosia. Quem poderia imaginar a bagunça que causaria?

Quem poderia culpá-la?

Capítulo 2

Diga que uma garota não pode fazer uma coisa e falhe

— Imagino que onde a senhorita anda não existam espelhos em parte alguma. — Magda já não gritava de espanto ao ver o estado em que a menina Cecília voltava para casa.

Dos três filhos de Berenice e Hector, a governanta jamais imaginara que seria a caçula que viria a lhe dar mais trabalho para se manter... *limpa*. Jim e Leo eram mais vaidosos do que um quarteirão de debutantes, mas Cecília parecia não se importar com a existência de uma boa aparência. Ou de colônias perfumadas.

— Pra que eu ia escolher ir a um lugar que ia me dar sustos?

— Foi exatamente o que me perguntei ao entrar no seu quarto, menina. Espelhos não se assustam com nosso reflexo quando estamos de banho tomado e asseados.

— Desculpa te dar tanto trabalho para fazermos minha mãe acreditar que sou uma perfeita dama, Magda. — Cecília deu um beijinho no rosto da boa senhora e foi até a câmara de banho.

Quando era jovem o bastante para ouvir os adultos e vestir o que lhe era oferecido, a garota parecia uma boneca de porcelana, com os cachos adoráveis bem definidos, vestidos com a barra de renda bordada e cílios compridos e perfeitos que faziam seus olhos verdes parecerem janelas para uma floresta selvagem. Ninguém naquela casa conseguia lhe negar algo depois que ela lançasse seu olhar suplicante.

Cecília ainda não era dona de si, apenas de suas ideias e da vaga impressão que tinha de como o mundo funcionava. Mas, uma vez que seu pai a nomeara aos doze anos herdeira da frota dos Cerulius, ela tinha percebido que podia ser muito mais do que era. Podia ser mais do que o que os outros esperavam dela. Podia ser o que quisesse, se tivesse liberdade para isso.

A independência viera primeiro com roupas confortáveis enquanto seu corpo se desenvolvia, ao invés de espartilhos que restringiam seus movimentos. Depois, com a solidão implacável que a acompanhara na primeira vez que saíra sozinha e se vira cercada de desconhecidos pelas ruas de Realmar. Voltava cantando as melodias que se prendiam em sua cabeça depois de algumas horas no cais.

Yo-ho, yo-ho, yo-ho
Esta noite vou esbanjar
Não há por que se precaver
Se o mundo vai acabar

Yo-ho, yo-ho, yo-ho
Vi o céu apagar,

Vou cantar, dançar e beber,
E, como rainha, quero você
Hoje sou rei de céu, terra e mar.

Em seguida, sentira o sabor de maresia quando passara sua primeira noite fora de casa em uma embarcação, como primeira imediata de sua cunhada, que fizera questão de lhe mostrar os segredos de navegação que conhecia.

Em algum momento a liberdade teria sabor de rum, de mergulhos em alto-mar e de um primeiro beijo. Agora, porém, liberdade era só tomar um banho quente em paz, apesar da expressão constipada de Magda.

A água da banheira estava morna, e bolhas de sabão a convidavam para mergulhar, então Cecília soltou os laços de seu vestido e se lavou com pressa, desesperada por uma boa refeição. Magda esperava por ela com a escova de cabelo nas mãos, e a garota sentou-se em frente a sua penteadeira sentindo os dedos grossos separarem as mechas embaraçadas.

— Eu quero perguntar: por que você desapareceu hoje o dia todo? Ou por que a senhorita estava escalando o lado de fora da janela da mansão?

— Isso depende. Você quer lidar com a resposta? — Cecília abriu um sorriso travesso, mas Magda não retribuiu.

— Quero saber por que você tem palha no cabelo, menina Cecília! — A governanta levou o fiapo até a altura dos olhos. — *Palha!* Você é uma dama ou uma galinha?

— Nem um nem outro, Mag.

— Mas precisa ser alguma coisa, pelos Deuses!

— Só tem essas duas opções?

Magda lançou um olhar bravo e fungou:

— *Eu quero.*

— Quer o quê, Magda? — Os olhos verdes a encararam através do espelho. A governanta já tinha idade e podia parecer carrancuda no exterior, para quem não conhecesse seu tom preocupado.

— *Quero lidar* com a resposta. O que estava fazendo lá fora *desacompanhada* que te fez perder a hora do almoço, a visita da modista e ainda te deixou nesses trapos?

— Pelo menos eu não me atrasei para o jantar!

— Cecília. — *Fale imediatamente o que estava fazendo ou vou contar tudo para sua mãe* ficou implícito em seu tom.

A garota mordiscou o lábio, pensando por onde começar. Era o jogo entre elas duas, de revelar meias-verdades em troca de uma falsa sensação de segurança. Cecília não podia falar que estava espionando o duque e o marquês, tampouco que sabia sobre o conflito que ameaçava irromper entre Traberan e Bosnore.

Também não podia revelar que teria uma missão verdadeiramente importante em breve. Muito menos que estava empolgada com isso. Tampouco que seu pai estava fazendo um suspense desnecessário para lhe contar tudo. Então, trabalhou com as partes da verdade que interessavam.

Estava modificando *Aurora*. Ainda tinha algumas velas para substituir, e queria colocar nas laterais as novas placas de madeira que haviam chegado.

— Sua caravela já boia, e vai pra lá e pra cá. Pra que mais mudanças, menina? — A mulher gesticulou com a escova na mão, encarando o reflexo dela no espelho.

— É pra explicar?

Magda levantou a sobrancelha em resposta, e pegou mais uma mecha grossa para desembaraçar, tirando as palhas e *penas* que encontrava sem interromper a garota. Pelos Deuses, a menina não sabia mais lavar o cabelo direito?

— Fiquei observando como as andorinhas voam e planam, dependendo da corrente do vento. — A menina começou, tentando simplificar semanas de cálculos e rascunhos. — Consigo fazer minha caravela ter mais velocidade com os tecidos de Nanrac que Pryia e Jim trouxeram para mim...

— Já estava ficando sem vestidos, não é? — A governanta revirou os olhos.

— Eles não serviam mais, Mag. — Cecília deu de ombros. — Enfim, as partículas de ar parecem que são aceleradas com eles, mas eu queria algo que ajudasse a ter uma direção mais certeira, especialmente para as regiões de correnteza forte, onde vi que era mais difícil coordenar a rota.

— Isso não é perigoso?

— É *justamente* para ficar mais seguro. Eu estava com dificuldade de achar um material que não pesasse tanto e que ainda sustentasse o direcionamento da caravela para ela seguir o seu curso.

— E conseguiu?

Cecília balançou a cabeça para os lados em um sinal negativo. E Magda não fez mais perguntas enquanto secava o cabelo da garota com uma toalha branca, definindo as ondas largas e escuras. O único som no quarto era de uma cigarra que cantava lá fora. Nem a gatinha Lua estava por ali. Pelo horário, devia estar correndo pela mansão à procura de "presentinhos" para deixar no travesseiro de sua humana.

— Você vai conseguir, menina. É a mais inteligente que conheço.

Cecília olhou para o chão e viu algumas penas e pedaços de madeira caídos ali, sabendo que Magda fazia o possível para ignorá-los.

— Sou inteligente mesmo voltando com isso tudo preso no cabelo?

— Desleixo não é falta de inteligência, é uma escolha. Então, tente... escolher melhor amanhã. — Ela abriu um sorriso gentil e saiu do quarto, deixando a garota se vestir para o jantar.

Cecília ainda não conseguira fazer sua invenção funcionar, e tinha só quatro dias para finalizar o desenho complexo que havia imaginado. Colocou um vestido azul-escuro confortável, as mangas caindo leves dos ombros até o cotovelo. O modelo marcava sua silhueta esguia de forma elegante. Seus cachos haviam se tornado disformes, e agora o cabelo caía em ondas largas até o meio das costas. Estava gelado na noite fresca, e em uma situação normal ela estaria com frio. Porém, havia algo que ardia dentro dela como fogo, e a garota sentia que podia queimar de tanto desejar o futuro para o qual sentia que estava pronta. Um futuro no qual não seria mais uma garota esquisita aos olhos da sociedade, ou inexperiente demais aos olhos da família. Seria uma heroína – ou qualquer delírio de grandeza equivalente.

Cecília abriu a janela de seu quarto, a brisa do mar sempre insistente balançando o tecido leve das mangas e seus cabelos para trás. O céu já estava completamente escuro, mas as luzes da cidade ofuscavam as estrelas. Apenas as mais brilhantes ainda conseguiam chamar a atenção, e a garota sentia falta de olhar para o firmamento como se ele fosse um mapa já decifrado. Ou como se fossem milhares de desenhos prontos para alguém ligar os pontos em incontáveis constelações.

Mais ainda, viu as estrelas como se fossem velhas amigas. Foi o que ela sentiu na primeira vez que passara a noite em uma embarcação com o irmão Jim e sua esposa, Pryia. Ele a envolvera com um cobertor que cheirava a limão e âmbar e apagara a fogueira por um momento, o suficiente para que a menina contemplasse aquilo que mais os fascinava: o infinito.

Cecília tremia de frio, mas havia implorado que os dois não acendessem o fogo novamente, e passara a madrugada de seu aniversário sentindo os cílios congelarem e as estrelas mudarem de lugar. Quando amanheceu, já tinha quinze anos, e não era mais uma garotinha de catorze. Havia passado uma noite em alto-mar apenas na companhia das estrelas – já que o irmão e a cunhada haviam se recolhido para seus aposentos.

Foi a primeira vez que ela percebeu que detestava ver o sol nascer. Uma tristeza insana havia tomado seu peito, e desde então, toda vez que ela se descuidava e via a luz irromper no horizonte, sentia que estava se despedindo de algo vital.

Para ela, o anoitecer era como voltar para casa. Mesmo que *casa* agora estivesse difícil de enxergar. Seu pai havia especificamente mandado reforçar a iluminação noturna em todo o bairro de Vertitas, em uma medida para contribuir com a segurança da cidade.

O relógio badalou sete vezes, e a garota precisava descer para jantar com seus pais. Olhou para a palma de suas mãos feridas após o dia manuseando a serra e testando acabamentos diferentes na madeira. Mesmo com luvas de proteção, algumas farpas ainda a feriam. Cecília calçou luvas brancas de renda até o pulso e se preparou para sorrir, dizer as coisas certas e não fazer menção alguma à visita do duque.

Ela só tinha quatro dias para continuar sendo a filha perfeita. Depois, seria quem quisesse.

★

As manhãs passaram rapidamente com o trabalho insistente de Cecília em sua caravela. Dois marujos que já haviam feito parte de sua tripulação, Soren e Nero, ajudaram a garota a lapidar as peças que desenhara e a fazer os ajustes necessários a cada modelo que havia fracassado. Ambos eram quase uma década mais velhos que Cecília, mas, na hierarquia naval e social, ela mandava. Eram garotos desafortunados que tiveram a sorte de encontrar um bom ofício, e, mesmo sendo de classes sociais totalmente diferentes, Cecília nutria por eles uma grande amizade. Os únicos que não a tratavam com frieza quando estava na caravela a serviço da Coroa.

Ela jamais havia deixado as águas de Traberan, mesmo cruzando seu imenso litoral – no comando, mas sempre supervisionada – algumas vezes. Um total de sete, na verdade. O suficiente para ela se gabar nos encontros do palácio de já haver liderado *várias* expedições, transformando missões simples de serem executadas em epopeias cercadas de cantos de sereia, estrelas cadentes e mentiras convincentes. Naturalmente, não tinha muitos amigos. Ninguém na corte suportava uma menina sabe-tudo que agia como uma menina sabe-tudo.

Na véspera do jantar no palácio, Cecília colocou os pés na mansão quando o relógio terminava a sétima badalada. Ela havia se atrasado para o banho e não poderia aparecer na sala de jantar no estado em que se encontrava: o cabelo preso em um coque embaraçado que fora solto e refeito de qualquer jeito, a calça preta com um rasgo no joelho e a camisa azul com as mangas dobradas até os cotovelos. Ela simplesmente não aguentava mais tentar trabalhar naquele navio amarrando a saia do vestido entre as pernas. Fazia um volume fofo e desagradável, além de o nó se desfazer constantemente nas várias camadas de tecido.

Magda disparou um olhar zangado, mas nada comparado com a inconformidade expressada por Berenice. A marquesa não estava lidando bem com as novas tarefas de Cecília; quanto mais a garota se dedicava a atividades atípicas, mais sua mãe a queria por perto.

— Vossa Graça gostaria que eu atrasasse o jantar alguns minutos para que milady possa se banhar? — a governanta perguntou.

— De forma alguma deixaremos o marquês esperando, Magda. Ele precisa ver o que sua filha está se tornando. — Berenice cravou os olhos na garota, que não mexia um músculo para ajustar o cabelo ou as roupas desalinhadas da filha (mesmo que aceitasse uma borrifada generosa de colônia perfumada). — Pode servir o jantar.

A marquesa era o retrato da postura e elegância. Jamais levantava a voz ou demonstrava qualquer tipo de ira. Logo, ela não fazia a menor ideia de a quem sua filha havia puxado.

— Espero que goste disso em que sua filha está se transformando, Hector — ela disse ao se sentar na cadeira ao lado do marido e em frente à filha na enorme mesa de mogno escuro. Havia espaço para vinte pessoas, mas apenas três a usavam.

Um largo lustre de cristal pendia do teto, trazendo a claridade diurna para o cômodo escuro, e duas criadas da cozinha serviram para os três as bandejas de assados, frutas frescas, legumes e molho, acompanhados de vinho para os marqueses e suco de laranja para a garota. O aroma era suculento e quente, despertando o apetite que Cecília negligenciara ao longo do dia. A garota começou a comer pêssegos fatiados com batatas assadas, cobrindo tudo com um molho amarelo feito de mel e alguma outra coisa divina. Ela ignorou a fala da mãe; já havia aprendido que discutir de barriga vazia era má ideia.

— Cecília, esses trajes para jantar não são próprios para alguém na sua posição.

— Peço que me perdoe, papai. — Era a última coisa que Cecília queria responder, mas não iria arriscar sua primeira missão de verdade mostrando imaturidade logo na véspera. — Mas sei que vai ficar satisfeito com os novos avanços que fiz nos últimos testes na caravela.

Os olhos do marquês brilharam, e ela sabia que tinha ganhado sua atenção. Prestígio e crédito graças às inovações diante de Sua Majestade Real era tudo em que ele pensava. Sua mãe estava o oposto de satisfeita.

— E você quer compartilhar conosco o que exige tanto sua atenção a ponto de ter faltado a todas as suas aulas esta semana, além de parecer um menino de rua na hora do jantar? O que as pessoas vão pensar ao ver um pivete assim entrando pela porta da frente da residência Cerulius?

Vão pensar que você tem vida e história mais interessantes que as deles, Cecília guardou para si.

— Acontece, querida mamãe — ela começou, e desviou o olhar da mãe para o pai —, que, graças à confiança que meu nobre pai depositou em mim, eu percebi certa resistência de embarcações menores como a minha em algumas correntezas mais fortes. E alguns trechos de viagem seriam muito mais rápidos se não precisássemos depender delas. Isso melhoraria os prazos de transações comerciais e daria vantagem a Traberan nas exportações.

— Brilhante, Cecília! — seu pai a interrompeu.

— Mas olhe o estado dela! — sua mãe acrescentou. Cecília ignorou.

— Então eu desenvolvi um... *apetrecho*. — A palavra escorregou; péssimo momento para não ter batizado a invenção apropriadamente. — Ele permite usar as correntes dos ventos no lugar da maré quando necessário.

— Está pronto para uso? — A expectativa em seu pai era clara. O marquês já podia se imaginar se gabando sobre as vantagens para o rei de Traberan, a elevação de seu status social indo às alturas.

Cecília mordiscou o lábio e interrompeu o movimento tarde demais. Sua mãe percebeu que ela estava nervosa. Não havia concluído as modificações como esperava, as placas acopladas à popa e na proa ainda se mostravam difíceis de serem controladas. Precisava de ajustes, precisava de mais tempo. Cecília demoraria todo o dia seguinte, e com um milagre não se atrasaria para o jantar da princesa.

— Está em fase de teste, mas estou muito otimista! — respondeu, sincera. — Amanhã farei os ajustes finais, e então...

— *Tsc, tsc.* — Berenice fez o som com os lábios, o máximo de irritação que ela se permitia demonstrar. — Amanhã você tem todas as aulas a que faltou ao longo desta semana e o compromisso no palácio.

— Mãe, não tem a menor necessidade de passar o dia estudando coisas que eu *já sei*!

— Eu sei que você adora um desafio e que seus tutores não traziam novidades que você já não tivesse aprendido por conta própria. Por isso eu os substituí! E você terá a capacitação que merece como a brilhante dama que é.

Era uma excelente notícia, vinda em um momento péssimo. Cecília tinha 98% de certeza de que sua mãe havia feito isso só para provar um ponto.

— Parece maravilhoso, mamãe! Mas podemos iniciar na próxima semana, depois de finalizar as modificações em *Aurora*.

— Você passou a semana trabalhando nisso, pode tirar um dia para suas obrigações reais. — Berenice continuou cortando a comida, apesar de não ter tocado nela desde o início. — Além do mais, seria de bom-tom apresentar uma nova canção para as princesas. Elas amam quando você toca, e eu consegui a transcrição de uma partitura de violino para o piano de uma canção chamada "Balada da meia-noite", bastante popular do outro lado do mundo. Dizem que é belíssima!

— Não acho que consiga aprender uma música nova em um dia com tantos compromissos assim. — Muito menos com o estado em que estavam suas mãos. Hoje ela não usava luvas, e os pequenos cortes ardiam de forma insistente, mesmo que ignorasse.

— É a minha filha mais inteligente, claro que consegue. Você pode voltar a trabalhar na sua caravela no início da semana que vem, em horários controlados para que não atrapalhe sua rotina como uma dama.

A marquesa sabia que Cecília era a única capaz de herdar o legado dos Cerulius, de longe mais competente e genial que Leonardo e James. Ainda assim, não esperava que fosse perder sua única menina tão cedo. Tão rápido.

— Você me trata com as responsabilidades de uma lady, mas não dá autonomia para eu escolher minhas prioridades!

— A minha prioridade é que você não se torne um moleque, Cecília. Se você vai liderar, lidere. — Ela gesticulou com desprezo. — Faça alguém executar o trabalho pesado por você.

— Os músculos não funcionam sem o cérebro, mamãe. Você não gosta, mas eu preciso me sujar e me desarrumar às vezes. E você precisa aceitar. — Agora Cecília tinha ido longe demais na sua fala, e sabia disso.

— O que eu preciso é de uma filha *educada*.

— A palavra que você procura é "subserviente"!

— Cecília, você não falará assim com sua mãe — o marquês interferiu, e até as cigarras se calaram. — Nós dois já conversamos, e decidimos que você herdará a frota, sim. Como uma *dama*, não como um jovem cavalheiro. Se sua mãe diz que é necessário que compareça às aulas e que adie um pouco os ajustes na caravela, assim será feito.

Mas preciso dela pronta para a missão, papai. Por que ele estava demorando tanto para revelar a ela? Os olhos da menina marejaram, mas ela resistiu. Seu pai tocou em sua mão e disse em tom reconfortante.

— Estou muito orgulhoso de você, minha filha. Você só não precisa ter tanta pressa.

Mas pressa era tudo que ela possuía. Cada parte do corpo da garota implorava para esse novo começo. Ela correria, se isso fizesse o futuro chegar mais cedo, e, se os dias de glória pudessem ser provados como uma taça de licor, ela brindaria dia e noite.

Porém, para ser teimosa, ela antes precisava ser paciente. Os dois atributos andavam lado a lado, como sua gatinha observando um inseto antes de pegá-lo.

Tudo bem, amanhã seu pai lhe encarregaria da missão e ela faria os últimos ajustes antes de partir condecorada. Isso deveria ter lhe dado paz na hora de dormir, mas, em vez disso, ficou mapeando as estrelas de outono na memória. Checou suas anotações e viu que estavam diferentes nesse ano, por algum motivo que ela não compreendia.

Preferiu ficar acordada, pois dormir significava esquecer que o dia mais importante de sua vida estava logo ali. E tudo que ela conseguia fazer era se lembrar do futuro.

Capítulo 3

As pessoas não deveriam se vestir como uma cesta de frutas rendada

— O espartilho é necessário? Eu tenho uma faixa dourada que combina perfeitamente... — Ela observou um feixe de luz sobre sua cintura, já pensando no caimento das cores opostas no vestido. — Posso colocá-la no lugar.

— De jeito nenhum, querida. Vai quebrar o contraste dos tecidos. — A marquesa respondeu amavelmente.

— Mas está muito apertado.

— São só algumas horas, Cecília. Todas as moças da sua idade já estão usando, e em um evento formal essas coisas são imprescindíveis.

O espartilho a apertava um pouco mais do que se lembrava. Apesar de compor a moda extravagante de Traberan, Cecília dispensava a peça mesmo em ocasiões formais, substituindo-a nos vestidos de baile por uma faixa que combinasse ou por modelos estruturados e confortáveis. Mas isso não seria possível hoje. Sua mãe havia encomendado um novo modelo, a última moda para sua filha, usando apenas as próprias medidas como referência.

Aquele vestido era um acontecimento. Um acontecimento trágico. Exagerado nas mangas bufantes e na saia rodada, que terminava em rendas e pedrarias. Cristais tão pequenos não deveriam pesar tanto. Cecília fez uma anotação mental para estudar esse fenômeno com calma depois. Berenice ajustou os últimos detalhes de sua apresentação, escolhendo brincos de pérola negra que estavam na família havia gerações e uma gargantilha simples de veludo para não exagerar, segundo ela.

Pelos Deuses, esse navio já havia zarpado. Cecília se olhou no espelho de seu quarto. O sol que entrava na horizontal pela janela deixava as cores claras do ambiente cobertas de ouro. A seda do vestido era no mesmo tom profundo de roxo das saias em camadas e fazia um suave degradê para o lilás em volta do busto e das mangas. Sabendo que era a cor favorita da princesa, era natural que as meninas da nobreza se vestissem assim para agradar os olhos de Sua Alteza Real.

Ou seja, uma grande palhaçada, feita para bajuladores sem personalidade. Cecília já tinha *empurrado* a princesa em um lago durante um piquenique privado que Sabrina oferecera só para as amigas mais próximas na comemoração de seu aniversário. As outras convidadas imitaram o gesto e fizeram uma competição de natação. Ela a via como uma irmã mais velha, o que era muito bem-vindo, já que seus próprios irmãos nunca estavam perto para terem uma convivência rotineira.

Cecília costumava ver em seu reflexo uma jovem capitã. Uma menina brilhante, apesar de não ter os traços tão harmoniosos e doces como as outras garotas de sua idade. Ela tinha o olhar astuto e uma língua afiada – era tudo de que precisava.

Naquele momento, porém, tudo que ela via refletido era uma ameixa gigante.

Em degradê.

Com babadinhos.

E uma mãe orgulhosa sorrindo logo atrás – mais uma sentinela do que um anjo da guarda naquele momento.

— Meus irmãos usavam coisas desconfortáveis assim também?

— Não sei dizer, nunca dei um laço de gravata em mim mesma, mas eu gostava de alinhar seu pai e os dois ainda pequenos, bem antes de você nascer, arrumando os três antes de sairmos.

— Sente muita falta deles, mãe? — Cecília entrou em um tópico sensível. Falar de Leo e Jim era a coisa favorita, e ao mesmo tempo a mais dolorida, de Berenice.

— Ah, minha filha. Claro que sinto, Jim é tão divertido e doce, e Leo sempre foi tão amoroso comigo. Do mesmo jeito que você é brilhante em tudo que decide fazer, embora a gente discorde do que é uma prioridade mais vezes do que eu gostaria... As pessoas que importam na sua vida te chamam de "mãe".

Cecília sorriu e abraçou Berenice. Quis ter os braços de seus irmãos para que ela tivesse certeza do quanto era amada.

— Acho que Lua miou um dia me chamando de "mãe" — brincou. — Posso me considerar sortuda?

— Você é uma garota de sorte, Cecília. — Berenice tocou no rosto de sua filha, admirando as sardinhas e a pele bronzeada pelo sol excessivo, e pensou como podia ter feito alguém tão linda. — Agora vire de costas, preciso terminar de ajeitar esse vestido para visitarmos o palácio.

— Você sabe que o *palácio* que todo mundo coloca em um pedestal é minha segunda casa, certo? Todo mundo lá já me conhece, pra que essa formalidade sem sentido?

— Se você estivesse participando mais da agenda social, entenderia plenamente a função da formalidade no nosso mundo, querida. É uma necessidade para nos blindarmos dos comentários dos outros e para passarmos uma mensagem sem precisar dizer uma palavra.

— O olhar da mãe a desafiou. A garota sabia que se a irritasse ela aumentaria o número de aulas de etiqueta, diminuindo o tempo que Cecília tinha para se dedicar à caravela e a outros estudos.

— Eu só acho que está um pouco menor do que deveria — ela falou em tom meigo, ajustando o vestido e forçando sua voz a sair mais inocente do que era.

Berenice suspirou.

— Isso é porque você faltou à prova final, e devo ter usado um modelo antigo para ver as medidas. — A marquesa afrouxou os cordões o máximo que conseguiu e prendeu um pequeno sorriso quando Cecília respirou profundamente. — Assim está mais confortável?

— Consigo respirar e me mexer, já é uma vitória por hoje. Obrigada, mãe.

Cecília retribuiu o sorriso e viu sua mãe abraçá-la por cima das mangas fofas no espelho. A marquesa usava um modelo mais formal de roxo profundo, com aplicações de hortênsias da mesma cor ao longo do vestido. Elegante sem esforço algum, uma perfeita dama.

O vento soprou a cortina, que esvoaçou, deixando o sol entrar. A luz fez brilhar os olhos verdes de mãe e filha, iguais exceto pela esperança e rebeldia que reluziam nos da garota e pela doçura e rigidez que pairavam nos da marquesa.

— Linda — disse Berenice. Não era uma palavra que alguém usaria de primeira para descrever Cecília. Beleza não era seu atrativo óbvio, e ela não ligava. — Essa é a minha filha.

Cecília deu um beijo no rosto da mãe antes de ela sair do quarto e ficou mais alguns instantes tentando se encontrar no espelho. Lua, sentada na cama, encarava-a piscando devagar.

— Essa pode até ser a sua filha... — A garota tocou seus dedos nos do reflexo que a imitava. — Mas não sou eu.

★

As ruas de Vertitas até o palácio se tornavam mais belas a cada quarteirão. A mansão dos Cerulius ficava em uma região privilegiada da capital do Reino de Traberan, Realmar, mas as ruas ainda eram feitas de paralelepípedos que faziam a carruagem trepidar, ladeadas por postes de ferro opulentos e residências clássicas e colossais. As fachadas de largas pilastras adornando as escadarias eram padronizadas, mudando um pouco as flores que subiam os muros ou o tamanho das sacadas onde os apaixonados costumavam suspirar.

Era possível saber estar próximo do palácio quando o banco parava de balançar. De repente a pessoa parecia estar deslizando pelas ruas tal qual um navio em alto-mar. Os cavalos se alegravam com a velocidade que respondia a seus esforços, impulsionando cada vez mais rápido em direção aos portões dourados que cercavam o grande jardim. A estrada até o castelo, apesar de suave, era comprida o bastante para fazer perder de vista um plebeu desavisado com uma queixa corriqueira. Só era possível chegar até lá com rodas ou a cavalo, e mesmo com a agilidade do animal Cecília ficava por vários minutos observando seus pensamentos soltos, tentando conectá-los como uma constelação.

Ainda era desconhecida a causa da convocação da princesa, mas isso nunca fora motivo para alarde. Era normal que a nobreza fosse notificada formalmente de todas as decisões oficiais – fosse a data sobre um novo festival, um noivado ou uma nova aliança. A única notícia que importava para a garota era a que seu pai guardava para si.

O marquês tentava esconder a aflição, olhando o relógio de bolso preso a seu colete para se certificar de que não estavam atrasados. Ele estava claramente preocupado, e Cecília entendia. Era uma missão de suma importância para o reino, e era sua filha mais nova que seria encarregada dessa grande responsabilidade.

A garota sorria para si mesma cada vez que se lembrava desse voto de confiança. Berenice achava que era porque a filha estava feliz em agir como uma dama, depois da semana inteira dedicada a outros assuntos. O marquês, por sua vez, imaginava que a menina estava contente de ir ao palácio rever suas amigas.

Só as estrelas sabiam que cada um interpretava diferentemente a mesma coisa. A dúvida era quem acertaria primeiro, então os dois continuaram a observar a jovem capitã com atenção quando ela desceu da carruagem com graciosidade forçada e subiu as escadarias de mármore até a entrada do palácio.

Os Cerulius foram encaminhados até o salão de baile, onde um trio de cordas tocava e criados invisíveis ofereciam vinhos e coquetéis para os convidados. Sabrina e May não estavam em nenhum lugar à vista, e a família se separou em seu curso natural: Hector se juntou aos outros marqueses, condes e viscondes; Berenice procurou por suas respectivas esposas; e Cecília caminhou até Anne, filha de um visconde, a única pessoa que representava para ela um desafio no carteado.

A garota era um pouco mais velha do que Cecília e tinha a rotina infinitamente mais rígida. Os únicos momentos em que saía de casa era para eventos sociais da realeza, por isso Sabrina a convidava para o palácio sempre que possível. Ela também usava um vestido roxo, misturando-se às outras damas da nobreza em um modo imbecil de agradar a princesa.

A refeição só seria servida oficialmente em uma hora, deixando tempo o bastante para assuntos de menor importância circularem pelo salão. As conversas eram valsas desencontradas ecoando pelas paredes, cada um tentando fazer seu próprio assunto parecer mais importante ou mais urgente. Cecília odiava o ruído exagerado desses eventos, buscando refúgio em um salão anexo onde as jovens da corte costumavam jogar cartas ou xadrez.

Normalmente Cecília entraria no cômodo como se fosse sua dona, escolheria a cadeira de sempre com estofado azul-claro com flores brancas bordadas e repartiria o baralho, misturando as cartas enquanto aguardava as oponentes. Já havia ganhado de cada uma das garotas algumas vezes, pois sabia bem onde moravam suas falhas e seus trejeitos. Mas, como a noite era de festividades, tudo o que elas podiam fazer era esperar, o que deixava a jovem capitã particularmente aflita.

— O que acha que a princesa vai anunciar hoje? — Anne interrompeu seus pensamentos, caminhando graciosamente até o centro do salão.

Esse era menor do que o anterior e parecia mais iluminado. Aqui, as luzes do castiçal refletiam nas paredes claras pintadas com flores do chão ao teto, e uma grande janela dava vista para os jardins e para o céu noturno – nem de perto tão estrelado quanto no mar aberto, mas atraía a atenção de Cecília mesmo assim. Ela estava acostumada a visitar o palácio de dia, mas nunca pensara em olhar para o céu como se fosse um quadro em outra realidade. Ficou alguns instantes admirando o firmamento, sem se importar com a amiga que aguardava uma resposta imprecisa para uma pergunta idiota.

Fofocas da corte eram um assunto vazio e abstrato, mas não do jeito bom, que te faz querer conversar a noite toda.

Cecília observou Anne, seus traços delicados, o nariz fino e arrebitado, as pintas salpicadas na pele clara e os cílios longos e escuros que a deixavam parecendo com uma boneca com a qual você não pode brincar, apenas deixar na estante para não correr o risco de quebrar.

Ela tinha quebrado três dessas bonecas quando era criança. Uma vez para ver o que tinha por dentro. Outra para esconder uma folha rasgada de um livro que não era próprio para sua idade. E a última quando percebera que jamais se pareceria com nenhuma delas.

Ela não precisava de graciosidade para ser brilhante, mas não conseguia evitar observar as garotas a sua volta e pensar como seria poder ver o retrato da beleza toda vez que cruzasse com o próprio reflexo. Não que ela se comparasse... mas não conseguia desviar o olhar de um rosto bonito. Só queria às vezes, em silêncio, que alguém pensasse nela desse jeito também – o que seria impossível enquanto estava fantasiada dela mesma em um pesadelo roxo.

— Certamente será algo chato, ou então não teria convidado nossos pais — Cecília respondeu. Anne arregalou os olhos e prendeu o riso indecoroso.

— Você não pode falar desse jeito, e se alguém ouvir? — sussurrou. Ela tinha cheiro de hortelã, e Cecília deu um passo em direção à janela para se afastar.

— Eu não ligo. — Deu de ombros e apontou para o céu. — Aquela é a constelação de Pégaso. O mito do cavalo alado que nunca mais foi visto deste lado do mundo.

— Você acha que eles já existiram?

— Dizem que na floresta de Ellioras e em toda a extensão do império você encontra criaturas assim. — Ela fingiu modéstia, mas poderia falar por horas sobre as lendas que conhecia.

— Porque eu tenho a impressão que nós estamos do lado — ...Anne se aproximou do ouvido de Cecília e disse, como se revelasse um assassinato: — ...*chato* do mundo.

A jovem capitã riu alto em resposta, atraindo os olhares das outras damas que haviam fingido não reparar na presença da rebelde e da enclausurada.

— Porque você, Anne, está certa. Aqui parece que todo mundo faz questão de ser chato.

— É por isso que você viaja o mundo?

Era uma mentira que Cecília habilmente havia bordado todo esse tempo. De fato, a garota comandava sua caravela para tarefas de menor importância e trazia inovações valiosas para a marinha, porém jamais havia deixado as águas do reino. Ela não podia suportar a espera pela primeira vez em que finalmente romperia essa linha invisível que a ligava a tudo aquilo que conhecia.

Por isso, era muito importante se lembrar do quanto os outros sabiam sobre suas viagens errantes.

— Viajo porque eu busco tudo aquilo que é bonito. — Ela cravou o olhar em Anne. — E porque já li todos os livros na minha biblioteca. Preciso desesperadamente de histórias novas. — Ela deu de ombros e abriu um sorriso travesso, ignorou os pequenos cortes que cicatrizavam em sua mão e se distanciou antes que fizesse algo idiota.

À sua volta no salão, os olhares bisbilhoteiros cruzavam com o dela. Estavam com certeza observando a postura rígida e perfeita que

Cecília forçava em eventos assim. As outras damas da nobreza não pareciam incomodadas com seus próprios trajes e andavam como se estivessem vestidas de nuvens macias, não de ferro e cordas.

A pequena pianola parecia desajustada no canto do recinto, sem ninguém para tocá-la enquanto o som das cordas fluía pelo ambiente. Cecília havia passado toda a manhã decifrando a nova partitura que sua mãe havia insistido para que aprendesse. Não era uma música complicada e tinha uma alegria festiva e calorosa em cada sistema que lia, mas parecia correr para cima e para baixo nas teclas. Com as feridas, esticar a palma da mão se tornara bastante incômodo, mas ela não podia demonstrar. Não poderia fraquejar e correr o risco de alguém dizer que não era capaz de promover alterações em sua caravela e seguir com seus deveres cotidianos.

Ela precisava ser boa o bastante para fazer as duas coisas. Com um sorriso no rosto e a postura certa. E aparentemente usando espartilho.

Cecília tocou na superfície fria das teclas em silêncio. O instrumento tinha um belo tom de creme, com arabescos dourados dos pés até as laterais. Flores cor-de-rosa e azul-claras haviam sido pintadas por toda a peça, deixando-a com a aparência de um lençol bordado. Mas esse era o jeito da realeza de Traberan, mostrando o poder e a influência pelo exagero na mobília, no corte das roupas e em cascatas de chocolate mais altas que um ser humano. Essa última parte Cecília achava bastante pertinente.

A garota tentou se inserir em duas conversas, mas ambas andavam em círculos sobre o mistério da princesa, e, após uma semana mergulhada nos projetos de seu pequeno navio e um dia inteiro de aulas exaustivas, ela não tinha nenhuma força de vontade para conversas corriqueiras e educadas.

Era a contagem regressiva do momento mais importante da sua vida, quando ela finalmente sairia do reino com uma missão importante nas mãos. A glória que sempre esperara, ela estava perto demais do que sempre quisera para fingir que se importava com fofocas. Seja lá qual fosse a declaração da princesa, seria uma coisa boa. Ela sorriu para si mesma com um pressentimento indescritível. Uma mistura de algo bom e apavorante, algo que mudaria sua vida para sempre.

Anne, ao longe, conversava com outras garotas, desesperada por qualquer informação fora de sua mansão. Para ela, até mesmo a fofoca de uma criada grávida do senhor da casa era uma grande novidade. A pobrezinha não sabia o quanto era comum, e Cecília preferia não relacionar os rostos com as histórias, pois jamais saberia fingir cordialidade com alguém como ela.

Logo começou a se sentir como a pianola: capaz de tantas proezas e ao mesmo tempo forçada a se parecer com um abajur de luxo em um canto qualquer de um salão enquanto fingiam que ela não estava ali.

Todavia, não era um problema.

O momento que ela mais esperara durante toda a sua vida estava próximo, mesmo com o tempo brincando de pique-esconde, esticando-se mais *pra lá* toda vez que ela pensava que tivesse chegado.

Mas nessa brincadeira é o tempo que te pega, não importa o quanto uma pessoa esteja preparada.

Ela nunca está realmente pronta para quando chega sua vez de fechar os olhos, contar até dez e começar a procurar.

Capítulo 4

Dormir é uma invenção sem sentido

Três meses atrás

> *Foi no entardecer do verão*
> *que o marujo entediado*
> *se perdeu no pôr do sol*
> *ao ver seu sonho dourado.*
>
> *Não era estrela, nem miragem*
> *a visão que surgia no mar*

e dizia: "Vem comigo,
tenho um reino para te mostrar".

Longe das lendas e das canções,
deixou os ouvidos destampados
ao passar pelo mar de Cascais
e no mar foi atirado.

A melodia que o seduziu
o levou a um fim perverso?
Ou ele se tornou um herói
no reino submerso?

Foi o que disse a sua prometida
do seu fim bem-aventurado.
E jaz no fundo do mar
o marujo desavisado.

Cecília cantava baixinho a velha canção.

A sombra de *Aurora* projetava nas águas um desenho borrado da caravela contra o sol que acabara de nascer, o convés, as velas e as cordas parecendo flutuar sobre a luz dourada que pintava as nuvens fofas e brancas no horizonte. Cecília não havia dormido e, com a infelicidade de presenciar o amanhecer, estava melancólica.

Estava voltando para casa em Realmar, e o que deveria ser uma coisa boa era na verdade o retorno de suas incertezas. Ela detestava testemunhar que a noite havia acabado e preferia dormir por poucos minutos – o que fosse necessário para esperar o céu clarear sem precisar se despedir das estrelas – a virar a noite. Mas nesse caso não queria perder nenhum instante do mar aberto, pois não sabia quando seria sua próxima missão.

Soren e Nero acordariam em pouco tempo, então lhe restavam só mais alguns instantes sozinha nesse cenário que a fazia sentir tudo: euforia, antecipação, medo, alegria. Menos solidão.

Ela havia comandado entregas de ervas medicinais, de livros e pergaminhos de norte a sul de Traberan. Eram cargas que demandavam um cuidado especial no momento do transporte, precisando ter a temperatura manipulada e o índice de umidade controlado no compartimento onde estavam armazenadas, e Cecília tinha domínio suficiente da alquimia para gerenciar esses cuidados.

A jovem capitã havia feito o trajeto cinco vezes nos últimos dois meses, um recorde pessoal. Porém, sabia que, se passasse uma semana no mar, passaria cinco em casa em algum balanceamento sem sentido comandado por seus pais. Algo estúpido sobre "ir com calma, já que ainda tem a vida toda pela frente".

Só que não parecia *vida*, se a incerteza de quando navegaria de novo se juntava aos Cerulius para jantar como um elefante branco de gravata – porque seria o caos alguém aparecer desarrumado para uma refeição.

Uma passagem rochosa formava um arco adiante, tornando o infinito azul um pouco mais tangível. Era estreita para navios de grande porte, mas *Aurora* cabia ali tranquilamente com Cecília no timão. Ela havia descoberto uma corrente de água fria que impulsionava a caravela de um jeito divertido e escolhia passar por ali no caminho de volta. Tudo ficava escuro e frio por um instante, com *Aurora* abraçando a eterna sombra do arco rochoso. Em seguida, um impulso jogava a caravela para a frente, e Cecília sorria ao sentir a proa sair da água e acelerar em direção às nuvens douradas.

Não era uma descoberta que mudaria as transações comerciais do reino, ou que faria seu pai ter orgulho dela. Aquilo era uma alegria só para ela. E, bom, para Nero e Soren, que corriam para o castelo da proa e se debruçavam para ver o navio voar por alguns instantes.

Algumas horas depois, os dois marujos se apresentaram para suas tarefas no convés, atrasados em comparação com o resto da tripulação. Cecília estava sentada no chão diante do timão, com Lua deitada em seu colo em sono profundo. Suas pálpebras pesavam e os olhos ardiam, mas ela não queria perder um instante no mar, e dormir era como viajar para um futuro incerto (já que podia acordar vinte minutos ou seis horas depois).

O que claramente havia acontecido com os marujos mais dedicados e sonolentos que ela já tivera. Soren tinha os cabelos curtos e cacheados quase brancos devido à exposição ao sol, e a pele bronzeada tinha sardas por todo o rosto. Nero mantinha os cabelos pretos presos em uma trança até o ombro, e seu sorriso parecia sempre ostentar uma covinha bem-humorada. Eles dividiam uma cabine, sendo esguios o bastante para ocupar a pequena cama disponível, e Cecília não fazia ideia do motivo de demorarem tanto para levantar. Como não faltavam com suas responsabilidades, a garota não reclamava.

O que não quer dizer que ela não debochava.

— Vocês perderam a chance de voar com essa mania de se tornarem um só com o travesseiro — ela gritou, tentando não acordar sua gatinha.

— E você podia pelo menos visitar o seu de vez em quando — respondeu Nero. — Parece que dormiu abraçada a uma água-viva.

— Nem todo mundo faz questão do sono de beleza.

— Mas ia te ajudar.

— Essas coisas não fazem milagre, nem estou tão cansada assim. — Mentira. Ela estava exausta, mas o tipo de cansaço que vinha da mente, mais do que do corpo.

— Do que ela está falando? — bocejou Soren, aproximando-se e enfiando a camisa branca para dentro da calça. Marinheiros oficiais eram muito formais, e Cecília pedia para manterem as aparências apenas com terra à vista. Não era o uniforme que fazia um bom marujo, mas a confiança que tinha em seu capitão.

— Já passamos pelo Arco da Correnteza há algum tempo. Vamos chegar a Realmar daqui a pouco. — Ela puxou de leve a orelha de Lua para tentar se animar.

— E milady não está feliz de se livrar de nossas caras por um tempo?

— Se me chamar assim de novo, ordenarei que ande na prancha. — Ela riu, porque realmente podia fazer isso.

— Se a *capitã* — Nero se corrigiu propositalmente — não queria voltar para Realmar, por que apressou nosso percurso?

— Porque otimizar as rotas é um dos motivos de eu estar aqui... Se meus superiores sabem que consigo navegar com agilidade por estas águas, ganho mais respeito. O que pode parecer difícil de acreditar, mas não é fácil conseguir quando se é só uma garota que conseguiu tudo graças à influência do pai.

— *Milady* já era uma capitã, mesmo antes de ter um navio. — Soren se ajoelhou em frente a ela. Seus olhos azuis pareciam transparentes contra o sol forte, o tipo de garoto que faria metade da corte cair a seus pés, se não soubesse que não tinha títulos. — Não ache que suas conquistas acontecem à sombra da luz de outra pessoa.

— Isso não faz sentido. — Nero sentou a seu lado no chão, e o empurrou com o ombro. A covinha apareceu, e Soren sorriu de volta.

— Obrigada, marujo. — Cecília riu e pegou a mão de Soren. — Fico feliz que tenha lido o livro que te emprestei.

— Você me ensinou a ler; o mínimo seria aceitar sua indicação de leitura.

— E que livro abstrato foi esse? — Nero se intrometeu.

— Introdução ao pensamento filosófico. E não tem figuras — Soren acrescentou, vendo a pergunta se formar no rosto dele.

Cecília havia ensinado os dois a ler três anos antes, quando eram um pouco mais velhos do que ela era agora. Dezenas de garotas e garotos haviam aprendido com ela e conseguido futuros melhores para sonhar. Já eles dois decidiram seguir com as navegações, ao lado da única pessoa que aceitariam servir.

— Terra à vista — ela murmurou, apoiando Lua no chão e se levantando. — Acabou a moleza, todo mundo com o selo da coroa e os cabelos escovados.

— Incluindo você — Nero provocou.

— Eu tenho o privilégio de usar um chapéu bem grande. — Cecília riu, descendo para o convés e passando instruções para a tripulação. Ela precisava fechar os cadernos com registros comerciais e pegar alguns pertences para retornar a sua casa.

Nero olhava para Soren, passando os dedos por seus cachos bagunçados. Ele amava o desenho de cada mecha banhada de ouro e luz que mudava dia e noite.

— Já pensou em deixar o cabelo crescer? — A covinha parecia mais profunda agora.

— Só toda vez que você me pede. — Soren colou um beijo rápido em seus lábios e se afastou para ajustar o curso das velas.

Os dois viam Cecília entrar em seus aposentos, sabendo o que a esperaria em casa. Uma vida pela metade.

Em casa, ela era um projeto. Na corte, a peça sobressalente de um jogo de xadrez – uma rainha sem tabuleiro.

Mas toda vez que pisava em *Aurora* era uma capitã.

Capítulo 5

Se o magnetismo da inveja pudesse ser transformado em energia, algumas pessoas seriam imparáveis

Uma eternidade pode caber em vinte minutos? Qualquer garota que já ficou sozinha em uma festa à espera de algo que valesse a pena pode confirmar isso. O arauto real convidou todos para o salão, onde a princesa finalmente havia feito sua entrada. Como dominós equilibrados, as cabeças se curvaram diante dela. Sabrina brilhava como uma esmeralda, o vestido bordado de cristais cintilantes ostentando uma saia quase tão larga quanto a porta que acabara de cruzar. Lady May ou Princesa May, como era chamada, apesar de não possuir o título oficial, tinha os cabelos loiros presos em dezenas de tranças que formavam uma coroa sobre sua cabeça. Flores fluíam por seu vestido como o retrato da primavera, enquanto Sabrina parecia o auge do verão.

A música parou e a princesa caminhou pelo tapete de mãos dadas com May, seus passos sendo o único som no ambiente. Cecília ficou de pé junto a seus pais e o restante da corte, um sorriso natural rompendo de seus lábios ao ver as amigas. Estar perto delas era fácil, descompromissado e divertido.

Em seguida, entrou o rei de Traberan. Sua Majestade não era visto na corte havia semanas, estando constantemente em outras regiões do reino ou resolvendo problemas diplomáticos. Cecília se perguntava o quanto ele sabia da ameaça iminente de Bosnore, o quanto o duque teria confiado a ele e o quanto isso poderia atrapalhar seus planos.

Mesmo sendo um monarca gentil e bondoso, Sulian de Traberan era intimidador. Quando ele chegou ao centro do salão, ao lado de sua única filha e herdeira, Cecília o analisou por completo. Ele era visivelmente alto e tinha as feições desenhadas. Lábios grossos e escuros assim como sua pele, e o cabelo longo trançado com vários anéis dourados – diferente dos cachos opulentos da filha. Tirando a barba farta e o queixo quadrado, eles eram idênticos. Exceto pelo olhar. O rei era muito perspicaz, mas a princesa era genial.

Ele beijou a mão da filha e disse:

— Meus leais súditos, é com imensa felicidade que minha filha, Princesa Sabrina, anuncia a todos a chegada de um novo herdeiro para o trono de Traberan.

Até mesmo Cecília prendeu a respiração. Isso era um assunto muito discutido e quase sempre da forma errada. Toda a corte sabia que Sabrina e May eram casadas perante os Deuses e o reino, mas a obviedade sobre a impossibilidade de gerarem um herdeiro em conjunto os deixava inquietos. Ou eles não tinham nada melhor para conversar.

Nos quatro anos em que estiveram casadas, muitas vezes Cecília as vira sonhando acordadas pensando em como seria ter uma criança delas correndo pelo salão, ou em prantos por não saberem como isso seria possível.

Elas já haviam viajado o mundo até o continente onde a magia aflorava com mais vida e força, pelas terras de Montecorp e Ellioras. Haviam procurado por todos os círculos de Nanrac alguém com o conhecimento necessário para transformar as duas em outro alguém, mas as buscas haviam sido frustradas.

Um herdeiro de sangue para Traberan nunca seria gerado entre elas.

— É com a benção do meu querido pai, o nobre e justo rei de Traberan, que nós... — Sabrina entrelaçou os dedos nos de May. Cecília viu que elas estavam nervosas quase a ponto de vomitar, pular de alegria ou tudo ao mesmo tempo — ... anunciamos que iniciamos as etapas de adoção da nossa primeira filha. No próximo mês, toda a corte será apresentada à nova princesa!

Mas uma herdeira de mente, caráter e valores, sim.

A corte ficou em silêncio. Cecília notou que até mesmo o bater dos colares de pérolas e o farfalhar dos vestidos haviam cessado. Adoção era algo normal entre as famílias de plebeus, e uma prática quase corriqueira entre os mais pobres, situação em que as crianças eram criadas por uma comunidade, por quem estivesse por perto ou pela própria sabedoria das ruas.

Os mais afortunados cediam suas riquezas em doações e caridades sazonais, mas nunca em nada que realmente importasse e comprometesse sua posição social. Apadrinhar uma criança órfã, ceder boas roupas, comida e educação o bastante para ter um ofício era uma coisa. Tratá-lo como da família, colocar um prato na mesa de jantar e se importar o bastante para saber o que essa criança estava sentindo ou qual seu doce favorito... outra.

E agora essa pequena desconhecida ganhava não só uma cama quente, refeições regulares e instrutores qualificados.

Ela ganhava um reino.

O mesmíssimo reino de que essa nobreza articulada se apropriava apenas para dizer o que deveria ser feito, o que era próprio e o que era inaceitável. Regras restritas de um jogo que não eram encontradas escritas em lugar algum e que todos saberiam recitar como uma prece vazia e temerosa.

É claro que odiaram saber que essa *ninguém* logo estaria mandando neles.

Cecília fitou o semblante de seus pais, as únicas pessoas cuja reação poderia decepcioná-la. Encontrou os dois sorrindo. Um peso que ela não notara em suas costas se esvaiu, e a garota caminhou lentamente pela multidão estática, o tempo em suspensão enquanto as palavras da princesa ecoavam. Instantes atrás, o mundo era como sempre tinha sido, e agora estaria para sempre mudado.

"Maravilhoso!"

"Indescritível!"

"Insolente."

Os sussurros se misturavam com a salva de palmas que irrompeu, em certa tentativa de falar livremente sem o risco de serem criticados.

"Um escândalo."

A jovem capitã sorria como se seu rosto fosse congelar. Havia três meses desde a última vez que tivera esse gosto da liberdade, porém ela amava todo tipo de bons ventos que traziam consigo novas mudanças. A mistura perfeita entre sonetos e navegação.

Quando Sabrina e May foram em direção ao salão de jantar, Cecília as interceptou atrás de uma pilastra de mármore e as abraçou com toda a força que tinha.

— "Parabéns" nem começa a expressar a alegria que estou sentindo por vocês — disse, fitando seus rostos.

A princesa parecia inabalável, contudo era parte do teatro da realeza. Ela tinha esse feitio longe de eventos sociais, mas normalmente era porque parecia que podia dominar o mundo com um estalar de dedos com sua perspicácia, não precisando ser hábil em todas as armas letais já inventadas. Lady May, por sua vez, apertava a mão da esposa, o sorriso congelado.

— Batatinha vai ficar ainda mais distraída nas cartas agora que teremos uma criança para cuidar, então você tem mais uma coisa para se alegrar — Sabrina falou, usando o apelido que dera a May antes de se apaixonarem. De fato, o nariz da filha do duque era redondo como uma batata.

— Como se eu precisasse disso para vencer vocês — Cecília provocou. — Eu quero saber os detalhes depois. E providenciar um presente digno para a criança mais amada de todo o reino! — concluiu, animada.

A expressão em suas faces endureceu.

— Assim esperamos, Cecília. — Sabrina sussurrou o mais baixo que conseguiu. — Não vai ser fácil fazer a corte aceitar a legitimidade de Aurora, temos um longo caminho pela frente.

— Teríamos um longo caminho de qualquer jeito. Ninguém tá planejando morrer amanhã. — Cecília pegou na mão das amigas e se aliviou ao ver um sorriso repuxar em seus rostos. Era uma ocasião feliz, pensamentos retrógrados não deveriam roubar a chance de duas mães celebrarem sua primeira filha. A garota franziu o cenho e prosseguiu com a voz travessa. — Vocês nomearam a princesinha em homenagem à minha caravela?

— Como assim? — Sabrina apoiou a mão no queixo.

— Meu navio, a caravela. — Cecília desenhou a silhueta da embarcação no ar, como se ajudasse a memória das amigas. — Se chama *Aurora*, já falei isso umas mil vezes. Toda vez que venho aqui. Vocês não prestaram atenção nesse detalhe?

— Pensei que estivesse falando do nascer do sol — May comentou, parecendo mais leve por um instante. — Mas faz muito mais sentido você trocar as velas de uma caravela do que do amanhecer.

— Como vocês viram sentido em alguma coisa que eu compartilhei esse tempo todo? — Cecília segurou a risada.

— A gente não estranha ideias absurdas de quem lê muito. — Lady May deu de ombros.

— Precisam me prometer que vão me deixar ter contato com essa criança. Aliás, quando vou conhecê-la?

Sabrina se inclinou e falou seu segredo mais precioso.

— Ela já está aqui no palácio. — O sorriso da princesa mostrava um tipo de paixão diferente.

Antes ela era inabalável por herdar a coroa. Agora, porque era mãe. De corpo, alma e de todo jeito que importasse. May encostou a testa na dela, a felicidade irrompendo atrás da preocupação como um raio de sol insistindo em uma cortina fechada.

Era óbvio que elas temiam pela segurança da criança, mais um motivo para tornar o mundo o lugar mais amistoso possível para que ela crescesse.

— Bri, é melhor a gente jantar. Deixar essas pessoas com fome não nos ajudará em nada — May sugeriu. — Venha amanhã, Cecília. Eu posso perder uma partida de cartas jogando Marreco e você conhece a melhor pessoa do mundo todinho.

Cecília concordou, sem saber esconder o sorriso. Todas as notícias boas estavam acontecendo ao mesmo tempo, e ela começou a cogitar se coisas boas realmente aconteciam para pessoas-boas-que-faziam-coisas-boas, em vez da relação de caos e efeito caótico que promovia ondas gigantes com o bater das asas de uma borboleta.

Quando o jantar terminou e todos voltaram ao salão para uma taça de licor, a garota viu o marquês apertar as mãos do duque e se aproximar da princesa. Cecília se aproximou para participar da conversa, que era de seu absoluto interesse, aguardando o momento em que sua vida mudaria para sempre.

Naquele exato momento, vendo sua melhor amiga e seu pai ao longe, logo antes de tudo de maravilhoso que estava prestes a acontecer, ela era a pessoa mais feliz do mundo.

Capítulo 6

Você só descobre que tem a moral flexível quando precisa dela

Ninguém nasce pirata. É diferente de ser da realeza, que é um direito de nascença. Ou de ser bonito ou feio, que não passa da opinião geral de quem já estava aqui antes de você nascer, influenciando a forma como você interpreta o que aparece no espelho. Tampouco é como ser um artista, quando o interesse nato é uma pedra bruta que norteia sua vida com anos de dedicação, estudos e desafios que os outros chamam de "dom".

A pirataria não é um traço social, de aparência ou de personalidade. Ou talvez seja justamente os três, mas só depois que ela *aflora*.

E isso acontece quando alguém tem a posse de algo que deveria pertencer a você, e a injustiça do mundo tornou impossível cair nas suas mãos pelo jeito tradicional.

Não foi culpa de Cecília entender tudo errado, mas ela era responsável pelo que aconteceu em seguida.

— Alteza, detesto ter que trazer assuntos difíceis em um momento tão festivo e de tanta alegria, quando você e Lady May certamente estão desfrutando de puro júbilo com a chegada da bebê, mas receio que este assunto não possa esperar.

A jovem capitã ouviu o pai enquanto se aproximava, ainda que ele estivesse sussurrando. Já estava acostumada a entendê-lo mesmo quando tentava ser discreto. A princesa, sua esposa e o marquês conversavam distante de outros convidados, dividindo uma taça de licor. As paredes altas do palácio eram pintadas com flores até quase alcançarem o teto, e arranjos reais desciam pelas pilastras brancas. Os passos da garota eram suaves, e ela caminhava sem ser ouvida.

— Seja qual for o assunto, pode confiá-los a nós, Lorde Cerulius — May respondeu prontamente.

Sabrina assentiu. O marquês continuou.

— Preciso que Vossas Altezas naveguem até a ilha que quase se foi. O *relógio* — ele tropeçou na palavra — precisa ser devolvido, mas receio que a Coroa ainda peça por mais do que apenas justiça.

Bosnore. Cecília não conhecia os códigos dessa conversa, mas havia lido o bastante do pergaminho para entender o contexto. Infelizmente, não o bastante para entender a gravidade da situação.

— É perigoso demais deixar Realmar sem a nossa presença depois do anúncio que fizemos hoje, Alteza — May tentou falar com calma, mas havia súplica em seus olhos. Cecília estranhava vê-la dando a Sabrina um tratamento tão formal. Já havia presenciado uma guerra de chantili entre elas, pelos Deuses.

— Lady May está certa, Vossa Graça. Não há nenhum embaixador competente o bastante que possa fazer essa transação.

E esse era o momento em que o marquês deveria ter dito: "*Ah, espere um momento, Alteza! Tem sim, é claro. Minha filha, sua melhor amiga, Cecília Cerulius. Ela é perfeita para essa missão*".

A jovem capitã arriscou mais um passo em direção a eles, com um fio de esperança de que o pai ainda dissesse essas palavras. Era o que ela havia entendido da sua conversa com o duque, pela forma como haviam falado.

— Peço perdão se soar indelicado, mas estou olhando para as únicas pessoas incorruptíveis com tal objeto em mãos. Se o *relógio* cair em mãos erradas pode ser... catastrófico. A ilha tem o apoio de Nanrac, e sua força cresce a cada dia. — Ele abriu um sorriso triste, tentando manter as aparências. — Ironicamente, o que não podemos dispor aqui é de tempo.

Sabrina e May se entreolharam. O coração de Cecília se partia em mil pedaços, porém, como um navio seguindo a correnteza, ela deu mais um passo à frente. Quem sabe para lembrar seu pai de que ela *existia*. E que se provara digna de confiança todos os dias desde que nascera.

— Alteza, não podemos deixar nossa filha...

— Não podemos deixar que ela cresça sem um lar seguro. Ou em um reino em guerra. Aurora não é só o futuro do nosso reino, ela é o nosso presente, May. — A princesa apertou a mão da esposa. — Você fica em Traberan, eu vou partir o quanto antes. Se tudo correr bem, em um mês estou de volta para vocês duas.

O marquês assentiu.

— Você é valiosa demais para o reino, eu posso ir em seu lugar — May sugeriu.

— Receio que o herdeiro de Bosnore só aceitaria selar um acordo de paz diretamente com a princesa herdeira de Traberan, não com a princesa consorte, Lady May — Hector explicou, mesmo detestando ter que pedir tanto das princesas.

E Cecília podia não estar fazendo barulho, mas agora caminhava sobre seu sonho, que havia se fragmentado em cacos sob seus pés.

— Se houver uma forma de ajudar, eu ficaria mais do que feliz. Não há nada que não fizesse pelos Cerulius e pelo reino — a garota arriscou falar, denunciando sua presença. Não tinha medo de nenhuma das três pessoas que estavam diante de si, mesmo tendo cada uma delas um significado diferente de família.

A jovem capitã ainda esperava que a considerassem para a missão, apesar de não ter uma posição real tão estimada quanto a herdeira do trono. Certamente estava mais acostumada à navegação e era inteligente o bastante para se livrar de situações complicadas por meio de conversas.

A correnteza e o vento levavam os navios daqui até ali, e foi um fio de esperança que fez Cecília se pronunciar. Ela ainda procurava um tabuleiro de xadrez onde pudesse transitar, mas parecia ser a peça de algum outro jogo em que não se encaixava.

— Minha filha, você é a pessoa em quem eu mais confio em todo o universo — o marquês falou, orgulhoso. — No entanto essa missão é perigosa demais para você, jamais arriscaria sua segurança, minha querida. Não está acostumada com as águas além do nosso território, e ainda não é uma diplomata completa. Um dia estará preparada, mas ainda não, filha.

Não é que Cecília não *entendesse*. Raios, talvez fizesse o mesmo se estivesse no lugar do marquês, mas ela não estava. E não desejava entender aquela situação injusta.

Só queria desaparecer dali.

Com uma reverência desajeitada, partiu, sentindo falta da alegria, empolgação e confiança que tinha ao pisar no palácio naquela noite. Cecília revia cada conversa, procurando os detalhes em que pensou ter falhado. Tivera a oportunidade da sua vida nas mãos e a deixara escapar por entre os dedos. Ao chegar em casa, não pregou os olhos, inquieta, vendo o passar insistente das nuvens no céu. Deveria haver alguma resposta que não estava considerando, só precisava pensar melhor.

Seus pensamentos eram altos demais, mas, quando o cansaço a tomou, eis o que ela jurou às estrelas:

— Ainda não sei como, mas que fique registrado que tentei fazer isso do jeito certo.

Capítulo 7

Já que o plano idiota não funcionou, que tal o plano desesperado?

Notas errantes invadiam o silêncio da propriedade da família Cerulius, incomum para um dia sem festividades na mansão. Fazia apenas uma noite que a vida de Cecília havia declarado que permaneceria a mesma, o marasmo sufocante sem a perspectiva de voltar ao oceano. A capitã, longe do mar, ainda praticava a tal "Balada da meia-noite", canção exótica que sua mãe conseguira para desafiá-la. Era um alívio tentar encaixar as notas no tempo certo e treinar seus dedos para que soubessem o caminho da melodia sem precisar pensar antes. Fingindo dedicação ao arranjo complexo, ela passara quantas horas pôde tentando encontrar uma forma de escapar. Não que qualquer plano decente cruzasse sua mente.

Era insano que ninguém visse que ela era perfeitamente capaz de devolver a tal relíquia a Bosnore. *Relógio* ou o que quer que fosse. Já tinha gastado horas de sua vida aprendendo regras de etiqueta sem sentido, que deveriam servir para algo mais além de cumprimentar pessoas de quem ela nem gostava. E, se a princesa tinha uma criança em casa, seu coração deveria ficar ao lado de May nesse momento.

Cecília havia passado a manhã com a princesa herdeira, ignorando qualquer possibilidade de jogar cartas com as amigas. Em vez disso, tomara a bebê nos braços e absorvera tudo que pudera de seus olhos grandes e escuros, das mãos rechonchudas e dos cachinhos delicados e perfeitos, mais suaves do que qualquer outra coisa existente. A princesinha devia ter pouco menos de um ano, e May e Sabrina a olhavam de perto como se ela fosse um ser mágico. De outra dimensão. Sua própria noção de milagre.

Porque ela era. A Princesa Aurora de Traberan era tudo de puro que poderia existir. Cecília se perguntou se seus irmãos se sentiram assim quando ela nasceu, como se o peito pudesse explodir em fogos de artifício de amor e encantamento só por segurar uma pessoinha no colo.

E imediatamente concluiu que não, caso contrário não a teriam abandonado. Por isso, Cecília sussurrou no ouvido de Aurora "*Você sempre vai poder contar comigo*". Era puro egoísmo pedirem que Sabrina se distanciasse da família agora. Privar da princesa um sorriso, ou a descoberta de um momento que jamais voltaria. Ela estava conquistando tudo o que sonhava com sua família e seu reino.

Já Cecília tinha o piano para lhe fazer companhia naquela noite nublada. As cortinas abertas deixavam a luz dos postes externos entrar pelo salão, mas frequentemente ela tocava apenas com o luar. Como seus dedos haviam memorizado as notas, ela podia muito bem estar com olhos fechados.

Uma lágrima escorreu em seu rosto. Não de raiva ou de tristeza, mas porque ela não piscava havia tempo demais, com os olhos fixos na partitura ainda desconhecida. A música era alegre, reconfortante. Uma canção de ninar feita para tabernas lotadas, que exalava energia de fogo, despedidas e esperança. Seria belíssima quando finalmente parasse de assassinar as notas e acertasse a melodia.

A garota bateu com as mãos no piano, irritada. O robe que a envolvia parecia preto com a baixa iluminação, mas os lampiões refletiam sua luz amarela sobre a seda, revelando o verde-escuro cintilante como as costas de um besouro. Ela certamente chiava como um, impedindo que qualquer morador da mansão adormecesse.

Normalmente tocava noite adentro, embalando todos na propriedade com suas canções favoritas. Mas hoje nenhuma música parecia fluir. Tampouco essa que ela tentava aprender com fluidez.

Com o estrondo, sua mãe desceu apressada as escadas, seguida pelo marquês, seus passos abafados pelos tapetes. Seu pai se sentou na ponta da banqueta do piano, a seu lado, e Berenice parou em frente aos dois, na lateral do instrumento.

— Você não fica tão frustrada assim desde que estava aprendendo aquela... — Hector girou os dedos no ar enquanto tentava se lembrar do nome da música, olhando para sua esposa, esperançoso.

— "Embalados em outro verão" — Berenice acrescentou, com a voz amável.

Cecília sentiu em seu corpo uma imensa relutância a acolher o papo-furado de seus pais. Não estava frustrada sobre a música – bom, não *só* isso –, e conselhos metafóricos não a ajudavam em nada. A garota levantou a mão e posicionou os dedos da mão esquerda sobre as notas, que seguiam uma linha inesperada e belíssima de novo e de novo, enquanto a mão direita caminhava para cima e para baixo nas escalas mais agudas. Ela tocou a melodia agilmente, para provar um ponto.

— Pelo menos essa música era digna de um desafio. — Ela bufou.

— Todas elas são, minha querida — Berenice a encorajou. — Eu não teria conseguido a partitura para você se não achasse que era capaz de tocá-la.

— Pelo menos *você* acredita nas minhas habilidades, mamãe. Mesmo que sejam obrigatórias no meu papel social e totalmente previsíveis.

— Ah, então a casa inteira não pode dormir porque você gostaria de atravessar as correntes revoltas até Bosnore? — Seu pai levantou a sobrancelha em um gesto casual, mas que fazia Cecília se sentir pequena. Como se suas vontades fossem caprichos infantis.

— *Aurora* é a embarcação mais preparada para essa viagem, papai. As modificações na sua constituição são mais capazes que o próprio navio que transporta toda a família real. Que, por sinal, tem um péssimo sistema de roldanas. É preciso três homens para fazer o trabalho de um só, graças ao material antiquado com que ele foi construído.

— Entendo, Cecília — o marquês assentiu. — A casa toda não pode dormir porque você se acha mais capaz para essa missão do que a decisão oficial do duque, do rei e do *seu pai*.

— Eu só achava que você confiasse mais em mim — a garota respondeu baixo, com a voz amarga. Berenice prendia os lábios, sem saber o que falar. Isso era demais para sua filha, contudo Jim e Leo haviam abdicado e partido em rumos diferentes, e recaíra sobre a menina toda a herança e a responsabilidade dos Cerulius.

— Eu acredito no que dizem sobre aquelas águas, sobre a maldição. Você pode se ressentir, mas não vou colocar minha filhinha em risco em uma missão da Coroa. A Princesa Sabrina obviamente tem relevância diplomática muito maior que a sua, sendo apenas a filha caçula do marquês. Você é inteligente demais para não compreender as implicações, e acredito que seus caprichos te fizeram acreditar que pode ter qualquer coisa, a qualquer momento.

— *Você* me fez acreditar que eu poderia ter tudo que quisesse. Que poderia ser quem *eu quisesse*, papai!

— E pode. — Ele engoliu em seco. — Mas não se apressa o tempo. E agora não é sua hora de voltar para o mar, Cecília. Além disso, há uma nova equipe de aprendizes que precisam do seu treinamento. Não há ninguém mais dedicado e inteligente que você nessa função.

— Papai, então você reconhece que *Aurora* é a embarcação mais competente do reino? — Havia esperança em sua voz.

— Claro que sim. E um dia todos os livros falarão de Cecília Cerulius, a jovem brilhante que transformou toda a frota naval do próspero reinado de Traberan. — Seu pai sorriu.

Não havia deboche em seu tom, mas ele queria que a filha esperasse por um futuro que era apenas uma projeção. Não uma data marcada. Nada para onde ela pudesse fazer as malas e partir imediatamente.

O que era um problema, pois ela estava pronta para partir, para todos os lugares que tivesse oportunidade.

Para qualquer um.

Uma ideia fez cócegas em sua mente, tilintando e implorando que lhe desse uma chance. Cecília respirou fundo e tocou a mão de seu pai. Abriu aqueles olhos enormes e sustentou o sorriso mais inocente que aprendera na corte. Ela parecia meiga, quase boba. E se odiou pelas palavras que saíram de sua boca, mas se odiaria mais se não tivesse a chance de dizer o que queria.

— Então eu insisto que Sabrina viaje em *Aurora* para Bosnore. Tudo para aproximar a princesa do reino com a maior segurança e agilidade possível. — Sua voz não vacilou quando ela deu de ombros. — Já que estarei com os grumetes e marujos, posso me afastar da caravela algumas semanas.

Seu pai a abraçou pela lateral, colando um beijo em sua cabeça, e Berenice se juntou aos dois, acariciando a bochecha da filha.

— Essa é uma atitude muito nobre e altruísta. Não poderia estar mais orgulhoso, minha querida.

— Ah, papai. Você não precisa dizer isso... — ela murmurou, e as palavras saíram de sua garganta como se ela estivesse engasgando.

Pois ela estava agindo por puro egoísmo, e não havia nada de nobre em mentir para sua família, seu reino e sua amiga.

A verdade era como um cobertor espesso guardado em um baú pequeno demais. De olhos abertos, ela analisou a sala escura a sua volta. Os móveis coloridos e luxuosos que pareciam tão sombrios longe do sol. Um lugar perfeito para acordos silenciosos e mentiras confortáveis.

Cecília deu boa-noite aos pais, alegando estar cansada demais para continuar tocando piano. Deu um beijo em Lua, que dormia em seu travesseiro apesar de ter toda a cama à sua disposição, e acendeu o lampião em sua escrivaninha. Começou a anotar tudo o que sabia sobre a missão, procurou livros sobre as correntes em direção à ilha amaldiçoada e fez cálculos e mais cálculos de como seria a escala para liderar a caravela com a tripulação reduzida. A noite seria longa, mas as estrelas sempre faziam companhia. Ela precisava de toda ajuda com que pudesse contar.

Tinha um roubo para planejar.

Capítulo 8

A situação faz o ladrão

Cecília era apaixonada por sonetos desde que aprendera a ler. Tinha começado com poemas e cantigas infantis, procurando com cada vez mais urgência palavras mais desafiadoras, linhas de pensamento mais complexas, tudo que pudesse lhe mostrar como funcionavam os mistérios do mundo fora da mansão e do seu reino.

As palavras eram mais que um refúgio, eram suas amigas. Livros eram janelas por onde ela podia espiar os mais sinceros sentimentos de amor, revolta e vingança. Tão plenos que ela achava que poderiam ser sentidos apenas por meio de romances e novelas, e jamais por conta própria.

Claro, isso tinha sido antes que ela tivesse o sabor de seus sonhos na ponta dos dedos, apenas para vê-los se dissipar como algodão-doce em uma chuva súbita. E, agora, tudo que ela carregava no peito eram sentimentos intensos demais, que quase a impediam de pensar direito. Sabia que o pai ficaria decepcionado com sua atitude. Tinha plena consciência de que Sabrina poderia ver seu gesto como traição. E, sem dúvida, a mãe temeria pelo futuro de sua caçula, seguindo os passos errantes dos irmãos.

Logo, após intensas aulas de reforço providenciadas pela marquesa, ela tinha poucas horas para descansar e partir na calada da noite. Não poderia desmarcar nenhuma delas, com o risco de levantar suspeitas. Então, ao longo do dia, havia escrito quatro cartas.

A primeira delas para Soren, pedindo que ele e Nero passassem a noite em *Aurora*, a fim de supervisionar a chegada do item misterioso que deveria ser devolvido a Bosnore o quanto antes.

A segunda foi entregue especialmente para Soren por um mensageiro de rua que Cecília sempre presenteava com rosquinhas açucaradas e moedas de prata em troca de pequenas tarefas. Esse bilhete era codificado e ordenava que a embarcação estivesse pronta para partir à meia-noite.

A terceira e a quarta estavam endereçadas aos marqueses e às princesas, respectivamente. Aos pais ela implorara um voto da confiança quebrada e prometera lhes deixar orgulhosos na volta da missão. Às amigas ela havia jurado que fazia isso por elas, para que tivessem mais tempo com sua bebezinha, e para educar a corte, que ainda precisava se ajustar à ideia de uma herdeira sem sangue real.

Cecília fora tão desenvolta com suas palavras que quase acreditara nelas. A garota precisava se perdoar se quisesse embarcar na aventura mais inconsequente e egoísta que já fizera. Mas pela primeira vez era uma decisão totalmente tomada por ela que movimentava sua vida. Ela não deveria se desculpar por fazer aquilo que considerava melhor para seu futuro.

Ela queria ser lembrada como a capitã destemida que navegava por águas revoltas e amaldiçoadas, ganhando o respeito do oceano por sua ousadia. Queria ser reconhecida nos reinos vizinhos como a garota nobre que abrira a porta para todas as outras que ousassem se aventurar.

Não é possível colocar em palavras o quanto ela estava sendo tola naquele momento – porém é assim com todos os sonhadores: acham que seus sonhos são firmes o suficiente para construir uma ponte que vai lhes sustentar quando a borda do mundo falhar. Que abrirá uma escadaria até os céus toda vez que for necessário subir às estrelas. E, entre a certeza de desafios repetitivos em terra firme ou a possibilidade de glória e liberdade a curto prazo, ela sabia o que escolheria sem pensar duas vezes.

Cecília acreditava estar colocando em risco apenas a confiança das pessoas queridas, pois não sabia que arriscava o mundo todo com seus impulsos. Arriscava toda a realidade, para ser franca.

Ela sabia que a caravela partiria pela manhã com a princesa, sua tripulação e guardas pessoais a bordo, então esperou a casa adormecer para partir. Olhou para seu quarto arrumado, os lençóis bordados e perfumados e sua cama, lugar em que deveria estar deitada se fosse uma dama perfeita.

Andou até a porta olhando para a janela nublada do outro lado, sentindo o peso da bolsa que carregava suas anotações e os livros que havia consultado nos últimos dias enquanto fazia reparos em sua embarcação. A caravela, *Aurora*, ainda não estava perfeita, mas deveria estar boa o suficiente para completar a missão. Ao menos os suprimentos estariam bem abastecidos, uma vez que souberam que a princesa herdeira viajaria nela.

Lua despertou, esticando as patinhas e pulando da cama com um miado curioso.

— *Shhh!* Não posso levar você comigo dessa vez. Pode ser muito perigoso. Você precisa me esperar aqui, entendeu?

O coração de Cecília apertou quando a gata passou entre suas pernas, e uma parte dela entendeu o sentimento de seu pai. Ela não queria colocar seu bichinho em risco, e subitamente toda a baboseira de mar revolto e maldição fazia sentido em sua mente.

Lua comia frequentemente biscoitos especiais de alga, que só eram encontrados em Nanrac e em alguns postos luxuosos. Essa alimentação especial permitia que a gata entendesse a fala humana, e ela ignorou totalmente o comando da humana, subindo em suas costas agilmente, pendurada na bolsa que levava no ombro.

Os olhos verdes da gata piscaram lentamente, e ela miou.

Cecília a colocou no chão e murmurou um pedido de desculpas, abrindo a porta e se apressando para fora a fim de fechar Lua lá dentro. A gata começou a miar e a arranhar a porta incessantemente e com certeza acordaria a todos se continuasse a fazer barulho daquele jeito. A jovem capitã bufou e revirou os olhos, em seguida abriu a porta e pegou Lua no colo.

— Com quem você aprendeu a ser assim? — a garota sussurrou, vendo os olhos cerrados da gata em sua direção. — Vai ter que ser superobediente, combinado?

Lua ignorou a fala de sua tutora e simplesmente se aninhou em seu colo, ronronando.

Na calada da noite, Cecília caminhou pelas ruas de Vertitas até chegar ao porto de Realmar. Era sua última chance de voltar para casa e esquecer toda a ideia insana que a tinha levado até ali. Uma estrela silenciosa implorava que ela caísse em si, tentando escondê-la da vigilância fofoqueira do firmamento.

Um relâmpago cortou os céus ao longe, o vento do mar salpicando em seu rosto, um chamado para casa mais urgente do que largar tudo aquilo que seu coração desejava. Estava na hora da troca de guarda; quanto menos atenção pudesse chamar para a missão, mais segura ela estava.

Ela não estava errada, repetiu para si mesma.

Não era roubo, se era seu próprio navio. Nem se colocassem um objeto de valor inestimável nele por livre e espontânea vontade.

Mesmo assim, quando ela subiu pela rampa de *Aurora* e soltou Lua no convés, algo apertou em seu peito.

— Fique por perto o tempo todo, nada de se esconder ou caçar sem avisar — ela ordenou à gata.

Soren e Nero subiram a âncora e ela desfez alguns nós antes de tocar no timão e acertar o curso com a bússola. Não haveria estrelas para guiá-la essa noite, e com sorte as nuvens seguiriam um curso diferente.

— *Aurora* é minha — Cecília repetiu. — Estou fazendo pelo bem de todo mundo, principalmente do meu reino e da minha família.

Ela suspirou, e um nó em sua garganta se formou, tornando-se mais forte ao ver que a cidade se distanciava à medida que a caravela avançava mais. As luzes pequenas do porto já pareciam quase apagadas com a madrugada crescente. Os prédios baixos diminuíam, e os demais navios oficiais atracados a fizeram lembrar que em algumas horas todos saberiam o que tinha feito.

Cecília prometeu para si que não olharia para trás. Que não pensaria como poderia ser seu retorno. Tentou bloquear sua imaginação, que insistia em mostrar a decepção de seus pais ao pegarem sua carta, ao se recusarem a entender o motivo de sua partida e após notarem o que a filha tinha feito.

E ela se sentiu horrível, porque na calada do mar aberto começou a rir.

A gargalhar.

Estava longe o bastante da cidade para não se preocupar com o silêncio. Além disso, Soren e Nero já estavam acostumados com sua capitã.

O eco agudo e eufórico de sua voz se estendeu pelas ondas, e Cecília começou a chorar. De desespero, de alegria, de esperança.

Não importava. Afinal ela se deu conta de que era possível alcançar sentimentos ainda mais intensos do que nos livros. Do que da primeira vez em que ela navegara. Existia muito mais do que lhe fora apresentado e prometido. Cecília mal podia esperar para descobrir o quê. Fitando o céu nublado, ela disse para ninguém em específico, hesitando em cada palavra:

— Eu acho... que entendo um pouco mais os meus irmãos. — A capitã soltou o timão, estalando os dedos devagar enquanto respirava o absurdo que estava vivendo. Jim e Leo eram desertores das responsabilidades para com sua família e seu reino, enquanto a vida toda da garota fora em função do desenvolvimento de Traberan. Ainda assim, o sentimento estava ali. Poderia ser algo de família. Provavelmente era só aquele hábito de se inspirar em seu herói de infância, como todo irmão mais velho é para o mais novo. — Só preciso ser mais esperta do que eles, não é?

Não havia ninguém ali para ouvi-la, mas um arrepio atravessou sua espinha quando o céu ficou claro e uma trovoada rasgou o céu em resposta.

Capítulo 9

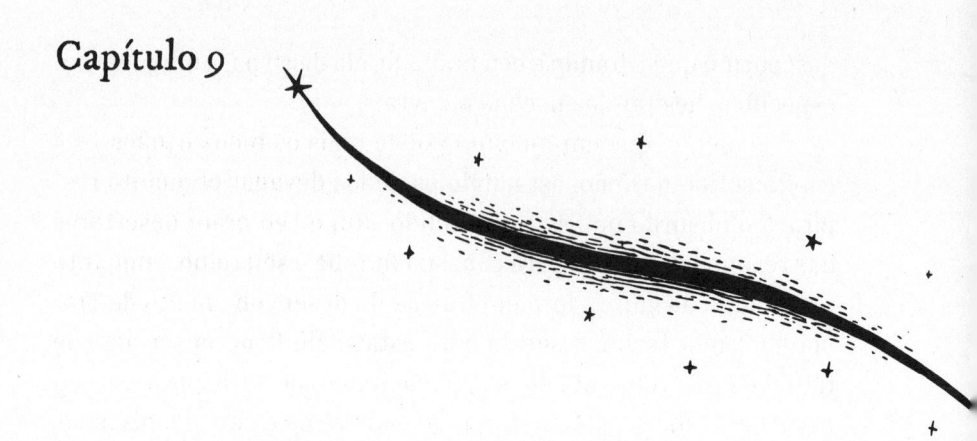

Jogos de azar viciam quando a sorte é itinerante

Se Cecília fosse obrigada a dizer como estava se sentindo, diria estar ignorando o pavor que crescia em seu peito. Mas, como não era o caso, fingiu manter a cabeça fria ao estudar as nuvens cinzentas que se aproximavam. A forma massiva ocupava todo o horizonte infinito acima dela, destruindo a sensação de amplitude e liberdade que vinha com o alto-mar. O contorno circular parecia sugar a própria noite a sua volta enquanto os ventos moldavam uma nova forma de interpretar pesadelos.

Ela nunca havia deixado a costa de Traberan, sempre fizera serviços nas águas próximas ao reino. Era sufocante saber que a encosta estava a algumas horas e a um bom vento de distância, porém nunca havia percebido como isso a fazia se sentir segura.

O mar aberto era diferente. Cecília sabia do segredo de suas correntezas apenas pelos livros que lia. Não conhecia de verdade o balanço de suas ondas, a cor que a água tinha ao pôr do sol, ou qual canção ele cantava de volta para seus marinheiros. O mar só pertencia àqueles que já o tinham cruzado, e naquele momento ela era uma intrusa. A jovem capitã sabia que cada parte do oceano tinha suas próprias lendas, monstros e criaturas tão belas que você veria apenas uma vez na vida – pois morreria em seguida.

Como histórias, cada um desses detalhes a fascinava, convidando sua curiosidade e imprudência a navegar de forma calculada e destemida. Ela pegou a bússola nas mãos e observou a rota que deveria traçar para chegar até a ilha. Um lugarzinho miserável para acertar o curso de primeira, pequeno demais para atracar com precisão e repleto de desenhos de redemoinhos e de criaturas feiosas nos mapas que encontrara. Deveriam ser boatos sem sentido, não existia isso de "águas amaldiçoadas", ou Deuses escolhendo brigas com mero mortais, cujas almas não valiam mais que algumas moedas gastas.

Isso não era mais do que uma fé cega nas vozes da sua cabeça e em tempos desesperados era sólido o suficiente para mantê--la de pé enquanto o mundo claramente iria desabar. As estrelas viam que *Aurora* poderia ser facilmente engolida pelas ondas, seu casco destruído em pouco tempo, e os corpos de seus tripulantes afundariam por longos minutos até finalmente encontrarem o fundo do mar.

Onde estavam, não havia criaturas marítimas para ameaçá-los. Todas foram sábias o bastante para fugir da tempestade, e, diante do que via, Cecília temeu. Não por sua vida, mas por pensar que o último sentimento que despertaria em seus pais seria a decepção, seguida do luto. Por Soren e Nero, que a acompanhariam até o fim do mundo mesmo que a situação fosse literal demais. E pelo objeto que ela transportava, e por toda a decepção que causaria caso ele fosse repousar no fundo do oceano. Em momento algum ela imaginara que voltar para Realmar não fosse uma opção. Não imaginara que poderia morrer no processo, levando ainda Lua com ela.

Pelos Deuses, Lua!

— Nero — ela gritou, e o marujo terminou o nó que fazia em uma das velas, correndo pelas escadas até a capitã. — Mantenha o curso!

— Você está certa de que esse é o caminho, capitã? — Nero murmurou qualquer coisa assim, as palavras lhe faltando.

— Quando estamos cercados pelo inferno, todo lugar é o norte — ela falou, já se distanciando.

Nero gritou algo como "O quê?!", e Soren respondeu, mesmo que a voz dos dois fosse abafada pelo vento. As primeiras gotas de chuva começaram a molhar o convés, pequenas agulhas frias contra o chão de madeira. O cabelo dela estava preso em uma trança firme, mas algumas mechas se soltaram com o movimento apressado de seu corpo. Cecília buscou em sua cabine uma caixa feita de tecido impermeável com algumas telas para entrar luz e ar, assim como um fundo de madeira apropriado para flutuar, coberta por um tecido macio e confortável. Uma trama de sisal sustentava a estrutura, junto a duas alças longas de tecido acopladas para colocar nas costas.

— Lua! — ela gritou pela gata, procurando-a rapidamente sobre sua cama ou deitada nos papéis da escrivaninha que estavam fora do lugar com o balanço do navio, mas a viu em lugar algum.

Colocou a caixa nas costas e voltou para o convés. Não deve ter demorado mais que trinta segundos, e foi o bastante para poças encharcarem seus pés. Era como se ela nadasse em terra firme, as gotas espessas impedindo que enxergasse mais adiante, todavia isso não era o mais estranho. A noite deveria estar escura, assim como todas as chuvas e tempestades que havia vivido em *Aurora*, mas Cecília tinha bom senso o bastante para saber que aquilo era *diferente*. Uma força da natureza que repelia sua presença. O céu retumbava como tambores de guerra desordenados, reverberando o trovão em cada fibra de madeira, em cada osso de seu corpo. Ela tentou ouvir seus próprios pensamentos e tudo que encontrou foi um instinto primitivo implorando que corresse – mesmo sem ter para onde escapar. Relâmpagos eram debochados o bastante para revelar a dimensão das nuvens que cercavam a caravela, tão pequenina e indefesa diante de seu poder.

Raios riscavam os céus como se fossem runas incompreensíveis para os humanos, em uma fala clara para aqueles que eram antigos o bastante para conhecer o idioma das estrelas: seja lá o que Cecília transportava, agora estava sendo clamado por céu e mar – e não havia nada que a garota pudesse fazer diante da batalha dos dois a não ser tentar sobreviver.

— Vocês pensam que me assustam? — Cecília gritou para todas as direções que conseguiu, as ondas jogando a caravela para os lados, invadindo o convés. Conhecia histórias o bastante sobre entidades que pairavam em momentos caóticos e não se entregaria tão fácil a nenhuma delas. — Eu não posso dizer que está sendo um prazer estar aqui, mas preciso achar minha gata!

Ela corria chamando por Lua, tentando encontrar sua pelagem cinzenta no escuro, mas o relâmpago só revelava baldes caídos, cordas soltas e caos.

— Capitã, ali! — Soren estava ensopado, a camisa marrom colada a seu corpo e os cachos claros cobrindo sua testa quando apontou para a porta da cozinha, e no pequeno batente entre o teto e a porta estava Lua, estática.

Cecília escorregou no caminho até lá, batendo o joelho no chão ao tropeçar, e abriu a tampa da caixa.

— Vamos, pule. — A gata não se mexeu. Inspecionou o vidro com o nariz como se tivesse tempo para isso e virou a cabeça para o lado. Cecília se desesperou; precisava recuperar o domínio da caravela, mas não conseguiria focar em nada sem Lua em segurança. — Isso boia. Você vai estar mais segura aqui do que aí pendurada aí feito um papagaio! — A gata soltou um miado longo. Parecia estar com medo, e Cecília só desejava estar em casa naquele momento, com a certeza de que Lua continuaria viva. Não deveria tê-la trazido e gritou contra o som da chuva, desesperada. — Pule agora, Lua!

Cecília estava na ponta dos pés, de olhos arregalados, e soltou todo o ar do peito ao sentir o peso reconfortante da gata na caixa. Colocou as alças nas costas e se apressou para o convés.

Ela poderia sobreviver a essa tempestade. Os ventos confusos imploravam atenção de todas as direções, então não poderia contar com eles para domar o curso. As estrelas se esgueiravam para observar, mas agora Cecília estava verdadeiramente sozinha.

Ninguém viria por ela.

Os capitães mais experientes não saberiam como sobreviver a essa tempestade e salvar o navio ao mesmo tempo, sendo levados à morte ou pior: ao naufrágio. Perderiam seu sobrenome marítimo, conquistado após uma vida dedicada ao oceano, e com isso toda a sua glória seria fadada ao esquecimento.

Mas Cecília não era uma capitã experiente, então as regras não se aplicavam. Ela sabia um pouco sobre o que não deveria fazer, e conhecia cada centímetro da caravela como se a tivesse construído com as próprias mãos.

— Pensa, Cecília. Só precisa ter um plano simples. — Ela tirou o cabelo do rosto, olhou Nero sustentando o timão e Soren manobrando uma das velas para reduzir a pressão do vento. Fritou o mais forte que pôde para os dois: — *Aurora* está sendo atacada por céu e mar ao mesmo tempo. Uma das duas forças deve ser anulada.

Talvez ela tivesse uma chance com apenas uma delas atuando. Talvez.

— Soren, abaixar as velas! Nero, ativar as placas! — Ela precisou repetir algumas vezes, sua voz abafada pelos trovões e pela chuva estridente, falhando na mímica, já que não tinha combinado um código para a invenção recém-instalada.

— Ainda não testamos as placas, capitã — Soren bradou do outro lado da caravela, descendo as velas como pedido, seu rosto tomado por pavor.

— Seria um péssimo momento para ela falhar. Se tiver um Deus favorito, reze — ela ordenou, correndo para a proa e desenrolando a engrenagem que ativava as placas de madeira na proa. Mas escolher uma divindade agora parecia um trabalho inútil. Ela precisava de sorte, não de uma barganha.

O mecanismo sanfonado se abriu na lateral da caravela, a estrutura majestosa se encaixando a cada esforço que Cecília fazia contra a manivela até finalmente travar. A capitã prendeu um sorriso. Não era hora de comemorar.

Especialmente quando a noite virou dia, e um raio partiu o mastro mais alto da caravela em dois. Estavam dentro da nuvem da tempestade, e agora a chuva se tornava flechas de gelo enquanto o vento os empurrava. Cecília tentava olhar para as ondas, temendo o que encontraria no horizonte, mas tudo ao redor era névoa e caos. Chuva, mar e vento se tornaram um só, impiedosos como qualquer divindade furiosa. O estrondo paralisou a tripulação de *Aurora*, e o tempo desacelerou enquanto a vela central rasgava a parte mais pontuda da madeira, desacelerando a queda inevitável.

— Não. — A palavra saiu sem som, ou abafada demais até mesmo para Cecília ouvir assim que a proferiu.

Ela definitivamente precisava de *Aurora* inteira para chegar a Bosnore, mas as chances estavam contra ela. O mastro poderia ser reparado, o tecido costurado, mas não com os equipamentos que tinha a sua disposição.

Lua soltou um miado apavorado. Cecília sentiu a gata andar de um lado para o outro na caixa em suas costas e murmurou qualquer coisa para tentar acalmá-la.

Só que ela não precisava de calma. Precisava agir, e rápido. As ondas cada vez mais altas invadiam o convés, e a garota já não sabia se o que enxergava era o mar, a tempestade ou os últimos instantes de sua vida.

Ela correu em direção à popa, apoiando-se na beirada do convés para tentar manter o equilíbrio enquanto a caravela era balançada de um lado para o outro. Precisava controlar a velocidade em que navegavam se quisesse ter uma chance. Se fossem rápido demais poderiam se chocar contra uma onda como se fosse o impacto de uma montanha. Lento demais, a caravela viraria para baixo.

Uma onda maior, talvez dez vezes o seu tamanho, invadiu *Aurora*, arrastando a capitã para o chão e a fazendo escorregar até a beirada do convés. Uma de suas botas foi arrancada com a força da água, e seu pé agora sentia o vento gelado como se fosse a única parte seca da tempestade diabólica.

Nero correu em sua direção, vendo que Cecília se segurava entre as barras de madeira, lutando com todas as forças para se levantar no navio. A caixa em que levava Lua estava presa entre as barras de madeira, e a capitã não conseguia se equilibrar para deixar Lua em segurança no convés.

Só havia uma esperança para ela.

— Ative as placas! — Cecília gritou. Nero não obedeceu, e seguiu em sua direção. A gata miava em suas costas, arranhando e buscando alguma forma de sair dali. — Que merda, Nero, ative as placas da popa! — Sua garganta rasgou em meio ao trovão.

O marujo ainda assim seguiu em sua direção. As alças em seus ombros começavam a escorregar, e se Cecília as ajustasse as duas cairiam no mar para sempre. A única chance era que Nero. Ativasse. A. Porra. Das. Placas.

Mas ele não ouviu. Não era de seu feitio seguir ordens tanto quanto sua própria consciência. Uma característica nobre e louvável, que estava sendo extremamente inconveniente agora.

A alça escorregou mais uma vez, e Cecília se viu na decisão entre deixar sua gata cair no mar e cair junto para tentar salvá-la.

Não foi uma escolha difícil.

A garota soltou as mãos, agarrando a caixa de Lua com todo o afinco enquanto seu corpo esguio deslizava para a queda mortal.

Ela poderia sobreviver à altura, talvez nadasse alguns metros, mas não tinha chance contra as ondas.

Já sentia o ar em seu pé, e só aguardou o impacto da água. Aceitou o destino que construíra para si, e só pediu, para quem quer que ouvisse, que Lua ficasse bem.

Seria o seu fim.

Se a história não estivesse apenas começando.

★

Um estalar ressoou por todo o navio quando Soren finalmente chegou à popa, abandonando as velas do navio semiabertas para cumprir as ordens de sua capitã. Ele havia estudado e instalado cada detalhe da invenção, sabia onde aplicar a força para ativá-la. Não entendia plenamente como funcionava, nem precisava. Tinha conseguido tempo emprestado para Nero alcançar os ombros de Cecília e puxá-la de volta em segurança.

O marinheiro a puxou contra o solavanco da caravela, sentindo os músculos estirarem nos braços ao sustentar seu peso. O cabelo preto se misturava ao negrume da noite, seus olhos cravados nos da capitã, que tremia enquanto ele a segurava firme no chão, muitos segundos a mais do que o necessário, como se o risco de ela cair ainda pairasse. Ele nunca a soltaria, percebeu, mesmo que ela não perdoasse a desobediência.

Só que algo de mais estranho estava acontecendo.

Aurora não balançava mais com as ondas furiosas. A caravela parecia mais estável, mais confiável. Cecília rastejou até o centro do convés, olhando para sua gatinha pela caixa, e começou a chorar ao ver que Lua estava inteira.

Não só viva. Não só a salvo. Um pouco molhada, e com certeza prestes a ganhar todos os biscoitos do mundo, mas *estava bem*.

Soren se aproximou de Nero e Cecília. Sentados no convés, os três se abraçaram enquanto respiravam fundo e percebiam a chuva desviar de seus rostos exaustos. Não que a tempestade estivesse cedendo... mas, de alguma forma inexplicável, a caravela agora começava a navegar as nuvens. As estrelas pincelavam o horizonte acima em uma promessa de esperança, e não de perdição, como instantes atrás.

Suas mãos enrugadas se apertavam com força, e eles se permitiram *respirar*.

Isso não era a morte. Era uma vida que ninguém considerava possível. E, sem rumo algum, a tripulação de *Aurora* estava prestes a conhecer o verdadeiro nascer do sol.

Capítulo 10

Toda promessa feita depois de uma situação de quase morte não deve ser levada a sério

— Lua, quero que vá para minha cama e se aqueça — Cecília ordenou sem emoção na voz, com os olhos fixos no pelo arrepiado de sua gatinha.

A caravela de Cecília era um navio que, na melhor das hipóteses, era considerado uma embarcação eficiente. Não era particularmente veloz, particularmente limpo ou agradável aos olhos. Mas isso era antes de a garota se tornar capitã e de dar a ele um nome. Antes de ela modificar cada detalhe da caravela, conhecer cada placa de madeira e cada ponto de costura de suas velas. Cecília podia não gostar do nascer do sol, mas sabia que *Aurora* era um nome respeitável para o pequeno navio, que fora o precursor de tantas inovações nas frotas de seu reino. A garota esperava que ele fosse capaz de vencer distâncias, mas até mesmo para os mais sonhadores o que estava acontecendo beirava o ridículo.

    Cecília Maria Angélica Cerulius deveria ter zarpado de Traberan para desbravar os mares, e agora conquistava os astros. Por mais inacreditável e maravilhosa que fosse sua atual situação, ela se viu totalmente sozinha, mais perto das estrelas do que qualquer um jamais fora antes. Nero e Soren estavam atrás dela, perto o bastante para Cecília sentir suas respirações. O frio arrepiava a pele dos três, com o súbito vento seco que agora os secava.

    — E quanto a nós, capitã? — Nero perguntou, apoiando o joelho no convés, como se ficar de pé ainda fosse impossível.

    — Achei que você soubesse o que fazer, já que não precisa dos meus comandos — a capitã retrucou.

    — Não precisa agradecer por ter salvado vocês duas. — Ele levantou as mãos despretensiosamente, se erguendo com dificuldade e andando até a beira do convés para olhar adiante.

    — *Soren* nos salvou. Se não tivéssemos escapado da morte, eu mesma encomendaria a sua por insolência, Nero.

    — Podemos por enquanto só comemorar que estamos todos... *vivos*? — Soren sugeriu. Seu queixo batia com o frio cada vez mais persistente.

    — A gente está prestes a morrer de hipotermia, e não quero ser o tipo de fantasma que guarda as verdades que não disse em vida. O que Nero fez foi irresponsável. — Cecília apontou para ele, que ignorava o clima bizarro, as nuvens a sua volta, e inclinava a cabeça para fora como um cachorro na janela da carruagem.

    — Eu vou ser irresponsável quantas vezes for preciso se for pra fazer você ficar viva, capitã — ele gritou sem olhar pra trás, sua voz abafada pelo vento. — Mesmo se for a causa da minha morte.

    — Como é que você aguenta isso? — Cecília murmurou para Soren, se levantando devagar. Seus joelhos ainda tremiam.

— Também não sei. — Os olhos azuis dele reluziam, e Cecília viu os dois darem as mãos, sua silhueta escura contra o breu da noite.

O frio que a tomou dessa vez foi diferente. Ela decidiu que, se fosse permanecer viva – o que era um bom plano, simples e eficiente –, primeiro precisaria estar seca. E quente. E, pelos Deuses, ela ainda era nova demais para tomar rum, mas engoliria uma vela acesa se isso a aquecesse por dentro.

A capitã sentia as pernas falhar, assim como seus braços e seu espírito. Ela não sabia como manter a caravela nas nuvens, muito menos sabia dizer se estava prestes a cair. Decidiu lidar com uma crise de cada vez, mas a cada passo se sentia mais longe da cabine. Mais exausta. A roupa gelada grudava em partes de seu corpo que ela nem sabia que existiam, e seu pé ainda estava descalço. Adeus a um perfeito par de botas. A garota nunca fora chegada ao visual, mas aquele calçado era confortável e resistente. O fato de ser uma das poucas peças que lhe davam um aspecto interessante não era importante agora.

Roupas secas. Uma meta mais simples do que se manter viva. Pareceu que se arrastou por horas, mas Cecília finalmente entrou em sua cabine, despiu as roupas encharcadas pingando por todo o carpete e entrou em uma calça e uma blusa de lã felpuda que tinha separado para noites mais frias no inverno. Por ora deveria bastar. Lua dormia aconchegada em seu travesseiro, uma pequena poça se formando na fronha, e Cecília pegou o cobertor macio e colocou por cima da gata. Deu um beijo em sua testa úmida, e uma lágrima escorreu de seu rosto.

Seu reflexo não era sua coisa favorita, e aquele, dentre todos os dias, ela evitou. Já sentia nos ossos o cansaço e o desespero. O alívio de ter sobrevivido como apenas um eco para o terror que havia sentido e que amortecia dentro dela se tornava memória, ensinamento, trauma. A capitã não poderia dormir, e mesmo com o cansaço não conseguiria pregar os olhos.

Ela jurou que alcançaria as estrelas, mas aquilo... aquilo era surreal. Nero e Soren estavam em cantos diferentes do navio, apertando nós e verificando o estado da embarcação, depois de terem sumido por uma hora para colocar roupas quentes ou qualquer outra coisa que você faça depois de quase morrer.

A capitã olhou em volta. As nuvens e a tempestade estavam abaixo dela, uma fúria descontrolada da qual havia escapado. A noite parecia clara agora, tão perto das estrelas. A lua estava opulenta no céu, destilando um véu prateado pelo contorno da caravela. Cecília se apressou da popa à proa, vendo o estado das placas que mantinham a caravela no ar. Era um milagre que estava acontecendo só para ela; a questão é que era impossível saber por quanto tempo a sorte continuaria sorrindo.

Mesmo após longos minutos de observação, fascínio e incredulidade, ela não sabia se flutuava graças ao vento, ao movimento das nuvens abaixo dela, às gotas d'água da tempestade ou se porque algum Deus estava entediado na banheira cósmica. Teve um medo irracional de ter gastado todo o seu suprimento de sorte de uma vez só, o que a fez pensar em outras desgraças possíveis.

Ela poderia cair a qualquer momento. Velejar os céus até morrer de fome. Pousar em alguma montanha alta e andar até em casa. Era impossível saber o que iria acontecer. Andou até o centro do convés, onde o raio havia partido o mastro mais alto e o tronco de madeira rachara o piso. Ela se aproximou com cuidado para analisar o estrago. Não que estivesse precisando daquela vela naquele momento, mas raios! Era a caravela dela!

E, acredite, havia muitas coisas que ela esperava ter encontrado ali. Um buraco, um vazamento, um tesouro.

Só não esperava ver algo tão desconhecido. Um ponto radiante quase a ofuscou, e ela esfregou os olhos cansados para definir a figura a sua frente.

Uma garota.

Tudo que ela via podia ser classificado em seu cérebro como *garota*, mas nada nela indicava *humana*. A figura, de longo cabelo azul-escuro e marcas cintilantes por toda a pele, estava deitada no chão como se tivesse acordado de um sono revigorante. Tinha o olhar atento e curioso para o que acontecia a sua volta e parecia ser algo além. Mais raro, inconvenientemente mais belo.

— O *que* é você? — Cecília deixou escapar, sabendo que *"quem"* seria mais apropriado.

A figura sorriu, e a capitã franziu o cenho em um misto de medo e fascínio.

— Isso... — A garota ficou de pé, o vestido prateado mal cobrindo seu colo e suas costas. Ela se aproximou de Cecília, que deu um passo para trás. — ...definitivamente é interessante.

Capítulo 11

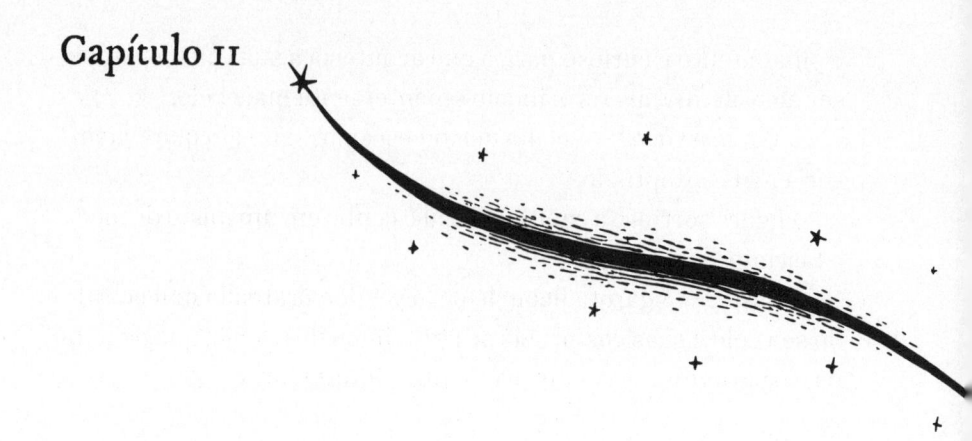

Não é roubo se deveria ser seu

Algum lugar em Bosnore

Ele não era um homem bom nem ruim. Por isso, se dava permissão para ser um ou outro em qualquer tempo que julgasse necessário. Não era a verdade dele, apenas algo que havia aprendido nas ruas. Não gostaria de ter crescido lá, mas, como na vida de todas as crianças bastardas, fora uma escolha dele antes que tivesse autonomia para decidir por si mesmo.

Antes de ele se reconhecer em uma personalidade própria, não era ninguém. Não havia tratamentos especiais para os filhos das cortesãs da realeza. Nada de palácio, nem educação privilegiada, tampouco a garantia de uma refeição quente. E vagar como um moribundo poderia ter sido sua história, exceto por ele não ser o bastardo de qualquer um.

Ele era o bastardo de Sua Majestade Real. Um nobre da lama, dos calos e da areia quente e hostil que cercava a miserável ilha de Bosnore, esquecida e amaldiçoada pelos Deuses. E lá ele reinava sobre as conchas, a terra e o ar. Quando o trono ficara vazio, o rapaz sabia qual lugar deveria ocupar. Aquele que sempre lhe pertencera, mesmo sendo parte pivete e parte ladrão. Ele tomaria o trono de seu pai; nunca tendo sido um príncipe, ele se coroaria como um rei.

Não era segredo que Sua Majestade era incapaz de gerar um herdeiro, mais um sinal da maldição que assolara a ilha. O rei não conseguia, não importava quantas rainhas desposasse. Em seu harém, havia se descuidado inúmeras vezes já que sabia que não poderia gerar bastardo algum. Sua semente era infrutífera, provavelmente amaldiçoada como aquele reino miserável e suas águas. Era sabido que suas concubinas favoritas eram proibidas de se relacionar com qualquer outra pessoa, e a vigilância sobre elas era severa. Por isso, ninguém duvidara de que o bebê que crescia no ventre de uma delas 21 anos antes fosse um bastardo do rei.

Em circunstâncias normais, teria se livrado da concubina, deixando-os à própria sorte pelo Reino de Bosnore. Mas, em uma situação desesperada, e havia décadas livres de filhos, o rei decidira tomar uma atitude ousada. Ele se casaria com a concubina que fora capaz de parir a criança, a única que sobrevivera ao parto, e faria dela uma rainha – *faria dela um escândalo*. E, na noite em que uma mera prostituta entraria para a realeza, toda a frágil corte da ilha se reunira para vê-la vestida de noiva, segurando um ramo de heras e flores nas mãos. Parecia a mais pura princesa – *parecia uma fraude* –, com os olhos grandes azuis-escuros e meigos desafiando cada olhar que gritava dizendo que ela não pertencia àquele lugar.

Ela caminhou pelo tapete vermelho, gasto como tudo que havia naquele reino, exibindo um sorriso que faria qualquer homem lhe entregar as chaves de seus tesouros, e parou no meio do caminho. Algo em sua garganta travou, e ela sentiu o ar faltar em seus pulmões.

— O espartilho deve estar apertado demais, já que ela não tem o costume de usar *nada* — uma dama falou, suspirando para outra em clara reprovação.

Ninguém foi em direção à rainha jamais coroada. Nem mesmo o rei, estático diante da mãe de seu bastardo, que sufocava a sua frente. A extremidade dos dedos da noiva escureceu em um tom doentio de roxo, e seu belo rosto começou a marcar as veias.

— Case-nos antes que ela se vá! — o rei implorou ao sacerdote, que, apressado, começou a proferir as juras de um casamento.

A fala dele era gaga e interrompida pelo som da noiva que sufocava por ar, olhando para os lados sem encontrar socorro em parte alguma. Ela caiu no chão como um saco de farinha, e ninguém se mexeu para verificar se ainda estava viva.

— Beije-a, Majestade! — o sacerdote alertou, e o rei, sentindo-se desconfortável, andou até o corpo da mulher.

Ele o encontrou frio, azulado, repleto de veias. Em nenhum lugar viu o olhar brilhante e sensual que havia germinado seu fruto. Era inútil levar seus lábios até os dela. Os Deuses não uniam os vivos aos mortos, e o filho bastardo permaneceria com sua sina.

Não havia amor entre o rei e o bebê recém-nascido, mas ele sabia que a criança era sua propriedade. O menino crescera cercado pelos criados do castelo, recebendo aulas de uma governanta e tarefas da cozinha. Ninguém o deixava se esquecer de que era um bastardo, ninguém jamais tentara fazê-lo se esquecer de quem era sua mãe.

Ele nunca fora visto como uma pessoa. Para sua mãe, era um desconforto que valia uma passagem para uma vida de regalias e status. Para o rei, era o mais perto que chegara de um milagre, mas jamais seria um herdeiro legítimo. E, se Sua Majestade fosse qualquer outro governante, não daria atenção duas vezes a um bastardo. Porém, ele não seria capaz de desdenhar de seu primogênito e mandara que o chamassem pelo mesmo nome de seu avô: Klaus.

Não Klaus I, príncipe de Bosnore. Ele seria Klaus das Dunas, assim como as outras crianças ilegítimas da ilha.

O garoto crescera para aprender a roubar nas ruas mesmo sem necessidade e para dançar nas cortes mesmo sem jamais ter recebido um convite. Era distinto o bastante para conquistar o coração das plebeias que o viam entrar e sair livremente do palácio, mas não era bonito o suficiente para que as damas da corte o vissem como algo além do filho da concubina morta. Nenhuma beleza seria, nesse caso.

Quando o rei tinha falecido, Klaus se cansara de se apresentar como um pertencente às Dunas. Ele usara sapatos a vida inteira, comia refeições quentes e falava a língua comum e a língua do Povo Submerso. Não era um *ninguém*.

Era o homem que havia roubado no próprio palácio as joias das garotas frívolas e esnobes que o ignoravam para repartir as pedras entre os bastardos das ruas que não sabiam quando seria a próxima refeição.

Enquanto a corte se fechava em um círculo minúsculo e desafortunado, ele se tornava o rei das ruas. Roubara o selo real e começara a enviar correspondência por terra e mar para reerguer Bosnore. Levara meses até receber uma resposta da misteriosa República de Nanrac, e sabia que teria o mundo a seus pés nessa hora.

E, quando o rei se foi, Klaus entrou na sala do trono vazia e se sentou na cadeira que aprendera a olhar de longe. Não era roubo, se ela devia pertencer a ele. Tampouco era confortável, e o estofado precisava ser trocado. Os guardas andaram até ele para tirá-lo de lá, e nesse momento o palácio foi invadido por ladrões comuns, as pessoas que tinham uma vida miserável do lado de fora do palácio. Um exército de marginais, acostumados a passar sede e a dormir de barriga vazia. Homens e mulheres que valorizavam uma sombra fresca muito mais do que tecidos finos ou joias.

Klaus sorriu, seu plano era claro. Já estava infiltrado em seu próprio reino, e o pergaminho pedindo a devolução do bem mais precioso de Bosnore já estava em curso quando os guardas reais desembainharam suas espadas em direção à plebe armada com lanças de pedra e impaciência, o som de respirações raivosas e aço ecoando pelas altas paredes. Antes que mais uma dama fingisse um desmaio desnecessário, ou que um cavalheiro fingisse que sabia segurar uma arma, ele declarou:

— Eu recuperei a Ampulheta de Chronus. — O silêncio tomou o salão. — E vou usá-la para reerguer Bosnore como seu legítimo rei. Mais do que o símbolo da nossa glória passada, meus estudos apontaram que ela de fato tem propriedades mágicas quase inacessíveis para um humano. Exceto que em pergaminhos importados diretamente de Nanrac eu encontrei um jeito de reaver tudo que foi nosso. E tudo mais que formos capazes de conquistar. — Ele abriu um sorriso satisfeito, levantou a coroa e fingiu limpar uma safira encravada no ouro. — Já é uma realidade, gostem da ideia ou não. E, se a corte resistir a essa decisão, usarei o poder dela para apagar a história de quem não se curvar a mim. A boa notícia é que teremos orgulho dos trapos que chamamos de reino. A má é que vão precisar fingir que gostam de mim. Como faremos isso?

Pouco a pouco os nobres foram curvando as cabeças e guardando as armas.

— Ajoelhem-se — Klaus ordenou.

Alguns obedeceram imediatamente, outros forçando a lentidão. Os que ficaram de pé amanheceram no dia seguinte com os dedos e feições roxas. Envenenados, assim como a mulher que o gerara.

A espera pelo artefato mágico presenteado pelos Deuses crescia a cada dia que se passava. Mas, depois de três semanas, o poder de suas ameaças estava perdendo força. Klaus sabia que o trajeto até Bosnore era cercado de águas ingratas, mas não podia sustentar seu frágil reinado com ameaças.

Decidiu então encontrá-los no meio do caminho e tomar a Ampulheta de qualquer jeito que fosse necessário. Mas não poderia fazer isso sozinho: morreria sem uma embarcação adequada, e nenhuma sobrevivia aos recifes na costa da ilha desde a grande onda.

Klaus precisaria fazer um mergulho. Tinha mais um segredo para colocar em prática.

Capítulo 12

Não sussurre seus desejos às estrelas. Elas são muito fofoqueiras

— *Interessante?* — A capitã pareceu ouvir a palavra como uma ofensa. — Fale seu nome, estranha. E o que faz em meu navio — Cecília ordenou, levou a mão até o cabo da cimitarra presa em seu cinto e a levantou apenas alguns centímetros.

Os olhos azuis da garota diante dela se arregalaram em curiosidade, mas seus lábios se prenderam em um desafio.

— Capitã, ela parece ser só uma garota... — Soren deu um passo em sua direção, aproximando-se da popa da caravela. Nero levantou a cabeça, procurando entender a confusão inesperada.

— Uma garota *azul*. No meio do *céu*, Soren. Isso não é normal.

"Normal" era uma palavra que Cecília arrancaria do dicionário e de todas as enciclopédias que encontrasse a partir de então. Só há um nível de coisas absurdas que uma pessoa pode suportar por dia, e quase morrer, quase perder sua gata para uma tempestade, sobreviver a tudo isso e ter seu navio navegando as nuvens meio que já batiam a cota necessária.

A garota franziu o cenho, soltando o ar bem devagar. Ou ela estava procurando paciência ou estava debochando, e nenhuma das opções deixou Cecília contente.

— Você era uma garota no meio do oceano até agora há pouco, e não estou aqui criticando suas escolhas de vida — ela argumentou. — Pelo contrário, você fez um excelente trabalho com essas placas acopladas à caravela, não sabia se ia dar certo. Estava torcendo por você, sabe, Cecília?

— Você me chamou pelo nome... — Cecília se apressou a dizer, olhando para o rosto exausto de Soren. Ele também estava no limite.

— Eu não te chamei pelo seu nome — ela desconversou.

Antes que a capitã indagasse uma vez mais, a garota azul e claramente estranha correu para a proa, desviando de Nero e se inclinando para enxergar a invenção de Cecília que os mantinha no ar, longe da tempestade e vivos contra todas as probabilidades. A capitã sabia sobre muitos segredos do mundo, tal como a existência de sereias e todo o Reino do Povo Submerso que se mantinham ocultos no oceano; tinha acesso às inovações da misteriosa República de Nanrac, onde os reinos se encontravam para decidir as relações comerciais e políticas dos demais. Porém, havia muito que ficava no limbo em sua mente entre verdade e lendas. Coisas que só existiam nos livros ou em velhas cantigas distorcidas, como histórias sobre os unicórnios que cavalgavam livres do outro lado do mundo, nos tempos em que os Deuses andavam na terra, ou portais que guardavam mundos inteiros do outro lado de uma porta.

E nem tudo compartilhado nas histórias era maravilhoso; havia também alertas e histórias de terror sobre criaturas míticas perigosas, sem piedade, que se disfarçavam para depois te destruir. Seres que pareciam o retrato de um sonho, impossivelmente belo, que distraíam seus olhos para arrancá-los em seguida. Eles poderiam viver no fundo do mar, no pico de montanhas ou talvez *entre as nuvens.*

— Afaste-se disso! Já quase morri uma vez hoje, e foi o bastante pra um dia! — Cecília tirou a cimitarra da bainha, a mão tremendo sem força depois da tempestade.

Nero deu a volta para a proa com a intenção de afastar a desconhecida da frágil estabilidade que os mantinha no céu. Ele ia pegá-la pelos braços, mas a garota debruçada na beirada do navio cantarolou sem se virar:

— Nero, nem pense nisso.

O marujo interrompeu o movimento e franziu a testa para sua capitã. Aproximou-se da garota com as mãos para trás e a observou antes de puxá-la de volta.

Seria o fim deles, após terem sobrevivido por tão pouco, Cecília pensou, a espada pesando mais do que deveria em seu braço cansado. Ela encurtou a distância entre as duas e observou enquanto poeira brilhante e translúcida fluía pelas mãos da garota azul, grudando na madeira do navio. Uma camada de grãos finos e minúsculos reluzia contra a luz das estrelas e da lua. A estranha se voltou para Cecília e sorriu para a espada apontada em sua direção enquanto a capitã se aproximava.

— Essa espada não é grande demais pra você?

— Se prefere uma adaga no seu pescoço, não seja por isso. — Cecília puxou o pequeno punhal que estava preso em outro par de botas e andou até a garota, encostando a ponta da lâmina fria em seu pescoço. Com poeirinha bonita ou não, ela era uma ameaça até provar o contrário.

— Não deve fazer muito bem para uma capitã blefar, e, para ser franca, não gosto muito de sangue. Preferiria ser, sei lá... enforcada. Sei que não faria muita diferença pra mim, mas o coração tem vontades estranhas.

— Sim, como a vontade de esganar alguém que você nem conhece. Não estou disposta a levar criaturas bizarras comigo. Fale como sabe tanto sobre nós, como está aqui, e aí sim vai descobrir se estou blefando ou não.

Cecília se aproximou mais um passo, pegando no cabo do punhal com mais firmeza. Mesmo com a iluminação baixa, podia enxergar a estranha com mais definição. Algo em sua pele parecia salpicado de luz, as íris de seus olhos cintilavam, e o cabelo azul era mais da mesma cor, mais escuro que sua pele. Parecia fino como um dente de leão, e uma mecha roçou no dorso dos dedos de Cecília enquanto ela mantinha a lâmina encostada no pescoço de uma garota aparentemente indefesa. A capitã sentiu cócegas e ignorou o pensamento de que nunca havia sentido nada tão suave em toda a sua vida.

Nero e Soren se entreolharam, sem saber como interferir. Qualquer palavra podia aumentar o nível de tensão e acabar em um desastre, e ambos estavam exaustos demais para lidar com tragédias.

— Não quis duvidar de você, capitã. Só nunca te imaginei como uma assassina.

— Você é uma criatura perversa? Tem alguma poção correndo no sistema que te dá essa aparência? Foi contratada no palácio para vigiar a embarcação?

— Não sou perversa, não tomei poção alguma, e a terceira pergunta é difícil de responder.

— Eu sugiro que fique esperta rápido. Ninguém vai sair daqui sem respostas precisas.

— Se eu disser que não vim fazer mal algum e que estou aqui por acidente, você me ajuda? Ou vai preferir cortar minha garganta para poupar o trabalho?

— Se você sabe meu nome, sabe que não sou uma assassina fria. — Cecília guardou o punhal e deu um passo para trás. A brisa gelada estava claramente presente entre elas agora.

— Eu sei. — Ela sorriu.

— E eu não sei nada sobre você. Então vamos começar por aí.

A garota andou pela lateral do convés, a poeira em seus dedos deixando um rastro por onde tocava. A caravela parecia deslizar com mais suavidade, e, mesmo se sentindo exausta, Cecília entendeu que aquela garota era mágica de um jeito que nunca vira em história alguma. Não seria de Traberan, pois a magia não era ativa nas pessoas em seu continente. Tinham acesso a itens maravilhosos, e os mais afortunados viajavam e até mesmo formavam famílias com seres extraordinários, mas nunca vira alguém parecido com os próprios olhos, e ainda assim ela parecia dolorosamente familiar. Não o seu rosto, mas algo em seus movimentos e no jeito como brilhava.

Nem nos contos de Jim e Pryia, nas fábulas sopradas no porto ou nos livros em sua casa ela poderia imaginar o que estava acontecendo.

Cecília estava vivendo uma história, e assim que percebeu isso o resto perdeu a importância. O feito de estar flutuando nas nuvens e o modo como a silhueta delicada da garota fazia *Aurora* reluzir como se fosse construída de estrelas eram algo que levaria em sua memória até o fim da vida.

Pois naquele momento ela se sentiu imortal.

— Você é uma estrela.

A garota soltou um riso baixo, aveludado contra a quietude da noite.

— Sempre acreditei na sua capacidade de observação.

— É por isso que sabe nossos nomes? — Soren interferiu, conectando as informações.

A estrela assentiu.

— E tem um nome? Como a gente te chama? — Nero perguntou, atônito. Ambos os marujos estavam tão confusos e fascinados com a situação quanto sua capitã.

— Meus amigos me chamam de Ivy. Ivy Skye. — Ela hesitou, mas agitou os dedos das mãos como se limpasse deles a poeira de estrelas. — *Princesa* de Celestia, em um termo que vocês entendam. Caí aqui por acidente e preciso que me levem de volta para casa.

Capítulo 13

Uma carona não deveria atrapalhar tanto

— Será um prazer levá-la para casa, Alteza... — Cecília abriu os braços e desceu a cabeça em uma reverência desleixada. — Depois que cumprirmos nossa missão. Com a qual imagino que já esteja familiarizada, uma vez que passou boa parte do seu tempo fuxicando nossos assuntos.

— Vocês estão indo para Bosnore — Ivy comentou, dando de ombros. — Um lugarzinho miserável, se me permite uma opinião.

— Permito. — Cecília sorriu.

— Se me permite outra, não é fuxico se você fala livremente dos seus planos para o céu aberto.

— Espera um pouco, então você literalmente caiu do céu? — Nero perguntou, ainda tentando se localizar na situação.

— Você é observador. — A estrela piscou na direção dele e de Soren. — Podemos dizer que eu caí.

— O velho clichê da estrela cadente? — Soren completou.

— Seria mais fácil de explicar se fosse assim. Mas Celestia não é bem parte da sua dimensão, e os meios que acabaram me colocando aqui são um pouco complicados de explicar. Mas, como sou uma princesa, e vivo em um palácio cintilante com milhares de criados... — Ivy gesticulava, sem parecer confortável com aquelas palavras, talvez não quisesse se gabar. Ela parecia suplicar pela ajuda deles. — Vão sentir minha falta muito em breve. É a última coisa que eu quero.

— Sinto dizer, mas agradar princesas não está na minha lista de prioridades esta semana. Vamos para Bosnore, e até lá você é parte da tripulação de *Aurora*, deve obedecer aos meus comandos. Fui clara? — Cecília levantou a sobrancelha.

— Clara como o amanhecer. — A estrela assentiu, andando pelo convés como se já o conhecesse. O céu no horizonte começava a clarear, o azul profundo se misturando com o laranja intenso e brilhante do sol. Em pouco tempo o mundo estaria coberto em ouro. — Eu imagino que você saiba como pousar este navio. — Ivy deu de ombros. — E como mantê-lo navegando pelas nuvens, é claro. Uma garota esperta como você não deve estar com receio de pegar no sono para acordar em queda livre.

— Eu tenho esse medo. — Nero levantou a mão. Soren bocejou exausto a seu lado, assentindo. Cecília viu a expressão derrotada em seus rostos, as olheiras fundas e os olhos vermelhos. Os marinheiros precisavam descansar, não avançariam uma milha dessa forma.

— Eu não gosto muito de você — Cecília deixou escapar, e foi uma coisa infantil e idiota de dizer. Era tarde demais para retificar, e ela estava cansada. Só queria dormir sem medo de morrer, o que parecia cada vez mais distante quando ela encontrava um medo novo a cada vinte minutos.

— Idem, não sou fã de quem coloca uma lâmina no meu pescoço. Como acha que me sinto?

— Eu não ia te machucar!

— Arrá! — Ivy apontou para ela com um sorriso largo e satisfeito, uma mecha do cabelo azul caindo sobre o olho. — Sabia que estava blefando.

— Não ia te ferir sem motivo, foi o que eu quis dizer. — Cecília levou os dedos ao cenho. Seus olhos ardiam de tentar ficar abertos, e ela já estava de saco cheio. Precisava descansar se quisesse ganhar Ivy em um argumento. — A que distância estamos do seu reino?

— Mais perto que da ilha. — Ivy andou até a popa e pegou o timão, observando as últimas estrelas que desapareciam enquanto o sol nascia, e o girou, acertando a rota. Cecília nunca detestou tanto o amanhecer, sentindo-se intensamente perdida e vulnerável. Não sabia onde estava, aonde estava indo, e isso deveria ser maravilhoso se fosse uma decisão dela, e não um atalho inesperado. A estrela franziu o rosto e procurou pelos marujos contra o sol que ofuscava sua visão. Parecia alegre quando deu instruções a eles. — Soren, você pode pegar um par de cordas para mim? E você, Nero, declina as placas atrás de mim em quarenta graus. Acho que, nesse ritmo, em umas sete horas chegaremos à fenda.

— Imediatamente, princesa — Nero e Soren responderam.

Cecília caminhou até o castelo da popa, vendo Ivy comandar o *seu* navio.

— Achei que estivesse claro que eu sou a capitã e você deve me obedecer.

— Achou certo. Mas sei que vai me pedir para acertar a direção até Celestia, e é exatamente o que estou fazendo.

— Errado. — Cecília sinalizou para que Ivy desse um passo para o lado, e pegou o timão na posição que ela segurava. — Você deve me passar as coordenadas, e eu coloco *Aurora* na rota correta.

Soren e Nero atrás delas faziam os ajustes que a garota estrela pedira.

— E vocês devem obediência a mim, não a ela! — Cecília alertou os dois, que a encararam confusos, sem saber o que fazer. — Nero, ajuste as placas em cinquenta graus, e, Soren, traga as cordas e entregue para a princesa.

— Na verdade são quarenta graus; se ajustar em cinquenta vamos parar em um lugar terrível — Ivy murmurou para Nero, que assentiu, seu cabelo preto já caindo sobre os olhos.

Inacreditável, Cecília pensou. Fingiu olhar o horizonte como se soubesse para onde ia, e por um instante respirou fundo e apreciou a estabilidade das nuvens. Admirou a madeira que reluzia com os primeiros raios de sol e o azul-claro do céu que agora o envolviam em um tipo totalmente diferente de infinito azul. Olhou para baixo, viu entre as nuvens o mar ainda revolto e engoliu em seco. Estava grata por estar viva, mas exausta para qualquer outro sentimento. Queria chorar, pois não tivera tempo para isso. Queria ter o controle da situação, mas era outra realidade distante no momento.

— Nero e Soren, revezem os turnos de vigília com Ivy a cada duas horas. Me chamem em quatro horas, e eu assumo a partir de então.

— Você não vai descansar quase nada assim, capitã — disse Soren.

— Mas vocês vão. — Cecília forçou um sorriso cansado e caminhou até sua cabine sem olhar para trás.

Era irritante como eles acatavam as ordens de uma desconhecida, mas por outro lado era normal atender os comandos de uma pessoa só porque ela afirmava ser da realeza, ainda mais Soren e Nero, que não cresceram frequentando um palácio, não sabiam como ignorá-los com cordialidade. Se bem que pessoas bonitas de um jeito irritantemente óbvio também costumam ter as coisas acontecendo do seu jeito que desejam.

Cecília jamais cederia aos caprichos de alguém por esses motivos.

Capítulo 14

Se quiser cruzar a ponte, meu bem, tem que pagar pela travessia

Não se torna um rei sozinho, tampouco se mantém um longo reinado sob governantes de pulso fraco. O poder é um tipo de magia intangível, subjetiva e, francamente, um pouco tediosa. Tem mais relação com pessoas dispostas a fazer coisas que você mesmo não está com vontade do que com de fato tomar providências. É um trabalho cansativo e intermitente durante toda uma vida, apenas para manter a ilusão de que sua palavra – apesar de não ser mágica – altera a realidade.

    O Reino de Bosnore estava entregue à própria sorte desde que a onda tomara suas construções, deixando o território isolado em algo próximo da ruína. O povo passara a sobreviver da pesca e das frutas que brotavam em solo áspero, quase infértil. Seus barcos não tinham força para enfrentar o mar revolto que cercava as praias, e os poucos navios que vieram oferecer ajuda quando o reino ainda estava nas rotas comerciais se arrependeram logo depois. Algo naquela onda havia mudado a forma como as correntes se comportavam, e em poucos anos ninguém se incomodava em mandar um corvo com notícias sobre o mundo exterior.

Klaus foi criado sabendo que possuía o tudo e o nada; assim como a plebe, foi acostumado a içar redes de pesca e a ser bonificado por uma cesta farta de peixes. Assim como a realeza, tinha acesso à biblioteca e ao conhecimento orientado por tutores ao longo dos anos. E existe uma coisa que se aprende nas ruas e nos recifes que é desconhecida dentro das paredes altas do palácio decadente: entrar onde não se deve pode render prêmios inesperados. Era assim com as iscas de pesca e também com a ala de livros reservada apenas para os sábios e conselheiros.

O príncipe plebeu havia lido palavras que não foram feitas para seus olhos e sabia mais do que a língua do Povo Submerso. Sabia como atrair um membro da corte do rei do mar e se comunicar com ele sem ser enfeitiçado. Só precisava de algo para oferecer em troca.

A chuva caía insistentemente naquela noite, mas era algo irrelevante para quem ficaria totalmente molhado. A tempestade já durava três dias inteiros, não fazia sentido esperar ainda mais tempo para conseguir as respostas de que precisava, então pegou um espelho de mão feito de ouro dos velhos aposentos do pai, um dos únicos objetos que não pareciam enferrujados ou mofados, e o prendeu na faixa de tecido em sua cintura. Pegou uma alga gosmenta e fedida de uma caixa de vidro e mastigou seu sabor amargo enquanto andava pela areia, descalço. O mar estava escuro, e as brumas pincelavam de branco a areia cinzenta.

Klaus andou pela orla, nadando com braçadas largas até conseguir mergulhar. Uma pessoa normal encontraria apenas o breu e o desespero em águas assim, mas a alga o fazia enxergar e respirar embaixo d'água como uma das criaturas marinhas que dominavam a noite. Ele não podia falar com sua própria voz, mas sabia se comunicar por meio de sinais com as mãos.

O oceano não parecia tão intimidador quando se era parte dele. Seus pés se apressaram até encontrar areia, ainda procurando similaridades com sua forma humana de caminhar. Os recifes brilhavam implacavelmente mais à noite do que com a luz do sol, em construções majestosas em tons de verde, lilás e azul profundo. Tinham luz própria, e Klaus desejava estar ali o máximo de tempo que pudesse, porém o efeito da alga não durava mais do que vinte minutos. Além disso, a planta era venenosa, e uma quantidade maior do que consumia a cada mês poderia matá-lo. Descobriu isso do jeito mais difícil, quase morrendo envenenado no dia em que encontrara e provara a planta mágica que conhecera nos livros.

Felizmente, tinha sido salvo pelo mesmo ser que pretendia encontrar naquela noite. Klaus colocou o espelho de ouro sobre uma superfície plana do recife e logo um peixe laranja se aproximou do objeto, seguido de outro e outro. O rapaz tocou uma das flores lilás e bateu suavemente nela em um ritmo frequente e codificado.

Demorava demais o intervalo entre ele mergulhar, fazer o chamado e ela chegar. Eles nunca tinham mais do que alguns minutos na companhia um do outro, e por dez anos aquilo bastara. Não mais agora.

Após o que pareceu uma eternidade de tédio e ansiedade observando cardume após cardume averiguar o espelho, Klaus finalmente avistou a cauda dourada da sereia que se aproximava. Ela tinha os cabelos e os olhos da mesma cor, e o sorriso que carregava nos lábios era a coisa mais bonita que havia visto na vida.

— Olá — ele gesticulou com as mãos. Ela parou diante dele. Ambos deveriam esticar os braços totalmente para se tocar, o que nunca aconteceu. Nunca teve a ousadia, por medo de cair em seus encantos e se afogar, porém uma parte dele desejava abdicar da Coroa e de sua vida apenas para saber como seria tocar em seu rosto. Klaus apontou o espelho para ela, que nadou alegremente até o objeto.

— Eu amei — ela disse cada palavra com um gesto dos dedos.

— Eu também gostaria, se fosse o seu rosto refletido — Klaus acrescentou, e, apesar de ter errado um pouco o gesto, a sereia sorriu em resposta.

— Como posso te ajudar, meu amigo? — Ela não ousou se aproximar demais dele. Temia o que sua voz poderia fazer com seus sentidos, o que seu toque poderia despertar. Já havia matado homens com muito menos (por querer e por acidente), mas esse, por algum motivo, ela queria manter vivo. Era divertido conhecer pelo menos um ser em todo o oceano que não sabia quem ela verdadeiramente era.

— Preciso encontrar a Ampulheta de Chronus e trazê-la para Bosnore se quiser manter meu trono. Você, além de mágica e maravilhosa... é a única em quem realmente confio no mundo. Sei que ela saiu da minha ilha, o mar sabe algo que pode me levar até ela?

Klaus precisou soletrar a parte do objeto mágico, e a expressão da sereia ficou séria quando ele terminou de gesticular.

Ao contrário dele, a sereia sabia exatamente quem era Klaus. Sabia que Bosnore havia sido próspera e uma antiga aliada do Povo Submerso antes da cobiça dos humanos afastar seu povo da superfície. Mais do que um rei, Klaus era seu amigo, e ela não suportava vê-lo igualmente perdido e esperançoso. Só queria vê-lo... feliz. Era a única coisa que importava naquele momento. Respondeu, movimentando os dedos:

— Posso ajudá-lo a encontrar o objeto, mas isso terá um preço.

— O espelho não é o bastante? — A visão dele começava a embaçar. Klaus precisaria voltar à superfície em breve.

— Não é para mim — ela respondeu com o olhar tristonho. — Vá até o último lugar em que a Ampulheta esteve, coloque-o sobre o luar e desenhe essa runa sobre a superfície que ela ocupou. — A sereia desenhou na areia duas linhas retas verticais, e conectou as pontas do topo de uma para o final da outra.

Klaus sorriu, mas sua amiga não imitou o movimento.

— E qual o preço? — perguntou, já sentindo a respiração menos natural. Começando a sentir *necessidade* de estar em terra firma.

— Pode ser dez anos da sua vida. Uma memória querida. O seu coração. Chronus irá decidir quando você colocar as mãos nela.

É um pagamento por usar essa magia que pertence a ele. — A sereia agitou a cauda em sua direção, diminuindo a distância entre eles. — Tome cuidado — ela pediu. — Não aceite nada que o impeça de voltar para mim.

Ele assentiu. Klaus queria tocar seu cabelo, se aproximar de seu lindo rosto e dizer que ficaria tudo bem, mas, raios, estava vivendo em um mundo onde não podia nem respirar o mesmo ar que ela. Levou o indicador até o queixo da sereia, sem o tocar, e olhou no fundo de seus olhos.

— No próximo encontro, estará olhando para um verdadeiro rei — ele disse, e sorriu em agradecimento, antes de começar a nadar para a superfície.

— Espero estar olhando para o meu amigo — Pérola murmurou sem que ele ouvisse.

*

Klaus passou duas horas vomitando como era de costume após toda vez que usava a alga, que era ao mesmo tempo uma libertação e um inferno. Tomou um banho, colocou suas melhores roupas e caminhou até o templo de Chronus. A construção fora uma das mais afetadas pela grande onda, restando apenas partes esparsas do telhado e pilastras já tomadas pela corrosão. A base onde a Ampulheta era exposta era gigantesca, feita de pedra maciça; era impossível para um homem sozinho movê-la.

Houve um tempo em que Deuses e seres de outras dimensões visitavam livremente o reino material, espalhando relíquias e conhecimento que logo se transformariam em lendas e canções. Os artefatos muitas vezes eram incompreensíveis para os humanos, e guardados como troféus de batalhas não travadas, ou como um distintivo do que seu povo havia sido escolhido como um guardião divino. Ninguém sabia direito o que fazer, para ser franca.

Ele sorriu olhando para o céu, que finalmente abria espaço entre as nuvens pesadas. O luar pálido entrava pela falta de teto, iluminando a base parcialmente. Teria que ser bom o bastante, então ele pegou um carvão do bolso e desenhou a runa assim como a sereia havia mostrado no mar.

Esperou que uma linha aparecesse em direção ao oceano para que pudesse segui-la, mas o destino se divertia rindo às suas custas. Minutos se passaram enquanto Klaus esperava, sem saber se o luar cálido era o bastante para ativar a runa. Começou a duvidar da própria memória, mas precisaria de um mês para ver a sereia novamente e confirmar com ela se havia feito o desenho corretamente.

Ele não pensou em olhar para cima. Enquanto andava para fora do templo, frustrado com o fracasso, virou-se para trás e percebeu que havia algo diferente na luz que iluminava o salão esquecido. Uma trilha brilhante e fraca parecia subir aos céus, e Klaus se aproximou dela, tocando com a ponta dos dedos. O caminho era sólido como mármore, talvez mais resistente do que as paredes defasadas de seu palácio prestes a cair.

Ele começou a escalar, incrédulo por caminhar no ar. Quanto mais subia, menor sua ilha ficava. Em pouco tempo ele caminhava no céu em uma ponte invisível se não fosse por uma camada brilhosa que iluminava seus próximos passos.

Klaus não sabia aonde chegaria com aquele caminho, pois as histórias que ainda eram contadas e repetidas nos últimos séculos não fizeram nada para manter viva a memória da ponte que levava até o Reino Astral. Uma guerra já esquecida e sem importância escondera a ponte que guardava o caminho usado por Celestia para esconder a Ampulheta de Chronus no Plano Terrestre, e o artefato acabou vivendo longe de casa por tempo demais.

Ele tinha certeza, enquanto olhava para baixo, de que via o declínio da ilha junto ao mar escuro e infinito, porém acima encontraria uma razão para assegurar sua coroa e o domínio definitivo de Bosnore. Agora acabavam o exílio e a maldição.

Ele só não esperava o que Chronus pediria como pagamento, muito menos que seria feito imediatamente.

Capítulo 15

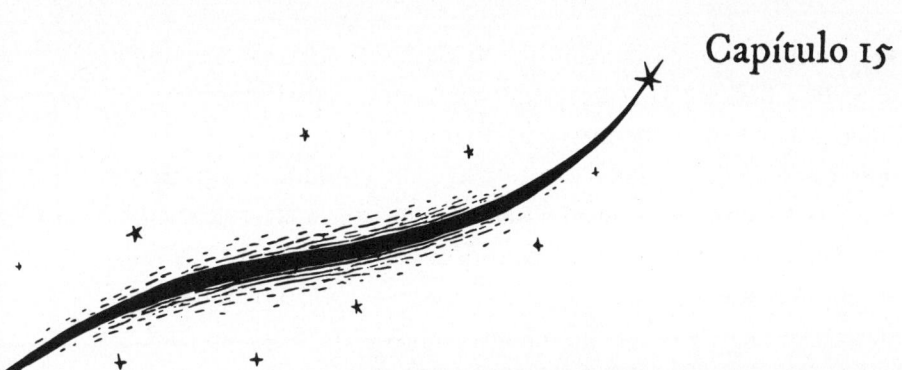

Um trabalho sujo feito pelos motivos certos é um trabalho limpo?

— Quer jogar mais uma partida, Ivy?

— Acho que consigo passar uns dias sem jogar agora... Na verdade, queria saber se posso cochilar em algum lugar. Está muito mais tarde do que estou acostumada, se é que me entende. — Ela abriu um pequeno sorriso.

Raios de sol fortes atingiam *Aurora*, agora que ela pairava nas nuvens. O vento era consideravelmente mais seco e persistente contra os rostos de Ivy e Nero. Soren havia deixado o posto de vigia fazia vários minutos, e Nero estava sentado na cadeira que seu companheiro ocupava, aguardando a hora de chamar a capitã de seu breve descanso. A estrela não apresentava sinais de exaustão, mas tinha os olhos cerrados e abriu um largo bocejo junto ao marujo cansado ao seu lado. Seu cabelo preto e ondulado estava totalmente seco, apesar de amassado nos lugares onde se deitara.

Cecília não queria deixar Ivy sem supervisão em sua caravela, e agora era a vez de Nero vigiá-la. Com Soren, a estrela havia proposto um jogo de cartas para ajudar a passar o tempo, e o marujo buscara duas porções de biscoitos de nata quando o estômago começara a roncar. Logo depois que ele se voltou para dormir em sua cabine, Nero pegou o baralho sobre a mesa e começou a embaralhar, as cartas fluindo para cima e para baixo. Uma delas se foi contra a corrente de vento quando ele perguntou:

— A coisa toda de você ser uma estrela não foi um sonho, né? — Ivy balançou a cabeça para os lados, mantendo os lábios repuxados. Nero acrescentou sem deboche: — E você é mesmo azul.

— E um pouco cintilante também.

— Não temos cabines para visitantes, você pode dormir em uma das redes da tripulação. Longe de ser adequado para uma princesa, mas você vai preferir isso a ouvir o ronco de Soren. — Nero coçou os olhos vermelhos.

— Qualquer lugar, não quero dar trabalho. — Ivy o acompanhou descendo as escadas até um cômodo que deveria ter sido cheiroso havia muito, muito tempo, e agora só lembrava maresia, suor e sal. A estrela contorceu o nariz, mas seguiu em frente, buscando pela rede com menos manchas que pudesse encontrar. — Aliás, se quiser dormir também, por favor. — Ela apontou para nenhum lugar específico, se sentou em uma rede que parecia ser mais nova que as outras e jogou a almofada que estava nela no chão.

— Descanse, princesa. Vou velar o seu sono.

— Você não está com medo de mim, está?

— Só cumprindo ordens, não é nada pessoal.

— Mas não precisa ficar de pé. Senta aqui, vou te mostrar uma coisa legal.

Ivy se acomodou na rede, apoiando o rosto no braço, e Nero sentou na rede ao lado e a encarou. Suas pálpebras pesavam, ele usava toda a sua força para se manter acordado, balançando-se com as pernas no chão.

— Que coisa? — ele perguntou. Ivy levantou a mão na direção dele e assoprou sua palma como se mandasse um beijo pelo ar. Pequenas partículas brilhantes correram até a rede onde Nero estava e começaram a balançá-lo.

— Você pode se deitar que a rede vai continuar o movimento. É *bem* relaxante. — A estrela assoprou o lugar em que se deitou, repetindo o movimento.

Nero hesitou, mas tirou os pés do chão. Deitou a cabeça na almofada usada e sentiu seu corpo fluir de um lado para o outro de um modo suave, e não invasivo como algumas ondas do mar. Ele sentia que flutuava em uma nuvem – de um jeito totalmente diferente do que o navio fazia.

— Vou dormir um pouco, Nero. Desculpe por não conseguir continuar uma conversa agora. Me lembre de te agradecer depois por me mostrar esta rede tão confortável.

— Não foi problema algum — ele murmurou.

Ivy, ao seu lado, parecia ter adormecido para sempre. Ela tinha as feições delicadas, e pequenos cristais pareciam reluzir sob sua pele mesmo de olhos fechados. O cabelo azul era liso e fino, cobrindo-a como um manto enquanto a estrela adormecia profundamente.

O marinheiro ficou alguns minutos a observando, sentindo o vaivém de sua rede, e lentamente brincou consigo de uma aposta perigosa. Disse que abriria os olhos em três segundos, e abriu. Depois disse que abriria os olhos em cinco segundos, contou mentalmente, e abriu. Ivy permanecia serena como antes. Fechou novamente, esperando abri-los em dez segundos, como se de alguma forma essa tortura cansativa fosse relaxá-lo.

Porém ele estava vivo. Estava deitado confortavelmente em um lugar seguro, e por ora isso bastava.

Mergulhado em um sono profundo, Nero não abriu os olhos instantes depois... Mas Ivy Skye sim. E, com toda a sua delicadeza, ela desceu da rede, encarando o marujo exausto. Tirou uma mecha de cabelo escuro de seu rosto bonito e soprou um beijo em sua direção, fazendo a rede balançar mais intensamente e mantendo-o tranquilo como um bebê.

Deveria ter cerca de uma hora até Cecília despertar ou alguém notar sua ausência, mas ela precisava atravessar *Aurora* sem deixar vestígios. Não gostava de usar sua magia em si mesma, principalmente porque fazia cócegas, contudo nesse caso não havia saída. Colocou o máximo de pó de estrela que pôde em seus pés e pernas, depois começou a sentir os membros formigarem e logo começou a flutuar. Guiou seu caminho pelo navio passando pelo convés até o porão onde cargas eram transportadas, empurrando-se pelas paredes para não deixar nenhum tipo de marca no chão.

Encontrou uma porta no chão que deveria estar trancada por chave e despejou um pouco de poeira estelar dentro da fechadura, colando seus lábios contra a superfície gelada do metal e a assoprando com cuidado. Com um movimento rápido, abriu e entrou no ambiente pouco iluminado.

Não era um navio capaz de transportar grandes cargas, mas ela sabia que Cecília não tinha preparado sua caravela para qualquer coisa. Ela só lidava com itens de extrema delicadeza e raridade, como medicamentos, ervas sensíveis à luz ou à temperatura e itens afins. Porém, mesmo do céu, jamais poderia ter imaginado o interior do navio – as estrelas só conseguem ver o que aparece na superfície.

Raios de sol insistiam em sua entrada através de pequenas escotilhas, e no centro do cômodo vazio estava uma caixa pequena demais para ser tão intimidadora. A capitã tinha toda a intenção de guardar o objeto em sua própria cabine, mas entre o caos de roubar o próprio navio e sobreviver à tempestade acabara deixando o item mágico onde estava.

Um magnetismo diferente daqueles encontrados em bússolas a levava até lá. Ivy Skye puxou o tecido que a cobria, revelando uma pequena caixa, não muito maior que sua mão. Seus dedos azuis abriram a tampa preta, e ela hesitou antes de finalmente pegar a Ampulheta de Chronus com as próprias mãos.

Os vértices prateados guardavam a forma delicada e arredondada de vidro onde vivia todo o poder do universo – ou assim eram as lendas sobre ela em Celestia. A areia parecia fluir para cima e para baixo, com estrelas e planetas pacientemente escorregando pelo centro afunilado da relíquia primordial.

Fazia mil anos que um habitante do Reino Astral não tocava a Ampulheta, que passara tempo demais entre os humanos para que o equilíbrio entre os planos se mantivesse o mesmo. O Reino Astral estava prestes a ruir, ela descobriu entreouvindo uma conversa que não fora feita para seus ouvidos, e teve sua intromissão descoberta e punida. Estrelas desapareciam aqui e ali, e nada se mantinha estável por muito tempo, tornando a dimensão confusa e hostil. O povo de Celestia era ignorante sobre o que verdadeiramente acontecia com a realidade a seu redor, então Ivy deixou o palácio para sua missão com nada além das próprias roupas e um segredo maior do que ela. A estrela só sabia sobre o plano de Cecília pois a própria capitã os conjecturava sob a luz da noite, o que tornava tão mais fácil conseguir aquilo de que precisava.

Ivy sabia por que Traberan precisava devolver o item para a ilha e entendia por que Klaus precisava dela para assegurar seu trono. Porém ela não podia se preocupar naquele momento com a reputação de Cecília ao não completar sua missão, especialmente quando a garota fora muito mais rude com ela do que imaginara ser possível.

A estrela colocou a Ampulheta no bolso invisível que tinha em seu vestido. Gostando ou não, o artefato agora estava voltando para casa, e quem sabe assim Ivy Skye poderia também dizer o mesmo.

Ela só não sabia que o rei de Bosnore também estava a sua procura.

Capítulo 16

Fome e ciúme destroem qualquer senso de humor

Contra o plano inicial de toda a minúscula tripulação atual de *Aurora*, a capitã, os marujos e a estrela cadente adormeceram. Ivy teve o bom senso de retornar para a mesma rede onde havia ninado Nero e fechou os olhos, deixando o sono tomar conta de seu corpo, na certeza de que o marinheiro acordaria antes dela e disfarçaria o fato de ter adormecido.

Nero acabou se levantando da rede sobressaltado e não conferiu por mais de dois segundos se Ivy estava a seu alcance; correu para o convés sentindo-se desnorteado da mesma forma que pessoas que tiram um cochilo longo demais após o almoço se sentem, mas no caso dele foi um pouco pior. Estava acostumado com as águas, e a sua volta só encontrou nuvens. Pensou primeiro que estivesse morto, chegando à porta do paraíso. Depois se lembrou da tempestade, da estrela cadente, e decidiu que estava vivo; só pensou que poderia ter enlouquecido de vez.

Ele sabia que o sol estava forte de um jeito escaldante e insuportável, e o que encontrou a sua volta foi o lilás transicionando para o azul profundo. A caravela cruzava o céu de lugar nenhum, as nuvens brancas parecendo fofas e prateadas agora que a luz não refletia em sua superfície para ferir os olhos

Nenhum sinal de Cecília ou Soren em parte alguma, o vento sendo o único som que lhe fazia companhia. Ele pensou em acordar sua capitã ou seu parceiro. Mas quantas vezes na vida uma pessoa se sente como o único ser do universo? E isso lhe pareceu libertador ao invés de solitário. Então, decidiu não acordar ninguém.

Nero tirou do rosto alguns fios escuros de cabelo e caminhou até a proa, apreciando cada rufar em sua direção, a quietude do céu agora que as estrelas pareciam tão próximas. Calou seus pensamentos, pegou em uma corda apoiada em um mastro firme e subiu na beirada da madeira que protegia sua vida. Já tinha quase morrido nas últimas 24 horas, queria aproveitar essa janela de sorte. Prendeu uma ponta em sua cintura e ousou ficar de pé sem apoiar as mãos em lugar algum. Sentiu a brisa jogar seus cabelos longos para trás entoando um hino silencioso sobre liberdade. Deixou o resto de *Aurora* descansar enquanto ele mesmo sonhava acordado.

★

O sono deveria ter clamado Cecília mais rápido, ela pensou. A exaustão pesava em seus olhos, e, acima disso, uma descarga de pânico. Assim que entrou em sua cabine, procurou por Lua, que repousava sobre a tampa fechada das teclas de seu piano. Por um instante, temeu não a encontrar de novo. A garota pegou a gata no colo, aconchegando-a na cama a seu lado. Normalmente deixava Lua decidir livremente onde iria tirar seus vários cochilos, mas precisava abraçá-la e sentir a respiraçãozinha sobre seu corpo para se lembrar de algo nem tão óbvio assim naquele momento: *estava viva*. E aparentemente sem data marcada para morrer em um futuro imediato.

Ela não queria uma intrusa em seu navio, muito menos alterar a rota de seu destino por *sabe-se-lá-quanto-tempo-até-chegar-no-reino-da-princesinha-estrelada*. Não se sentia mais a capitã de *Aurora*, tão longe do mar e do controle que tanto a inebriava, e isso parecia de algum jeito pior do que a morte. Uma espécie de limbo.

Cecília sabia que a segurança de Traberan estava em suas mãos, e a única forma de controlar a ira de seus pais e a traição à Coroa seria entregando o item a Bosnore no menor tempo possível.

Mas agora o tempo debochava da jovem capitã. Toda vez que fechava os olhos, encarava a onda que a derrubara no chão do convés vindo em sua direção lentamente e podia analisar cada detalhe da cena como uma pintura majestosa, como as que ocupavam paredes inteiras do palácio. Um momento que não durara mais que alguns segundos agora parecia uma eternidade. Ela se virou na cama, abrindo os olhos que ardiam, e olhou para Lua, apoiando a cabeça na patinha macia.

Fechou os olhos mais uma vez, e dessa vez a imagem de Ivy foi a intrusa em seus pensamentos. Ela havia garantido a segurança da caravela e agora traçava a direção para seu reino; era a salvação para descerem em segurança das nuvens. Ironicamente, tinha caído literalmente do céu e em poucos minutos havia conquistado a admiração de sua tripulação. Cecília sentia-se usurpada, sem um lugar, distante de seu propósito. Uma inconveniência na própria vida.

Talvez os Deuses estivessem punindo sua atitude de mentir para seu reino e manipular uma situação apenas para conquistar prestígio e admiração, o que agora seria a última coisa aguardando por ela ao voltar para casa.

Cecília decidiu ficar de olhos abertos admirando Lua dormir, e em algum momento se juntou a ela nos sonhos.

★

— Nós já estamos no seu reino? — Cecília indagou assim que deixou sua cabine, colocando um pouco de deboche nas últimas duas palavras, pois estava irritada desde o momento em que percebera que estava escuro do lado de fora.

Uma visão de Nero, Soren e Ivy em volta de uma fogueira dividindo uma tigela de sopa e rindo entre si não fez muito para melhorar o humor da capitã. Por que ninguém tinha obedecido a sua ordem de chamá-la em quatro horas? Por que ninguém perguntara se ela estava com fome?

— Ou pelo visto estamos em uma festa para a qual não fui convidada — a garota acrescentou, a fome e o mau humor agora espetando sua língua. O cheiro era convidativo, mas seu orgulho discordava.

Algo em *Aurora* despertava um lado dela totalmente diferente da corte, onde ela não fazia a menor questão de fingir ser educada ou demonstrar seus hábitos como uma lady. Ela não tinha barreiras com Soren e Nero, e não teria com Ivy, sendo uma princesa ou não.

— Falei que ela ia ficar brava — murmurou Ivy, mexendo na tigela com uma colher. — Bom dia, dorminhoca.

— Não sou dorminhoca e não estou brava com você, Ivy. — Cecília se virou para os marujos. — Disse especificamente para me acordarem.

— Fui até sua cabine duas vezes, você estava dormindo tão profundamente... — Nero começou.

— *Eu* não tive coragem de te acordar, imagina ele — completou Soren.

— E nós não somos tão íntimas assim — a estrela murmurou, pois parecia a vez dela de falar alguma coisa na roda.

— Nem você, Lua? Você me acorda por motivos mais idiotas, tipo abrir a porta! — Cecília olhou para o chão. A gata espreguiçava as patas dianteiras e seguia em direção a Soren, esperando ganhar alguns pedaços do que ele estava comendo.

— *Miaaau* — ela respondeu. Os biscoitos podiam fazer a gata entender sua língua, porém não o contrário.

— Cecília, eu cuidei do curso para o Reino Astral, Nero e Soren fizeram tudo que eu disse, mal toquei no seu navio. — O peso da Ampulheta no bolso da estrela a fez engolir em seco, mas ela manteve o rosto relaxado. Sua voz era melodiosa, como se fogos de artifício fossem músicas em vez de um espetáculo visual. — Não precisa ficar brava porque as pessoas que gostam de você quiseram que descansasse.

— Lembro que combinamos que você pode me chamar de capitã. — Cecília tinha os braços apoiados no quadril, mantendo uma figura decidida, como muitas vezes fazia ao treinar novos marujos e precisava impor o respeito antes de conquistá-los. Não era seu jeito preferido de fazer as coisas, mas era eficiente.

— Se faz questão de formalidades, insisto que me chame de Alteza. — Ivy abriu um sorriso largo, e arqueou a sobrancelha em um desafio.

— Muito bem, Alteza — Cecília disse entre dentes.

Soren encheu uma tigela funda com sopa e a estendeu para Cecília. Ela deu a volta na fogueira para sentar a seu lado, quase gemendo ao sentir o aroma da comida fresca. *Aurora* tinha os melhores ingredientes na cozinha, sendo uma caravela especial para a nobreza. Nero estava prestes a contar sobre o crepúsculo que presenciara, mas a estrela continuou a falar.

— Capitã, que eu saiba é costume que se faça uma reverência junto ao meu título... — Ivy segurava o riso enquanto as palavras absurdas saíam de sua boca, mas foi aí que Cecília explodiu.

— Para o inferno com essa merda! — A capitã tacou a colher para longe, apoiou a tigela no chão e voltou irada para sua cabine.

Os marujos e a estrela se sobressaltaram em volta da fogueira, chamando Cecília para jantar, gritando algo sobre ser uma brincadeira, mas nada a trouxe de volta. A garota se jogou de bruços na cama, gritando contra o travesseiro até que sentisse a garganta reverberar. Ela queria que suas cordas vocais se partissem, pois estava cansada de tentar controlar cada momento, cada plano. Por mais que se empenhasse, não conseguia controlar os resultados.

O plano era chegar rapidamente à ilha de Bosnore e voltar para casa antes que seus pais ficassem muito irritados. Agora ela estava gloriosamente atrasada, com sua caravela fazendo o *oposto* de um atalho. Depois o plano era sobreviver à tempestade, colocando a invenção que *ela* criara em ação, mas agora o crédito de *Aurora* navegar as nuvens estava todo com Ivy e seu pozinho de estrela insuportável que os mantinha no céu.

Cecília estava enganada, o mundo não era um lugar lindo para ser explorado. Era um labirinto de complicações e sonhos dando errado de novo e de novo, e agora tudo que ela tinha era um mar de consequências esperando para afogá-la. A garota sentiu a cabeça girar, sem ar após ter deixado seu travesseiro traumatizado. Não viu por que voltar ao convés e não queria falar com ninguém.

Alguém bateu à porta instantes depois, e Cecília viu a figura de Nero pelo espaço entreaberto.

— Soren te respeita o bastante para te dar espaço, mas eu não vou te deixar com fome. — Nero entrou no quarto, e não pediu licença ao pegar o banco da escrivaninha e colocá-lo em frente à cama da capitã. Entregou a ela uma tigela de sopa quente e esperou a garota se sentar. — Fizemos o seu favorito.

Cecília tentou sorrir, mas não conseguiu. Ela comeu em silêncio, as batatas quentes e cremosas acalmando sua garganta irritada, pedaços de cenoura e queijo explodindo em sua boca em um contraste forte e adocicado. Nero não disse nenhuma palavra, e a esperou terminar para pegar a tigela de volta. Algo nele lembrava Cecília de seus irmãos, mas Nero cuidava dela de um jeito que Jim e Leo nunca estiveram próximos o bastante para ter a oportunidade; eram mais uma lenda em sua família e uma miragem em datas especiais.

Os dois ficaram quietos alguns minutos depois, o som das velas na cabine ocupando o silêncio entre os dois.

— Obrigada — Cecília falou, rouca. Ela não se referia apenas à sopa, mas por ter salvado sua vida e a de sua gatinha. Por tê-la desobedecido antes. — Por tudo.

— Você nunca vai precisar me agradecer. — Nero sentiu a garganta travar. Queria falar que cochilara, mas não podia decepcioná-la naquele momento. Ivy não tinha ido a lugar algum, que bem faria trazer esse assunto?

— Quanto tempo até chegarmos ao reino de *Sua Alteza Suprema e Maravilhosa*? — ela perguntou, com toda a ironia que tinha em si.

— Na próxima noite devemos alcançar o portal. Foi o que eu entendi.

— Vai ser difícil sair da cabine depois do ataque que eu dei.

— Já vi homens agirem pior quando estavam com fome. É seu navio, Cecília. Ivy é bonitinha e engraçadinha, mas não deixe as brincadeiras dela pegarem você.

Bonitinha?, Cecília pensou. Era muito mais que isso, mas ela não queria debater com Nero a aparência da intrusa.

— O senso de humor dela não é pra qualquer um — respondeu, dando de ombros.

— Nem o seu, Ceci. — Nero deu um beijo rápido em sua cabeça e andou em direção a porta, mas antes de sair disse: — Você salvou a gente, não duvide disso. E não estou falando só do que aconteceu hoje.

Capítulo 17

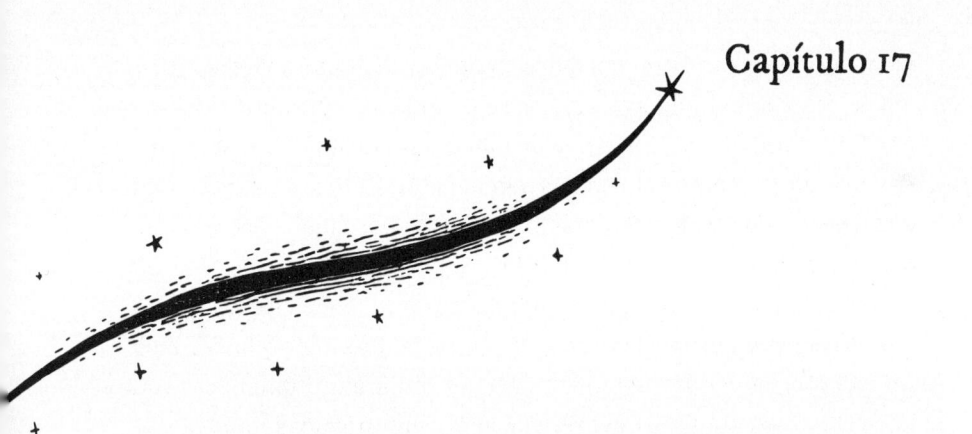

Não exagere nos doces, na inocência e na vingança

Klaus viu o amanhecer nascer e morrer uma dezena de vezes enquanto andava pela ponte invisível que unia os dois mundos. Estava convencido de que ficaria ali por uma eternidade inteira quando testemunhou o centésimo crepúsculo, e teve certeza de que se tornara imortal quando viu o milésimo. No entanto, jamais duvidara de que estava no caminho certo, ou que voltaria para casa, como seria comum para outros homens que presenciam o impossível.

O rei sem um trono havia lido sobre as diferenças entre seu plano e o Reino Astral, graças à biblioteca secreta que havia em seu reino, criada no mesmo período em que a Ampulheta viera para o Plano Terrestre. Inclusive, fora esse o conhecimento que ele barganhara com Nanrac, em troca de apoio para intimidar Traberan a devolver seu artefato. Havia vantagens, afinal, em ser um moleque e saber se esgueirar pelo palácio buscando passagens escondidas nas paredes.

Ele sabia que a cada passo que dava o tempo era distorcido de acordo com sua própria percepção. Tinha fé que colocaria as mãos no tal artefato e teria pela primeira vez um lugar digno entre seu povo. Ele queria que o reverenciassem sem ameaças, queria dar aos esnobes uma prova do que é ser rechaçado em sua própria casa – uma lição de humildade de que a corte de Bosnore precisava, e que Klaus havia recebido cedo demais.

O que o rapaz não havia percebido era que a cada passo uma parte dele ficava para trás, perdida na ponte de Chronus. Ele esperava que o Deus do Tempo fizesse uma aparição grandiosa e o desafiasse de igual para igual, assim como acontecia com os grandes heróis nas histórias, porém, ironicamente, Chronus não tinha tempo para tais feitios. Estava muito ocupado traçando sinas e possibilidades, e, ao mesmo tempo que o passado permanecia paralisado, o destino girava como uma roda de oleiro sendo moldado e secando rápido demais.

Imagine você que o Deus do Tempo não encontrava um momento apropriado para se alimentar, e ele tinha afinidade com doces. Então, quando Klaus convocou a ponte por meio da runa e colocou o pé no primeiro degrau em direção ao Reino Astral, sem querer entregou por completo a coisa mais doce que um humano pode oferecer a um ser divino: sua inocência. Chronus se banqueteou.

A cada passo, Klaus se sentia mais determinado a recuperar a Ampulheta, mais irado com a demora em um caminho sem fim. Ele apressava a força de suas pernas cruzando os céus sem olhar em volta para admirar os cometas ou explosões solares que o cercava. Havia se esquecido de como chegara ali, em primeiro lugar. Já não sabia nada da sereia que fora sua cúmplice, ou das boas intenções de seus aliados em Bosnore. O rei tinha certeza de que estavam a seu lado por puro interesse, a promessa de uma vida confortável, refeições quentes e temperadas, e uma companhia prazerosa na cama macia à noite.

Nada disso importaria quando ele recuperasse a Ampulheta. Seria a hora de dominar cada um dos membros da ilha com pulso forte, gerando uma dúzia de herdeiros fortes em vez de se comparar com a semente infrutífera de seu pai.

Klaus premiaria a lealdade e a obediência dos homens a seu lado, e não mostraria piedade alguma para com aqueles que se voltassem contra a Coroa. Como guardião da Ampulheta de Chronus, levaria Bosnore para o mundo e faria cada um dos reinos a sua volta se arrepender de lhe ter dado as costas nos anos mais difíceis da ilha.

Se acharam que o território era amaldiçoado, Klaus seria a própria praga. Fora um tolo por pedir uma aliança com Traberan, ladrões que tomaram o artefato diante dos olhos da frágil Coroa, e agora não andava apenas para recuperar o objeto primordial.

Klaus sentira mil anos passarem por ele e caminhava os céus seguindo o rastro da Ampulheta por vingança. Tomaria a vida daquele que portasse a Ampulheta em sua primeira medida oficial como rei e faria de sua execução um espetáculo.

Em sua vida dupla como príncipe e moleque, sabia que nada unia mais o povo do que um culpado em comum para todos os seus problemas. E foi isso que ele jurou diante das estrelas a sua volta enquanto adentrava o reino dos astros.

Capítulo 18

Para se tornar uma lenda, antes é preciso vivê-la

— ... até que finalmente se ergueu um palácio no topo do topo das nuvens! — Ivy contou animada para os marinheiros. — O lar de todos os mistérios do Reino Astral, onde os desejos e as notícias sobre o mundo material correm pelos ecos das paredes. É mais ou menos isso que vocês encontrariam no lugar de onde eu vim, quando tudo começou. Agora as coisas são tão diferentes que eu não saberia descrever mesmo se tentasse. Precisaria levá-los até lá.

A capitã do *Aurora* preferiu ficar reclusa em sua cabine quase todo o tempo, enquanto não havia sinal do tal portal *mágico e fan-*

tástico para o Reino Astral; sem precisar ajustar a rota, conduzir o timão ou ajustar as velas, não havia muito o que fazer pela caravela, o que a deixava com uma sensação de impotência em vez de tranquilidade. Nero e Soren cuidavam das refeições e da limpeza do navio, Ivy lhes contava uma história ou outra enquanto ajudava nas tarefas, porém Cecília preferia não ficar por perto para ouvi-las. Se ficasse, talvez seu coração se acalmasse.

A garota amava tudo que envolvia lendas, contos de fadas e a promessa de aventuras, afinal.

— E como vocês se parecem tanto com a gente daqui, e da Terra são pontinhos brilhantes no céu? — Soren indagou, apoiando o esfregão um momento.

— Quando uma estrela nasce, ela deixa uma marca no firmamento. Mas cada entidade tem um formato próprio, vários deles que os humanos identificam como animais ou objetos conhecidos. Os pontinhos brilhantes são como o eco do nosso brilho, que é conectado com a nossa consciência. Não é nada demais, acho os humanos bem mais fascinantes.

— A gente caga, chora e mata. O que tem de incrível nisso? — Nero rebateu, rindo contra o olhar zangado de seu parceiro.

— Ela é uma princesa! — repreendeu-o entre dentes.

— Que claramente já viu de tudo, não é como a realeza puritana de onde viemos.

— Palavras não me incomodam, Soren, realmente eu já ouvi de tudo. E, bom... humanos sentem de um jeito que você não vê em outro lugar do universo. Vocês presenteiam uns aos outros com coisas bonitas e perfumadas que brotam da terra; dão valor a pedras só porque são transparentes e bonitas. Criam outros animais como se fossem da própria família.

Ivy fitou Soren e Nero lado a lado, as mangas arregaçadas no momento de trabalho. Nero passou o braço pelo ombro de Soren, e seus olhares se cruzaram enquanto ouviam a estrela falar, conferindo se o outro também concordava com as coisas simples e óbvias que ela dizia.

— E vocês se apaixonam. — Ivy sorriu para os dois, que entenderam perfeitamente o que ela tinha querido dizer. — Isso não é algo que acontece em qualquer dimensão.

— Existem outras? — Soren perguntou, confuso e deslumbrado.

— Isso é tema para outra conversa. Estamos quase chegando à passagem, onde está Cecília? — Ivy brincou com os dedos, ignorando mais uma vez o peso da Ampulheta no bolso. — Queria que ela visse.

— Ainda está tentando fazer ela gostar de você? — Nero provocou.

— Não seria tão ruim assim. — Ivy deu de ombros, e caminhou até a cabine da capitã.

Pensou mil vezes se estava fazendo a coisa certa em ir até lá, se deveria insistir em uma aproximação novamente. A Cecília que ela conhecera era totalmente diferente da que ela observara, mas a estrela sabia que em algum lugar deveria estar a garota sonhadora, inteligente e obstinada que tinha visto de longe.

As palmas de suas mãos azuis estavam suando quando se aproximou da porta da cabine, e antes de bater ela ouviu o som que fluía dos aposentos da capitã. Ivy nunca tinha ouvido música humana de perto, logo não sabia como as notas do piano reverberavam no corpo com um ritmo próprio tomando seu coração. Ela só conhecia os suspiros das melodias sopradas na noite e preferiu ficar ali fora mais alguns instantes, percebendo a melancolia da canção fluir atrás da porta como uma história sem palavras.

Quando sentiu uma pausa, Ivy deu três batidinhas à porta e a abriu em seguida. Deveria chamar Cecília para o convés, porém não controlou o que disse em seguida:

— Isso foi maravilhoso.

— Vossa Alteza está espiando atrás da porta? — Cecília abaixou a cabeça em uma reverência preguiçosa e quase inexistente.

— Nunca ouvi música assim, capitã. — Ela sorriu em uma oferta de paz.

— Acho que pode gostar dessa, então. — Cecília retribuiu o sorriso, orgulhosa. Uma chance para exibir suas habilidades faria muito bem ao seu ego, então a garota começou a dedilhar uma música que adorava.

O começo era lento, a mão esquerda mantendo o ritmo hipnótico enquanto a direita caminhava pelas teclas mais agudas do piano em uma melodia bela e insistente. O ritmo acelerava, tornando-se mais difícil a cada nota, mas era algo que ela praticava fazia muitos anos. Seus dedos sabiam o que fazer, mesmo se não tocasse a música havia muito tempo.

Ivy a admirou com um sorriso estampado, vendo cada detalhe da capitã feliz consigo mesma diante do piano. Ela usava calça preta e uma túnica da mesma cor que deixava parte de seu colo exposta, assim como algumas sardinhas devido à exposição ao sol, algo incomum nas jovens da corte de Traberan. As mangas bordadas estavam dobradas, e seu cabelo ondulado estava solto, emoldurando seu rosto, enquanto seus olhos brilhavam como esmeraldas. Ela estava descalça, pisando no pedal do piano em alguns momentos, respirando fundo em satisfação a cada momento da música.

Foi só quando a canção chegou ao fim que Ivy percebeu que estava ao lado do piano. Tinha entrado totalmente nos aposentos de Cecília, perto o bastante para alcançar as teclas do instrumento com os próprios dedos.

— É muito difícil? — a estrela perguntou, não encarando a capitã com medo de que ela a expulsasse, como um cachorro que sobe no sofá fingindo que não está ali.

Cecília levantou a cabeça para ela, percebendo sua silhueta reluzente. Os lampiões iluminavam o ambiente em tons de amarelo e dourado, mas a garota estranha era uma mistura de azul, prata e nuances do arco-íris. O nariz dela era pequeno e arrebitado, e tudo em seu rosto parecia levemente pontudo, com a face afilada e o cabelo liso com o azul intenso do mar. Exceto os olhos, que eram a coisa mais redonda que já tinha visto e que encaravam a partitura semicerrados. Sua boca era pequena, em forma de coração, a única parte dela que parecia ser mais lilás do que azul.

— Uma das mais difíceis de todas — Cecília respondeu, após perceber que passara muito tempo em silêncio. Ela tinha mentido: a música parecia complicada, porém, uma vez que a entendia, o padrão fluía após anos de prática.

— Acho que nunca conseguiria tocar nada assim.

— Não tem instrumentos no seu reino, princesa? — O termo ainda não saía de forma natural.

— Não desse tipo. Tem outros, mas nunca toquei nenhum... — Ivy balançou a cabeça e esticou um dedo em direção ao piano, seu corpo ardendo em curiosidade. — Posso?

— Emprestar um instrumento é uma coisa pessoal, e, como você disse lá fora, não somos tão próximas.

— Ah, sinto muito, eu não quis... — Ivy nunca colocou os braços atrás do corpo tão rápido e sentindo-se de fato uma intrusa desde quando chegara à caravela. Cecília abriu um sorriso largo e prendeu uma risada.

— Você acreditou nessa baboseira? Pode tocar, Ivy.

O rosto da estrela mudou de envergonhado para surpreso. Ela arregalou os olhos e encostou em uma das teclas. Era gelada, e surpreendentemente mais pesada do que tinha imaginado. Um opaco *sol* soou por alguns instantes e logo o silêncio voltou.

— Está feliz agora? — Cecília perguntou, e escorregou para a ponta do banco. Ivy assentiu e, meio sem jeito, se sentou a seu lado, com cuidado para não deixar a Ampulheta em seu bolso encostar na capitã. Quando percebeu isso, seu próprio coração pareceu a tecla de um piano. — Essas são as notas mais graves, e vão ficando mais agudas. — Cecília começou a demonstrar. — Você pode tocar as notas individualmente, montar os acordes, improvisar nas escalas...

— Estou sorrindo, mas não entendi nada do que você disse. — Ivy levantou os ombros. Seus olhos brilhavam vendo os dedos de Cecília caminhando para cima e para baixo no piano, cada movimento mais deslumbrante que o outro.

Cecília passou alguns minutos explicando quais eram as sete notas que se repetiam no piano, e, como Ivy não conhecia o *dó ré mi fá*, ela ignorou a ideia de sustenidos e bemóis, pedindo para a estrela esquecer as teclas pretas por enquanto.

— Tenta imitar meu dedo nestas notas: *dó dó sol sol lá lá sol.* — Cecília repetiu algumas vezes, sentindo a impaciência tomar conta dela toda vez que Ivy errava alguma.

A capitã só não ficou irritada de vez porque estava adorando ser melhor do que a outra em alguma coisa. Quando Ivy finalmente acertou, ela soltou um grito de satisfação.

— Isso foi maravilhoso! Acho que nunca fiz nada tão legal, Cecília! — O sorriso era radiante, mas com certeza uma garota como ela, princesa de outro reino e com um tipo incompreensível de magia, já teria feito coisas muito mais interessantes. — Essa música é sua?

— Não, é uma canção de ninar sobre estrelas. — A capitã sorriu de volta sem perceber.

— Falando em estrelas, queria te mostrar uma coisa aqui fora... Vamos atravessar para o Reino Astral.

— Agora, agora?

— Uhum. Tô te esperando para abrir o portal, vem.

Ivy se levantou e flexionou os dedos delicadamente. Cecília reparou que pequenos símbolos estavam desenhados em suas digitais, como runas mágicas. Em alguma outra situação, teria entendido que a estrela queria pegar em sua mão e levá-la para o convés, porém a capitã deslizou até a ponta da banqueta e se apressou até o lado de fora sozinha, provocando Ivy para se apressar. Elas pararam apenas na proa, junto aos marujos que observavam a noite de mãos dadas.

O firmamento parecia mais escuro do que nunca, as estrelas mais pálidas e distantes do que em circunstâncias comuns. Ivy soprou pó de estrela nos próprios pés, o bastante para que flutuasse alguns metros acima da caravela, e com a ponta do dedo tocou no tecido do infinito, rompendo-o delicadamente como uma costura.

Aurora não estava mais em nenhum mar ou céu conhecido, e atravessar para Celestia era como tocar em uma seda eternamente fria, que fermenta sobre seus dedos. Como se esconder embaixo da mesa em uma festa, esperando encontrar algo além de salgadinhos, sapatos suados e pó.

Exceto que por toda parte há pó de estrela. Ao redor. No céu. Te cobrindo como um véu, reluzindo sob sua pele.

Até que tudo em volta brilha, e você sabe que atravessou. Não pela paisagem, pois você só vê a escuridão cintilante. Mas pelo aroma de chuva. De algo estranhamente doce, que te faz pensar em maçãs caramelizadas em um festival. E, principalmente, pelo cheiro do desconhecido – prestes a ser revelado.

Capítulo 19

Diário de bordo: nunca imaginei que o plano B seria entrar em outro *plano*

— O que é? — Ela tentou terminar a frase com "aquilo", porém só conseguiu apontar na direção daquela coisa.

— É uma baleia? — Nero sussurrou, temendo chamar a atenção do que quer que estivesse por perto.

Cecília costumava se gabar por conhecer mais sobre os segredos do mundo do que outros membros da corte, uma vez que passara mais tempo mergulhada em livros, contos e canções do que concentrada em fofocas com uma breve data de expiração. Ela sabia que existiam sereias e unicórnios, mesmo que nunca jamais tivesse visto um. Conhecia o funcionamento da misteriosa República de Nanrac melhor do que sua própria casa, encantada com os mapas da ilha submersa que sua cunhada Pryia havia feito para ela, explicando os círculos comerciais nas margens e as tramas políticas que aconteciam quanto mais você adentrava o centro, puxando as cordas das sociedades humanas e marítimas como um show de marionetes.

Mas a capitã do *Aurora* nunca imaginara estar em um lugar onde não sabia *nada*. Nem a dinâmica do dia a dia, como a que horas o sol nasce e vai se pôr, tampouco seus mitos particulares. Até poucas noites antes, ela achava que estrelas eram apenas estrelas. Corpos celestes usados por poetas para elogiar pessoas atraentes, e por astrólogos para traçar previsões sobre o futuro. Para dar esperança a corações sonhadores, talvez.

Jamais seriam uma garota bonita, muito menos uma que a levaria até esse lugar inexplicável com a naturalidade de quem volta para casa. Isso tudo só a lembrava de quão impossivelmente longe Cecília estava de tudo que já tinha conhecido. A garota engoliu em seco, e pegou Lua, que roçava por suas pernas no convés, aconchegando-a em seu colo. Em um instante ela acreditara que jamais encontraria o caminho de casa e no outro se arrependera de quando desejara abraçar o desconhecido com toda a sua força. Um desejo é algo poderoso e não deve ser tido de forma leviana.

Sabia que estava no Reino Astral quando tudo a sua volta lhe pareceu estrangeiro. Ainda havia um céu ao seu redor, mas parecia ser feito de veludo, o negrume oscilando em alguns pontos no horizonte. As estrelas, antes fixas, agora pareciam ter vida própria. Uma gigantesca massa amorfa nas cores da noite se destacou na escuridão, sua borda cintilante oscilando em movimentos delicados como se estivesse... nadando.

— Baleia não voa. — Cecília esfregou os olhos, borrando o kajal preto que havia usado. — Voa?

Naquele momento ela questionava tudo o que sabia, sentindo-se ignorante, perdida e fascinada.

— Vocês estão em um navio no céu e a Cetus que é estranha? — Ivy alfinetou, se divertindo com a surpresa dos três.

— Mesmo se isso fosse *normal*, a baleia fica na água embaixo do navio. Não ao lado, como uma gaivota.

— Normal é só aquilo a que você está acostumado. — Ivy deu de ombros. — Quando se nasce aqui em cima e tudo que você faz é observar, não se estranha muita coisa.

— Você ficou encantada com a música da estrelinha — Cecília provocou, levantando as sobrancelhas.

— Ver maravilha em algo e achá-lo plausível são coisas diferentes.

— Ivy, fala um pouco mais sobre *cêtus* — pediu Soren.

— Bom, *cetus* é o que vocês chamam de constelação do monstro marinho. É um pouco mais pescoçudo do que uma baleia, mas sua reputação o precede. É o primeiro a saber de intrigas entre governantes e a fazer apostas sobre futuras guerras.

— Como assim apostas? — Foi a vez de Nero falar.

— Como vocês acham que os astrólogos fazem previsões? Eles na verdade só interpretam os palpites de algumas constelações e outros fenômenos do nosso plano que ecoam no seu. — *E isso não tem acontecido por bastante tempo porque a Ampulheta estava longe de casa, desequilibrando tudo que a gente conhece,* Ivy preferiu não mencionar.

— E como se comunicam? — Cecília perguntou. Ela sabia navegar pelas estrelas, mas o estudo da astrologia em Traberan era reservado para garotos selecionados pelos anciãos, que tinham acesso ao observatório e a seus registros confidenciais.

— Cada estrela define a melhor forma de se comunicar com o humano que escolhe. — Ivy a fitou com aqueles grandes olhos azuis, e Cecília demorou alguns instantes para desviar.

Encontrá-la em seu navio após uma tempestade violenta fora uma surpresa desagradável, ela era claramente uma garota estranha, azul e intrusa. Agora, ao vê-la em seu reino, Ivy parecia o objeto principal em um quadro, mas não do tipo que se via em museus ou em coleções particulares. O tipo de arte que era colocado em templos e santuários para veneração.

Cecília engoliu em seco, percebendo que eles haviam chegado em Celestia rápido demais, e logo a princesa estaria em casa, para nunca mais se verem – exceto ao anoitecer.

★

O coração de Ivy pulsava por todo o seu corpo. A Ampulheta em seu bolso parecia feita de chumbo, não de pó de estrela. Ela odiava mentir para Cecília, mas sabia que a humana estaria longe quando percebesse que o item se fora. Não queria se despedir de Nero, Soren, tampouco de Cecília, mas entrar no palácio era um desafio só dela. Encontrá-lo também, para início de conversa.

Após algumas horas, *Aurora* atracou em nuvens fofas aquareladas em laranja e amarelo. Cecília ousou tocar em sua superfície macia e, contra todo o bom senso, ficou de pé. Ivy saiu na frente, procurando o caminho através das nuvens que cercavam a paisagem contornada pelo infinito. Dia e noite coexistiam, o crepúsculo, o amanhecer e as estrelas em uma contradança como as que ela assistia fluir nos salões do palácio de Traberan. Mesmo nos raros eventos em que a filha do marquês participava dessa valsa, ela jamais se sentia parte do que estava acontecendo – diferente do que experimentava agora.

— Vai mais devagar, princesa! — Cecília pediu, levando Lua na bolsa transparente em suas costas.

Ivy hesitou e parou, como se tivesse esquecido que estava acompanhada.

— Eu vou buscar o que preciso para *Aurora* voltar para o seu reino, podem me esperar aqui. — Ela deu um sorriso sem graça.

— E não vai nos apresentar à corte? À biblioteca? Nos oferecer uma noite... — Cecília olhou todas as horas possíveis no céu — ... ou um dia de descanso? Eu detestaria pensar que o Reino Astral é menos hospitaleiro que Traberan.

— Achei que estivesse ansiosa para se ver livre de mim e voltar para casa.

Cecília caminhou até o seu lado, sua bota-não-favorita afundando poucos centímetros no chão macio. Era como caminhar sobre o sofá quando era criança e não sofria censuras de comportamento.

— Eu já vim até aqui. — Ela encarou a estrela, e pela primeira vez abriu um sorriso genuíno. Não por causa de Ivy, claro, mas por tudo que estava em volta. — Agora vou até o fim.

Capítulo 20

Barganhar com as próprias vontades é um jogo perigoso. É impossível ganhar de si mesmo

Dentre todas as formas que esta paisagem já teve, não imaginava que uma delas pudesse ser assim. Amigável, Ivy Skye pensou enquanto pisava no chão macio e dourado que se agigantava como montanhas feitas de nuvens e memórias felizes.

— Não está feliz de chegar em casa? Parecia com pressa de chegar — Cecília quebrou o silêncio após alguns minutos, percebendo a expressão fechada de Ivy.

— Você estaria feliz de chegar na sua, Cecília?

— Sim e não.

— Mesma resposta.

— Já que estamos aqui, o que acha de um tour? Isto é, se houver algo além de nuvem e céu por aqui. — Cecília olhou para cima, dando de ombros. — E aquelas criaturas.

Após alguns minutos deslumbrados observando baleias, escorpiões e cavalos feitos de estrelas que se deslocavam no céu, a tripulação do *Aurora* havia se acostumado com sua presença bela e gigantesca. Como não voavam, nem flutuavam como Ivy, era como observar pássaros exóticos gigantes no céu. Cecília já havia visto corujas várias vezes e sabia fingir costume em um lugar assim.

Só que, mesmo com paisagens iguais e repetitivas, cada fibra da capitã implorava por uma coisa que ela não podia ignorar: tinha sede de conhecimento. Talvez seu atraso para chegar a Bosnore pudesse ser perdoado em troca do conhecimento que conseguiria aqui. Poderia firmar uma aliança com a princesa de Celestia e ser condecorada como representante oficial de Traberan além dos mares e das estrelas.

Não era como se a garota tivesse escolha. Era questão de necessidade mostrar que não era uma fracassada que levara apenas vergonha a seu reino, ou pior: que permitira que uma guerra chegasse até a costa de Realmar por sua culpa.

Se Ivy era uma sabe-tudo, então podia começar a explicar como as coisas funcionavam por ali. Tudo daria certo, contanto que Cecília conduzisse a conversa da forma que ela gostaria.

— Vai nos levar até o seu lugar favorito? — a capitã completou a frase, olhando a estrela de soslaio.

— Eu levaria, se ele existisse — Ivy respondeu com um riso baixo.

— Isso porque todos são seus favoritos? — Foi a vez de Soren falar.

— Ou talvez nenhum seja — Nero sussurrou para seu parceiro, sem saber que a estrela ouvira.

— Aqui não é como o mundo de vocês. Tudo muda, o tempo todo.

— A gente tem as estações do ano — Soren comentou.

— Sim, as mesmas quatro, a cada volta em torno do sol. Esqueceu que já vi? — Ivy tentou brincar. — Mas aqui é diferente... como vou explicar pra vocês? Nunca tive que fazer isso antes. É como se tudo que é sonhado, desejado ou imaginado se misturasse um pouco com o tecido astral. – A estrela mordiscou o lábio e desistiu de falar em voz alta:

Então em um dia estamos cercados de nuvens, e no outro de lava. Um dia o céu é feito de arco-íris, e no outro é tomado por um eclipse. Já tive muitos lugares favoritos, mas nunca pude voltar neles uma segunda vez.

Os três assentiram, sem saber o que dizer. Nem Cecília compreenderia a solidão de existir em um mundo onde nada permanecia o mesmo, o vazio de vagar por um espaço infinito que é tudo que você conhece e totalmente desconhecido ao mesmo tempo.

Ivy então sentiu uma vontade nova. Quis contar a verdade, o que acontecera antes de chegar ao *Aurora*, quis falar que a Ampulheta estava em seu bolso e por quê, mas sabia que não era o momento certo. Prometera a si mesma que revelaria os detalhes assim que tudo ficasse bem e, como as mentiras pesavam em seu peito, ofereceu fragmentos de verdade aos humanos que a acompanhavam e, claro, à gata que havia miado até convencer Cecília a deixá-la andar a seu lado.

— A única coisa que permanece igual é o labirinto da Dama dos Sonhos. Alguns fazem sua morada naquelas paredes, e dizem que é o único lugar imutável porque nem mesmo pensamentos conseguem sair de lá sem se confundir com o caminho.

— Quem é essa Dama dos Sonhos? — indagou Cecília.

Uma tirana, pensou Ivy.

— O nome é autoexplicativo, não é, capitã? Mas fique tranquila, vou te levar a algumas regiões que costumam se manter belas, mesmo que imprevisíveis. A gente só precisa atravessar essas montanhas — a estrela enfatizou, chutando a nuvem fofa a sua frente, que subiu no ar como ouro transparente.

— Nem mesmo seu palácio permanece o mesmo, princesa? — Cecília fingiu uma reverência, girando o pulso na altura da cabeça. Nada naquele mundo fazia sentido, e sua guia fazia questão de ocultar qualquer tipo de informação útil. Porém, não era como se a garota pudesse falar: "Me revele os segredos profundos do Reino Astral".

— A capitã que tanto preza o próprio navio está com pressa de entrar no meu palácio? Está com saudade das festas da corte? — Ivy provocou, com um sorriso leve pela primeira vez desde que chegara. Desviar o assunto era mil vezes melhor do que explicar os riscos desse lugar.

— Quem não sente falta de colocar um vestido apertado e opulento para conversar com pessoas que não te entendem?

— Exatamente — concordou Ivy, encarando seus olhos verdes. — Você fica bem bonita assim, mesmo que pareça que roubou o armário do seu irmão.

— Ei! Ele é um *cara*! — Cecília corou, sentiu as bochechas esquentar e fingiu olhar para o outro lado. Não era todo dia que alguém lhe dizia que era bonita, e isso não deveria ser algo especial.

— O cara mais vaidoso e bem-vestido que já vi.

— Você espia o Jim também? — Não precisava ver o riso bobo na cara de Ivy para imaginar como ela estaria agora.

— Espiar parece invasivo, mas já o vi várias vezes. Pryia também, mesmo que prefira dar privacidade para os dois a maior parte do tempo.

— *Ew*, isso é mais do que preciso saber.

— Leonardo que nunca mais vi.

— Somos duas — Cecília respondeu, com certo pesar. Doía na jovem saber que estava assumindo o lugar do irmão mais velho em sua família, se preparando para assumir a frota. Ela se sentia feliz pela chance de ser mais do que uma dama da nobreza, mas preferiria que a oportunidade viesse com todos em volta da mesa de jantar no Yule e confeitando bombons em plena Ostara. A cadeira dele estava vazia fazia muitos anos agora, fato que ela e a mãe nunca ignoraram, apesar de jamais falarem sobre.

★

Caminharam até perder a contagem das horas – o que não era difícil em um lugar onde a noite e o dia coexistiam –, até perceber que estavam com fome e sede atravessando a paisagem que insistia em permanecer a mesma. Ivy em algum momento se abaixou e levantou uma das nuvens que estava sob ela, revelando uma escadaria estreita de madeira para baixo como se fosse óbvia a existência de um porão sob as nuvens.

— É um pouco apertado, mas por esta noite vai servir. — A estrela olhou para cima, e naquele momento o sol estava brilhando como se jamais pudesse anoitecer novamente. — Ou dia, tanto faz.

Ela deu de ombros e esperou que a seguissem. Depois de algumas dezenas de degraus, chegaram até o que poderia ser o porão de uma casa humana com quatro camas arrumadas com travesseiros fofos em fronhas bordadas, uma câmara de banho equipada e uma panela quente sobre uma mesa quadrada, com quatro pratos (e um pires) dispostos.

— Você é um tipo de maga? — Soren perguntou, seus olhos brilhando maravilhados com o cômodo aconchegante e estranhamente perfeito para eles.

— Ou uma fada — completou Nero, igualmente abobado.

— Parem de besteira, vocês sabem que ela é uma estrela. — Cecília tentou não mostrar o quanto estava impressionada, mas seus lábios repuxados para cima a traíam. A cama era tão convidativa para seus músculos cansados quanto o aroma de comida fresca.

— Uma maga das estrelas, então? — Soren concluiu, se jogando na cama macia.

— Digamos que eu consigo fazer alguns desejos se tornar realidade. Meus poderes são limitados, mas um bom descanso e uma refeição quente são o mínimo que posso oferecer por terem me acolhido no *Aurora*. — Ivy sorriu. A verdade a aliviava, mesmo que de forma temporária.

— E por termos desviado nosso caminho até este lugar fora de qualquer mapa.

— Humanos têm mapas das estrelas até onde eu sei, capitã.

— Você entendeu. Estamos extremamente atrasados por sua causa. — Cecília revirou os olhos como uma encenação.

— Eu sei que não é muito, e que... — Ivy começou, sem perceber a implicância vinda da humana.

— Mandou bem, princesa — Cecília disse, tocando em seu ombro, e um peso saiu do peito da estrela. A garota pegou a toalha no pé da cama e foi até a divisória que guardava a banheira. Lua também queria tomar banho e começou a se lamber assim que se acomodou no travesseiro de Cecília.

Ivy os observou analisando o ambiente, vendo os detalhes da madeira entalhada nas paredes e nos móveis, como se cada ornamento tivesse sido feito por um artesão habilidoso. Fingiu por um momento que também era humana e que amanhã lá fora encontraria um gramado verde e uma estrada em direção a novas possibilidades. Fingiu que sabia o que esperaria por ela quando finalmente chegasse ao palácio.

Mas o Reino Astral já sentia a presença da Ampulheta que pesava em seu bolso, e a paisagem lá fora se modificava com ela. Ivy precisava devolver o objeto primordial antes que a Dama dos Sonhos sentisse sua presença, e antes que Cecília descobrisse sua traição.

A estrela que nunca se sentira à vontade no único lugar que conhecia, pela primeira vez em muitas eras, fingiu que pertencia a esse porão improvisado quando comeu sopa de batatas, se banhou e trocou de vestido, e se cobriu em uma cama macia com lençóis bordados, sorrindo quando sentiu Lua pular no colchão e se aconchegar o seu lado.

Cecília ficaria brava com isso, mas aquela era a única coisa pela qual Ivy não se desculparia.

Já tinha uma lista gigantesca de desculpas para pedir.

Capítulo 21

Às vezes as coisas param de fazer sentido, e tá tudo bem

Cecília acordou com cheiro de ovos mexidos, pão fresco e maçãs recém-cortadas. Soren folheava um livro, deitado na cama ao lado de Nero, cochichando para não atrapalhar o sono da capitã, e Ivy transferia uma massaroca amarela e branca de uma pequena frigideira para quatro pratos sobre a mesa de madeira.

Lua roçava nas pernas da estrela e se espreguiçou devagar ao ver que sua humana tinha acordado, andando em sua direção para cumprimentá-la com uma cabeçada.

— Bom dia pra você também. — Cecília bocejou entre as palavras, coçando os olhos e buscando um biscoitinho de alga especial para sua gata. — E aí, pessoal? — ela falou para ninguém em especial, apenas por educação.

A garota lavou o rosto na câmara de banho e estava com sono demais para se surpreender com a presença do Kajal, rouge e perfume de seus aposentos na caravela, que também estavam nesse novo lugar. Pintou seu rosto como de costume, vestiu a calça preta e revirou os olhos ao calçar sua bota. Ela realmente sentia falta daquela que o mar havia clamado. Demorou até que ela percebesse que era esquisito demais ter tudo de que precisava em um lugar que não tinha nada de humano.

Cecília era apaixonada pela noite, então estar disposta logo quando saía da cama não estava entre suas características mais louváveis, diferente de Ivy, que tinha um sorriso bobo pendurado no rosto quase o tempo todo.

— Eu vi que você não dormiu comigo, Lua. Foi se espreguiçar com quem? Com Nero de novo?

— Não, eu dormi abraçado com esse gatinho aqui — ele respondeu, beijando o rosto de Soren.

— Lua e eu ficamos abraçadinhas a noite toda, e ela ajudou no café da manhã — Ivy comentou, sentando-se na cadeira. Foi a primeira vez que ela ficara realmente aconchegada, ao sentir a pelagem macia e quentinha da gata ronronar. O que nenhuma das duas sabia era que Lua conseguia sentir quando uma pessoa necessitava dela para equilibrar as emoções, e a estrela desesperadamente precisava de ajuda.

— Lua, você me abandonou! — Cecília acusou, fingindo indignação.

— Ninguém disse que você não foi convidada — Ivy rebateu.

Os quatro se serviram de frutas, pão quente e ovos mexidos, colocando água fresca nos copos. Nero olhou de soslaio para Soren quando provou os ovos, mas não disse nada diante da apreensão de Ivy.

— Não sabia que você cozinhava — Cecília falou, segurando uma careta ao mastigar os ovos queimados e salgados demais. Sentiu que estava mamando na teta de uma baleia.

— Foi minha primeira vez cozinhando. E comendo. — Ela provou uma garfada e cuspiu em seguida em um guardanapo. — Não era pra ter esse sabor, né?

— Nada no mundo deveria ter esse gosto, mas todo o resto está uma delícia. — Nero sorriu, seu cabelo preto caindo sobre os olhos.

— Tá tudo ótimo, Ivy. Não esquenta com isso — completou Soren, que encarou Cecília esperando a capitã ter uma atitude gentil, e não repleta de sarcasmo.

— Concordo, você tinha que ter algum defeito. — Ela não conseguiu retirar as palavras assim que saíram da boca, então pensou rápido para desviar o assunto. — Alguma ideia do que vamos encontrar lá fora para chegar no seu palácio, princesa? Imagino que não teremos nuvens fofas esperando por nós o tempo todo.

Ivy sorriu, deliciando-se com o que a capitã tinha insinuado, e fingiu que não entendeu, respondendo apenas ao que ela perguntou.

— Só tem um jeito de descobrirmos.

★

O mais perto que Cecília conseguia comparar o lugar a sua volta seria com algum tipo de floresta. Bom, se as folhas fossem azuis e laranja, o solo violeta e o céu iluminado por luzes florescentes que serpenteavam acima de suas cabeças. Nenhum sinal do sol ou das nuvens a partir do momento em que Ivy abriu a porta de volta para o exterior do Reino Astral. O aroma doce de jasmim, canela e nostalgia preenchia o ar, e o mundo parecia coberto por um véu verde brilhante que reluzia tudo que tocava. Parecia que uma dúzia de luas ocupavam o céu, algumas longe demais e outras tão perto que você poderia tocar, se subisse em uma árvore alta o bastante.

A única coisa imutável eram as criaturas que ela conhecia nos mapas das constelações, surgindo aqui e ali, cada uma seguindo seu destino: espiar os humanos, guardar seus segredos ou realizar alguns desejos.

— Tem alguma explicação para isso? — Cecília perguntou com a palma das mãos para cima, girando em torno de si mesma, maravilhada. Ela deveria estar tomando notas para compartilhar com seu reino, porém uma curiosidade mais instintiva tomava seu peito. Ela era apaixonada por aprender coisas novas, mesmo que odiasse a sensação de não saber algo.

— Se tiver, você vai ficar mais ou menos fascinada? — a estrela provocou, encarando a garota que fitava o céu, a aurora refletindo em seus olhos em tons de verde totalmente diferentes. Ivy estava acostumada a ver a cada dia uma paisagem diferente, mas nada era como aquela visão.

— *Mais*, é claro. Não vejo beleza na ignorância. — Cecília cravou o olhar no dela, e se aproximou. A pele de Ivy parecia responder ao movimento das luzes no céu, delicadas runas brilhando como tatuagens nas partes expostas. A garota humana teve o impulso de tocar, para ver se formigava, ronronava ou qualquer coisa assim, mas resistiu. — Você consegue dar uma resposta objetiva ou devo implorar, princesa?

— Não odiaria se implorasse.

— Vocês querem que a gente dê licença? — Nero limpou a garganta e falou, lembrando as garotas que não estavam desacompanhadas.

— Não seja idiota, não combina contigo. — Cecília deu um passo apressado para trás e não entendeu por que seu coração parecia descompassado.

Ivy seguiu andando na frente e virou apenas o rosto para falar.

— O Reino Astral é uma projeção das energias vitais de cada criatura em cada mundo material, e tudo isso faz a gente existir. E também, como podem ver, faz tudo mudar.

— E seu povo sempre soube que as coisas são assim, Ivy? Como você aprendeu? — perguntou Soren.

— A eternidade das coisas está na mudança. Nós sabemos disso da mesma forma que vocês sabem respirar, eu acredito.

— Então aqui não existe o tempo? — Foi a vez de Nero perguntar.

— Pelo contrário, somos governados por ele. — Ela prendeu os lábios, querendo revelar mais do que sabia sobre a Ampulheta, e respirou fundo, fingindo procurar as palavras certas. — Mas o tempo passa diferente aqui, já que o tempo também pode ser um modo de percepção. No mundo material ele funciona como uma flecha, indo de um ponto fixo para a frente, e aqui é como se fosse um combinado de tudo que existe ou já existiu.

— Como uma tapeçaria — Cecília afirmou, indo até o seu lado.

— É uma comparação inteligente.

— Eu sei. — Ela sorriu, e Ivy devolveu o gesto.

— Mas, para a percepção que vocês têm, o tempo é estático em relação ao seu mundo, apesar de tudo mudar o tempo todo.

— Não sei se entendi bem — Nero complementou.

— O ponto é: não acredite em tudo que seus olhos podem ver. — Tinha um alerta na voz de Ivy.

A estrela se deixou levar pela aparente calmaria, não encontrando traços da cisão entre as realidades, e aparentemente não havia nada ameaçador a sua volta, então relaxou. Após algumas horas, o silêncio incomum da floresta parecia mudar, o som de conversas e murmúrios crescendo conforme se aproximavam do que se revelava uma bela cidade.

Prédios se erguiam em simbiose com as árvores altas, deixando o céu como um eco distante. Pessoas, seres feitos de plantas e animais gigantes caminhavam de um lado para o outro, atravessando pontes flutuantes, voando ou rastejando pelos troncos. Não havia portões, placas ou qualquer coisa que indicasse onde estavam.

— Achei que tudo aqui mudasse o tempo todo — Soren nunca se sentira tão confuso.

— O lugar, sim. Quem vive aqui permanece e acaba se reinventando.

— Você sabe onde estamos? — Nero perguntou.

— O nome não importa tanto, já que mudou mais vezes do que qualquer ser imortal poderia contar... Eles se chamam de Cidade Errante.

— E você os chama de quê? — Cecília instigou.

— Este lugar? — Ivy levantou a sobrancelha, abrindo um sorriso injustamente belo para a garota a seu lado. — Chamo de mal necessário.

Capítulo 22

Sonhos se realizam de jeitos tortos

Um grande lago ocupava o centro da tal cidade, o reflexo esverdeado das luzes do céu refletindo em sua superfície. E, de todas as criaturas diferentes que cercavam os três humanos, uma em especial chamou a atenção da jovem capitã. Depois de alguns dias, ela já tinha se acostumado com a ideia de ver seres feitos de estrelas, animais gigantescos e cintilantes ocupando o ar com a graciosidade de uma borboleta, e até mesmo com encontrar seu sabonete favorito em uma câmara de banho que provavelmente não existiria mais instantes depois.

O que ela jamais esperaria era ver algo que conhecia. Coisas familiares têm um efeito estranho na gente, um senso de propriedade e pertencimento começa a disparar quando elas surgem longe de casa. Pode ser uma cor, uma música, uma fragrância. Qualquer coisa que você possa apontar e afirmar com orgulho: isso faz parte das minhas memórias, e, mesmo sendo inútil, é uma parte de mim que quero que conheça.

No caso de Cecília, ela havia colocado seus olhos em algo feito apenas de sonhos distantes e lendas cantadas para bebês em seus berços. A garota viu pela primeira vez um unicórnio. Não em Ellioras, o império místico do outro lado do mundo que ela pretendia conhecer quando fosse valente e livre o bastante para chegar lá, mas no Reino Astral, no centro da Cidade Errante.

Logo ela entendeu por que marinheiros se afogavam por sereias, pois uma energia magnética a levava até a criatura adiante. Ele tinha as feições equinas para olhos desavisados, porém com a graciosidade de um cervo e do lento piscar de olhos entre dois amantes apaixonados. Sua pelagem era cristalina, entre o prata, o azul e o branco como se fosse feito de estrelas. E, no centro de sua testa, um chifre brilhante e espiralado despontava. A criatura bebia água, e ninguém a sua volta parecia olhar duas vezes em sua direção.

Se Ivy, Nero ou Soren disseram alguma coisa, ela não ouviu. Apenas seguiu em frente, certa de seu caminho como se fosse seu único objetivo de vida. A estrela gritou para que parasse, pegou em seu pulso, tentando impedi-la, mas a garota humana se desvencilhou e começou a correr.

Cecília precisava entender a profundidade de seu espírito, vê-lo de perto, tocar em seu rosto mágico. A garota tentou não esbarrar nas criaturas que encontrou em seu caminho, desviando de algumas tendas de frutas, grupos de humanoides com peles nos tons de arco-íris que cochichavam entre si, e saltou raízes de árvores que iam até sua cintura.

Os olhos do unicórnio eram escuros, de uma forma que parecia sugar o brilho dos olhos da garota também. Algo causou espanto nela, e seu instinto a alertou para se afastar, contudo a curiosidade era mais poderosa e ela insistiu em sua direção. Se não era um unicórnio, podia se tratar de algo igualmente fascinante. Cecília foi até lá esperando encontrar a criatura que conhecia de suas histórias, mas viu outra que já havia encontrado diversas vezes.

O corpo do unicórnio trocou o brilho por sombras crescentes e espiraladas, deixando sua silhueta amorfa e confusa. Era um pequeno tornado em mutação, drenando o brilho que vinha do ambiente, e até mesmo o reflexo esverdeado da aurora no céu pareceu esvanecer.

Cecília estava perto demais para desviar e hipnotizada demais para entender com clareza o que estava acontecendo. Ela tinha certeza de que não era um unicórnio, mas não soube nomear o cavalo obscuro de olhos vermelhos adiante. A criatura a colocou em seu dorso e subiu pelos céus, voando rápido demais para que a garota descesse em segurança.

O encanto se partiu, e a humana perdida no Reino Astral viu a Cidade Errante ficar cada vez menor conforme a besta subia e subia pelo céu infinito. Navegar as nuvens em sua caravela fazia sentido, ela mesma havia construído os mecanismos que impulsionavam o navio no ar, mas isso? Ser capturada por um unicórnio metamorfo e maléfico e voar até o seu covil já estava ficando ridículo.

Mas, assim como palhaços, coisas ridículas podem ser assustadoras. A besta equina continuou voando, mesmo sem asas, até a entrada de uma pequena caverna em uma montanha que Cecília tinha certeza de que não existia no horizonte. A garota gritava, aliviada por Lua não estar junto dela, mas em segurança com Nero. Ao olhar para baixo, a pequena cidade que a confortava agora era coberta por um véu de luz esverdeado, e ela estava longe demais de qualquer coisa que pudesse salvá-la.

A sua volta, tudo era feito de escuridão, como se nem mesmo as criaturas feitas de constelações ousassem transitar por ali, e a única coisa que indicou que ela não estava mais no céu foi sentir o impacto da criatura no chão duro e o odor de mofo e sangue seco a sua volta.

Mais uma vez, a besta se transmutou, sendo agora uma figura que se destacava na escuridão em uma silhueta ainda mais temerosa. Cecília estava sentada no chão, sentiu as mãos apoiadas no chão tocar algo que parecia teias de aranha e, quando tentou se levantar, percebeu que estava colada à superfície desigual e nojenta.

— Não parece tão valente se precisa imobilizar uma garotinha — ela desafiou, lutando para não gaguejar em cada palavra, porém sabia que não tinha intimidado ninguém.

— Está tudo bem, pode sentir medo. Fica mais delicioso assim. — A voz que saiu da escuridão não ressoou no ambiente, mas dentro da mente de Cecília. O som era gutural, rouco e antigo, como se estivesse gritando desde o início dos tempos. Quando a garota ouviu, sentiu também o cheiro ruim entrando por suas narinas.

— Não estou com medo. — Ah, ela estava. — Estou é com pena de você, que me escolheu como refeição. Sou só carne, osso e um cabelo embaraçado. Vai engasgar, e só lamento não poder rir quando isso acontecer.

— Me fale mais sobre suas lamentações. — Havia gentileza dessa vez. Compreensão. E, da mesma forma que Cecília sentiu que deveria tocar o unicórnio, ela sentiu que deveria se abrir.

— Eu... — relutou, mas sua mente a trapaceava. — Lamento não ter falado a verdade para Sabrina e May, que eu queria a glória que elas já tinham conquistado. Lamento não ter sido mais clara com minha mãe quando ela impôs meu papel de dama na corte, sendo que eu não gosto nem quero ser uma. — Lágrimas corriam por seu rosto, a única coisa morna que a tocava enquanto tudo ao redor parecia congelar. As lembranças de cada baile, cada vez que forçara a postura para parecer confiante quando só desejava desaparecer, cada vez que sorrira quando queria gritar. Cada vez que ouvira cochichos falando sobre ela, mas estava cansada demais para rebater. — Lamento por ser a terceira opção do meu pai, e por ter que desejar que meus irmãos continuem longe para não perder minha caravela. Lamento a ausência deles todos os dias. Lamento por me sentir tão sozinha.

Algo na escuridão cintilava. A esperança que Cecília tinha em curar tudo que a machucava começava a sair de dentro dela, iluminando a caverna, mas a garota fechou os olhos diante da luz.

E, com as pálpebras fechadas, ela enxergou claramente a criatura. Uma dúzia de olhos vermelhos ocupava sua cabeça, piscando de forma dessincronizada. Uma língua saía de seu queixo em direção ao rosto, pronta para saborear cada sentimento que ela colocava para fora. Cecília quis gritar, mas não encontrou forças. Tentou abrir os olhos, mas preferiu desistir. A dor começou a passar, suas mãos começaram a formigar e a garota se deitou, certa de seu fim.

A língua gosmenta varreu seu rosto, se alimentando de seu sofrimento e agonia. Cecília passou a viver em cada pensamento que a atormentava, cada nó na garganta que fingia não sentir perante os outros. De repente, foi como se ela soubesse e sentisse cada decepção que provocara em cada pessoa que amava, revivendo o momento de novo e de novo, se afogando em melancolia e impotência. A garota gemeu, sem saber como desviar do incômodo, desejando que tudo só acabasse logo.

Um brilho forte cortou o breu a sua volta, a única coisa que pôde chamar sua atenção além do sofrimento, e Cecília sentiu as extremidades de seu corpo arder. Ela se forçou a abrir os olhos mesmo que isso tomasse toda a sua força de vontade.

Ivy Skye era pura luz, mas não iluminava nada a sua volta, não havia nada para enxergar além da escuridão.

— Venho oferecer algo em troca pela humana. — Cecília ouviu, e não sabia se estava sonhando.

A criatura lambeu os beiços, e virou o que seria sua cabeça na direção da estrela. Era como se um buraco negro encarasse o sol de frente.

A coisa seguinte que Cecília conseguiu ouvir soou em uma língua que parecia um riacho efervescente junto ao disparar de fogos de artifício. Nenhuma palavra era compreendida pela garota, mas estavam em uma clara discussão. Em seu desespero, ela só queria que tudo terminasse, mas logo a voz incompreensível de Ivy a fazia acreditar na luz novamente.

A humana jamais compreenderia a língua dos céus, muito menos o que a estrela barganhara com a escuridão em troca de Cecília de volta, intacta e em segurança. O Pesadelo estendeu algo que parecia uma mão para Ivy, e eles se cumprimentaram, selando o acordo em um feixe de luz.

A estrela flutuou até a humana, e a envolveu em um abraço terno.

— Pode fechar os olhos agora. Vai ficar tudo bem. — Ivy prensou os lábios sobre sua testa gelada e agitou os dedos, deixando seu brilho contornar a garota.

Um pouco depois as duas estavam flutuando de volta à Cidade Errante, Cecília quase adormecida com o braço em volta de seu pescoço e a cabeça apoiada em seu ombro, enquanto a estrela guiava a decida com segurança.

O coração de Ivy pesava com mais um segredo e mais um arrependimento, mais uma consequência que viria cobrar a conta enquanto ela já tinha uma lista de erros para consertar. O que ela estava fazendo, selando um pacto com um ser das sombras por uma humana mortal?

Exceto que, ao ver o rosto de Cecília sereno a seu lado, enquanto cruzavam a luz esverdeada da aurora boreal, ela sabia que a troca tinha valido a pena.

Capítulo 23

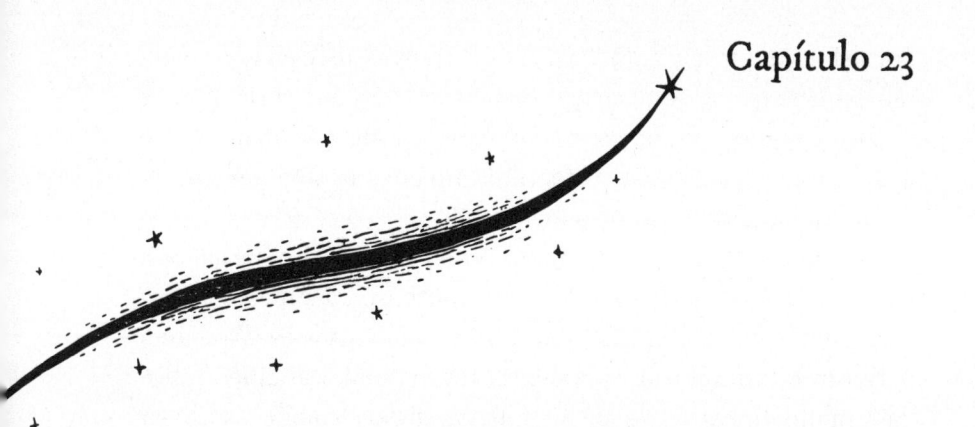

Um pesadelo também é parte do sonho

Nenhum desespero foi maior do que ver Cecília desaparecer daquela forma súbita, e Ivy jurou que isso não aconteceria de novo. A estrela estava tão preocupada em retornar a Ampulheta a seu devido lugar que não os alertara sobre os perigos que humanos poderiam encontrar no Reino Astral. Primeiramente porque era raríssimo um deles visitar Celestia, e depois porque não imaginara como o lugar podia afetar seus sentidos.

Ela havia nascido uma estrela e de alguma forma conhecia os detalhes do Reino Astral como se eles vivessem dentro de si mesma;

era só buscar em seu coração que as respostas se revelavam como um espelho que desembaçava. Jamais cogitara que seria diferente para outros seres, não teria como pensar algo assim até então. Mas agora as possibilidades fervilhavam em sua mente e ela sentia um tipo diferente de responsabilidade.

Era culpa. Mais forte do que o roubo do artefato, nesse caso ela sabia que era por um motivo relevante, só que, mesmo tendo salvado Cecília, a estrela sentia seus pensamentos escorregando para um fato imutável: ela poderia ter evitado o ataque. O peso da Ampulheta em seu bolso a lembrava disso a cada passo. Pesadelos não costumavam visitar a Cidade Errante, porém eram tão membros do Reino Astral quanto qualquer fragmento de sonho ou desejo, que, assim como tudo nesse plano, também era capaz de mutação sem aviso prévio.

Ivy Skye já havia visto muitos sonhos e pesadelos metamorfosearem diante de seus olhos, mas jamais sentira vontade de se aproximar demais.

— Aquela coisa vive por aqui e ninguém se importa? Ninguém faz nada? — Nero perguntou, andando no pequeno cômodo de um lado para o outro.

Ivy estava sentada em uma cadeira de madeira, observando Cecília dormir em uma cama a seu lado. Não fora difícil conseguir abrigo na Cidade Errante, uma vez que qualquer um poderia usar livremente qualquer aposento disponível. Tudo iria mudar muito em breve, de forma que ninguém no Reino Astral se preocupava com coisas além do que podiam carregar. O som da cidade fluía lá fora, o ruído de conversas, asas batendo e uma estranha vibração que parecia ressoar nas paredes, provavelmente vinda da luz verde no céu.

— Te admira pensar que sonhos e pesadelos coexistam — Ivy disse, e Nero e Soren não sabiam se era uma pergunta ou uma afirmação.

— Vocês deveriam separar o que é bom do que é mau.

— Se fosse tão fácil assim, o mundo seria sem cor — Ivy afirmou, levantando-se para esticar as pernas. A saia do vestido balançou, e ela colocou a mão sobre o bolso para se certificar de que a Ampulheta não se moveria. Já estava começando a irritá-la. — Eles são feitos da mesma substância, Nero.

— Assim como carvão e diamante, mas eu não tento assar um pernil com as joias da Coroa.

— Ah, você prestou atenção quando te expliquei! — Soren sorriu, ainda apoiado na parede com as pernas esticadas no chão, e estendeu a mão em sua direção, orgulhoso.

— Eu decorei, mas não faz sentido — Nero sussurrou, e se abaixou dando um beijo no dorso dos seus dedos. Jogou o cabelo preto para trás e continuou o raciocínio. — Ainda não entendi como aquela *coisa* atacou Cecília.

— Infelizmente, acho que foi minha culpa. Essas criaturas não fazem nada contra nós, que fomos forjados neste plano.

— Você não sabia que ele ia atacá-la — Soren tentou apaziguar a expressão tensa na estrela.

— Eu imaginei que sim, só que tarde demais — Ivy revelou, e os olhos dos marujos se arregalaram. — Mas nada de mal vai acontecer com ela. Me certifiquei disso.

— Como? — Soren quis saber.

— Eu... — Ivy engoliu em seco. — Não comentem nada com ela, mas eu concedi um *desejo* àquela criatura — a estrela disse em tom de confissão. — Jamais daria algo tão poderoso a um Pesadelo, mas era a única coisa que eu tinha para barganhar em troca da segurança dela. A única coisa que eles não têm, e a única coisa que eu tenho de sobra. — A estrela fitou a humana por alguns longos segundos e sorriu. Os cabelos ondulados caídos pelo rosto que parecia tão sereno, os lábios avermelhados levemente entreabertos, os olhos mais lindos que já havia visto fechados. — Vocês também fariam algo ruim para um desconhecido em troca de salvar um conhecido, não é?

Ivy poderia implorar que eles respondessem que sim; ela não queria se sentir pior do que já tinha sido.

— Dependendo eu faria algo ruim para um conhecido que não presta, só para salvar um desconhecido. — Nero soltou um riso, mas estava falando sério.

Lágrimas finas correram por sua pela azulada. Ivy já tinha feito muitas coisas ruins, mas essa havia sido a primeira por um bom motivo. Até mesmo devolver a Ampulheta de Chronus era mais um interesse pessoal do que um motivo nobre e heroico.

— Ela é nossa capitã — Soren afirmou, como se declamasse um hino, e Nero assentiu. — Nós derrubaríamos o mundo por ela.

A estrela pensou em lhes contar sobre como fora expulsa do Reino Astral. Pensou em revelar que só conseguiria entrar novamente de posse da Ampulheta, mesmo sabendo que isso poderia levar o Reino de Traberan e Bosnore a um conflito. Tudo isso era doloroso demais para dizer em voz alta, mas, querendo do fundo do coração compartilhar alguma verdade, ela disse:

— Pode ser que vocês tenham reparado que tudo a nossa volta parece... decadente. Não sustentamos nenhuma realidade, e a mutação é parte de quem somos, e ultimamente parece ainda mais volátil. Mas já tivemos marcos intocáveis, e pontos no tempo que funcionavam como um refúgio. Um templo.

"O Reino Astral guarda o passado enquanto representa o futuro, e os seres estão instáveis, assim como a criatura que atacou Cecília... Um sonho que se tornou um pesadelo, vocês com certeza já tiveram algo assim.

"Aqui, as nuvens existiam apenas para contar histórias que já aconteceram antes, em outros lugares. Quando vocês veem formas nelas no céu, estão espiando nossas histórias como se folhassem as páginas de nossos livros. Eternizávamos tudo aquilo que conhecíamos dos humanos, e de todos os outros planos de existência. Contudo, mesmo estando lotados e guardados por constelações, estrelas, sonhos e pesadelos, estamos ruindo a cada momento."

— E não há nada que possa fazer para evitar? — Soren indagou, preocupado.

A verdade sobre a Ampulheta pressionou a mente da estrela, e ela sacudiu a cabeça como se bastasse para afastar o pensamento.

— Vocês têm algum tipo de líder? Alguém que possa comandar o território de vocês? — Nero franziu a testa.

— Aqui é um território neutro dos Deuses, apesar de Chronus nos governar e nos dar o senso de *infinito*. — Ivy pausou, pensando no quanto deveria revelar. — Mas acho que a Dama dos Sonhos se encaixa em "líder", se você procura alguém intimidador, persuasivo e poderoso.

— Daqui a pouco você vai dizer que a paciência ou a vingança são criaturas que vagam por aqui também... — Nero comentou, olhando na direção de Cecília para ver se ela recobrava a consciência.

— Não se surpreenda se um dia vir a Morte e a Esperança andando de mãos dadas, mas dificilmente elas estão neste Plano.

— O que você pode nos contar sobre essa Dama? — Soren perguntou, esfregando o indicador na têmpora.

— Que vocês terão sorte se não encontrarem com ela. — Ivy abriu um sorriso triste e voltou a atenção para a garota que dormia. — Ela gosta de jogos mentais, e, uma vez que você entra em um dos seus labirintos, jamais encontra a saída.

Lua se aconchegou perto do abdome de Cecília, como uma pequena guardiã, sua pelagem cinzenta parecendo uma versão felpuda do astro.

— Só peço que não contem para a capitã — ela pediu, resistindo à vontade de afastar as ondas escuras de seu rosto. — Algo me diz que ela ficaria decepcionada com minha atitude.

Cecília manteve os olhos fechados. Não sabia havia quanto tempo estava adormecida, mas era esperta o bastante para fingir que estava dormindo quando necessário. A garota tinha querido entrar na conversa, brigar com Ivy, a estrela jamais deveria ter aceitado prejudicar uma pessoa desconhecida por ela, porém estava cansada demais para falar. Sua boca ainda tinha gosto de cinzas, e ninguém em sã consciência se levanta com uma gata no colo.

Nero e Soren contaram a Ivy que viam lendas nas nuvens, comentando seus formatos e momentos de ócio em alto-mar enquanto observavam o céu, e Cecília se mantivera em silêncio, sorrindo diante de suas histórias sem sentido: a primeira vez que se viram.

O dia em que um teve certeza de que o outro o odiava. O primeiro beijo. A primeira vez que saíram de mãos dadas na rua.

Percebendo o quanto estavam em paz e tranquilos ali, e se lembrando com mais clareza do desespero e da desesperança que a tomaram, gelando seus ossos e drenando toda a sua vontade de abrir os olhos e existir, ela entendeu Ivy: se fosse preciso, faria o que fosse necessário para manter seus marujos a salvo também.

O cômodo ficou mais silencioso minutos ou horas depois, e passos se distanciaram até ela entreabrir os olhos. No fim de um corredor, o longo cabelo liso e azul de Ivy caía até abaixo de sua cintura sobre o vestido prateado cintilante que usava. A estrela o puxou para a frente e começou a trançá-lo, deixando que Cecília admirasse as marcas em suas costas. Eram runas mais antigas que o seu mundo, fazendo-a parecer mais com uma obra de arte do que com uma estrela.

A capitã abraçou sua gatinha e colou um beijo em sua testa peluda. Continuou a ver Ivy trançar o cabelo da mesma forma que Nero e Soren descreveram as nuvens passarem: encantada e curiosa pelo que poderia acontecer depois. Com uma vontade sem sentido de tocar sua superfície com as próprias mãos.

Cecília soube então que faria o mesmo por ela.

Capítulo 24

Cuidado com o que deseja

Klaus vagava entre as dimensões como a sombra do homem que tinha sido. Ele ia se projetando como uma figura mais ameaçadora do que realmente era. Havia provado do tempo a cada passo maldito que dera em direção ao Reino Astral, e, onde qualquer humano encontraria a loucura, encontrou uma razão para continuar seguindo em frente.

A cada passo ele se tornava mais merecedor da Ampulheta de Chronus e da Coroa de Bosnore. Tinha certeza de que sua ilha miserável seria a primeira base de um império próspero, pois apenas os inocentes se contentariam com um único território quando havia o mundo inteiro para conquistar.

Apesar de o Deus do Tempo ter tirado sua inocência, e de seu tempo de caminhada ser infinito, ele tinha todas as memórias claras em sua mente, sendo capaz de recitar cada um dos dias de sua vida como se os lesse nas páginas de um livro. Portanto, ele se lembrava de cada chute, soco e olhar de desprezo que recebera em sua vida, dentro do castelo e fora de suas frágeis muralhas. Para conquistar seu respeito nas ruas, havia precisado se provar mais forte que os moleques desafortunados, e não hesitara antes de roubar armas mais afiadas e assertivas dos guardas. Para ter alguma relevância no palácio, aprendera a andar pelas sombras, colecionando segredos e os trocando a fim de conquistar a confiança de alguns membros do conselho e de nobres menores que se encontravam com ele na calada da noite.

Seguindo o rastro cintilante da Ampulheta, o rei sem um trono chegara até um pequeno navio que estava parado em um tapete anil com marcas reluzentes, como se o mar e o brilho da lua o abrigassem. O rastro, contudo, não permanecia na caravela e seguia adiante por uma passagem escura que havia deixado de ser nuvens fofas havia muito tempo.

Impaciente e cansado de usar os próprios pés, Klaus só desejava colocar as mãos na maldita Ampulheta para finalmente fazer o mundo se curvar a seus pés. Desejou então que pudesse ser mais veloz, imbatível, e que sua incompetência humana não o limitasse para alcançar o artefato primordial.

Ele sorriu como se fosse óbvio e natural que suas vontades fossem prontamente atendidas quando um cavalo escuro como a noite surgiu diante de seus olhos. Sentiu-se como o próprio rei, e alegria egoísta preencheu o espaço onde costumava ficar seu coração. A crina do animal era feita de fogo, mas não o queimava – não de um jeito que importasse.

E, uma vez montado em um Pesadelo, Klaus cavalgou em direção a Celestia. Em pouco tempo ele teria em mãos a Ampulheta que controlava o tempo e todas as glórias que ela poderia lhe proporcionar.

Capítulo 25

"Nem todos aqueles que vagam estão perdidos", mas, no caso, ela estava

— Quando cheguei neste lugar, pensei que a transformação fosse mais explícita — murmurou Cecília, apoiada no batente da janela, recostada em um estofado macio, ao lado de Nero. Sua gata observava a paisagem, seguindo o caminho de vagalumes. — Mas já passei horas observando o horizonte e não sei se me distraí demais, só tenho certeza de que tudo mudou desde que me sentei aqui, apesar de não saber apontar exatamente o quê.

Tenho quase certeza de que estávamos em uma floresta densa e de que as copas das árvores invadiam este apartamento hoje de manhã, e agora tudo lá fora é diferente.

O luar parecia preencher perfeitamente o centro de uma lagoa, um olho a encarando de volta.

Já era noite ou parecia estar bem próxima. Fora da janela larga estava escuro, e o prateado da lua cheia cobria como um véu todo o quarto em que Cecília estava. A garota precisara de alguns dias até se sentir forte o bastante para se distanciarem dos aconchegos da Cidade Errante, vagando com seus habitantes pelo Reino Astral e testemunhando a forma como tudo mudava, jamais tendo tempo para se acostumar com uma paisagem.

— Você não é do tipo que se distrai, capitã. É mais do tipo visionária, que vê o que ninguém enxerga. Isso me inspira.

— Acha mesmo isso?

— Você viu algo em mim e em Soren em que ninguém tinha reparado antes. Achou que a gente valesse pra mais alguma coisa, além de carregar peso e puxar cordas.

— Então vocês não ficaram bravos de receber ordens de uma garota de catorze anos naquelas aulas sem fim que a gente tinha toda manhã anos atrás?

— É pra ser sincero? — Ele levantou a sobrancelha.

— Já perdoei você por ser inconsequente, mas jamais perdoaria uma mentira na minha tripulação.

— Você era bem insistente e um tanto chata no início. — Ele fez uma careta, do jeito que seu irmão, Jim, brincava com ela também.

— E melhorou? — A capitã sabia a resposta.

— Não muito.

— Você também não se tornou o marujo mais obediente que conheço.

— Aprendi a desobedecer com a melhor. — Nero riu quando Cecília o empurrou com o ombro.

A garota se lembrava bem do cheiro de mar acumulado na madeira antiga da construção do cais de Realmar, e da rotina de frequentar a casa que a Coroa reformara para que a garota ensinasse conceitos avançados de linguagem e aritmética para os outros marujos, com algumas mesas e cadeiras de segunda mão, mas funcionais. Havia sido ela quem pensara que uma tripulação dotada de conhecimento poderia contribuir com ideias e boas iniciativas durante a viagem, e que isso não deveria ser exclusivo do capitão e de seu imediato. Cecília fora a primeira pessoa da realeza a se importar com o futuro de quem se entregava ao mar como única opção na vida. Nero e Soren eram órfãos, estariam nas ruas se não fosse pela marinha de Traberan.

O projeto fizera tamanho sucesso que seu pai, o Marquês Cerulius, determinara que deveria ser repetido algumas vezes no ano, com o objetivo de tirar outros talentos das ruas, diminuindo a marginalidade no reino. Cecília era acompanhada dos guardas da Coroa, treinados para proteger uma jovem donzela em seu trajeto, e por algum tempo sentira que tinha tudo que queria. Ela fazia a diferença, estava ajudando pessoas e construindo uma reputação para si mesma.

O que ela estava fazendo agora?

Cecília se levantou, estava inquieta, caminhou pelos largos corredores à procura de Ivy. O tempo podia passar de forma diferente e poderia não fazer nenhuma diferença para Traberan, mas cada parte do corpo da garota pulsava com a necessidade de estar em Bosnore *naquele exato momento*.

— Eu ainda não aprendi nada sobre o Reino Astral, princesa. Não faz sentido continuar aqui esperando que alguma coisa comece a fazer sentido — Cecília vomitou as palavras, atropelada ao ver sua silhueta azul e reluzente.

— Oi pra você também. — Ivy se surpreendeu, parando por um instante de soltar os pequenos papéis que havia prendido para enrolar o cabelo de Soren.

— Lembra quando a gente encontrou aquela correnteza entre as rochas próximo ao noroeste de Traberan? Elas não estavam ali na segunda vez que passamos lá, acho que é o mesmo mistério — Soren disse, apreciando seus novos adoráveis cachinhos.

— Quem me dera, Soren. Ainda perco o sono quando penso no que aconteceu ali... — Cecília massageou as têmporas. — O que importa é que precisamos deixar você no seu palácio, princesa. E chegar em Bosnore enquanto tem alguma sanidade na minha mente.

— O que exatamente você quer *entender* sobre o Reino Astral, capitã?

— Tudo. Alguma coisa. — Cecília se debruçou na outra janela, que dessa vez dava para a lateral da lagoa, e não se virou para Ivy ao continuar. — Qualquer coisa. Qualquer informação que faça meu pai me perdoar por ter fugido.

— Não acho que mais uma inovação tecnológica seja a moeda de troca que você busca.

— Você não entende nada de humanos. São seres totalmente subornáveis. — Ela soltou um risinho.

Ivy se debruçou a seu lado, vendo o luar pintar de prata o semblante triste da garota.

— Vamos lá embaixo, acho que sei do que você precisa.

Soren apontou com a cabeça para a porta e andou pelo corredor, à procura de Nero. Os dois riram quando ouviram a porta fechar e os passos na escada se afastarem cada vez mais. Sozinhos naquele lugar sem sentido, suas testas se tocaram, e seus lábios também.

★

— Está frio. — Cecília estava acostumada com o mar aberto, porém tinha roupas apropriadas para a ocasião. Como poucas horas antes o clima estava quente e tropical, ela usava apenas um vestido branco que ia até a canela, com mangas bordadas que paravam na altura dos cotovelos. Um colete preto definia sua cintura por cima da roupa, algo impensável na corte, o que fizera gostar ainda mais de seu reflexo na beira da lagoa.

— Eu esqueço como vocês são sensíveis à temperatura. — Ivy revirou os olhos, brincalhona, e caminhou para trás da humana.

A estrela tocou seus ombros, e Cecília paralisou por um momento ao sentir as mãos delicadas e mornas contra sua pele exposta.

— Não precisa me abraçar, não estou prestes a congelar — ela desconversou.

— Eu não ia — Ivy respondeu, afastando as mãos. Cecília sentiu o peso do veludo quente em suas costas, e viu no reflexo o contorno da capa verde-esmeralda que a estrela havia colocado nela.

— Você não cansa de se mostrar? — Os lábios de Cecília repuxaram para cima, e Ivy começou a caminhar na beira da água.

— Não enquanto você não se cansar de admirar.

A estrela caminhava um pouco à frente, e Cecília odiou ter que concordar com ela. Olhar para Ivy era como ver uma poesia em forma viva. Parecia que cada lufada de vento, cada toque do luar em sua pele azulada existia para mostrar ao mundo o quanto ela era linda.

E Cecília não sabia muito bem como agir perto de pessoas (ou seres) de extrema beleza, a não ser se lembrar de que jamais provocaria a mesma sensação em alguém. Contudo, naquela noite, sob a luz prateada, se permitira observar a si mesma no reflexo da lagoa. Não era como a água no mundo mortal, tremeluzente e agitada, mas parecia um espelho, um pouco mais escuro do que estava acostumada. Talvez naquele momento Cecília tivesse se achado bonita pela primeira vez.

O cabelo estava solto, as ondas escuras caíam até sua cintura, que desenhava mais sua silhueta com o desenho acinturado do vestido. O colete preto e as botas traziam um ar bem-vindo de rebeldia que ela odiava ocultar do mundo, e ainda assim via uma dama do tipo que recitava sonetos, lia novelas até amanhecer e tocava piano até os dedos calejarem. Sobrancelhas grossas emolduravam seus olhos esmeralda, que pareciam reluzir mais sob a luz prateada que refletia o verde em sua capa.

— Alguém gostou do que viu — Ivy implicou. Merda. Cecília não esquecera que ela estava ali, mas também nunca tinha perdido a noção do tempo em frente ao espelho antes.

— Achei que a gente tivesse vindo aqui com um propósito — a humana desconversou.

— Pensei em algo divertido, vem cá. — Ivy pegou sua mão, e caminhou para o centro da lagoa. Cecília a seguiu por puro impulso, e quando a estrela não afundou imediatamente percebeu que deveria ser um espelho d'água ou qualquer outra das insanidades comuns ao Reino Astral.

— Nada aqui é normal, né?

— Realmente vai barganhar por algo normal? Não parece com você.

— Vou barganhar por algumas respostas então, ok?

A estrela assentiu, e a capitã continuou.

— Como meu pai e minha mãe vão reagir quando eu voltar?

— Acho que você tá me confundindo com um oráculo, só que eu não vejo o futuro.

— O que você vê então? — Cecília desafiou, como se não estivesse impressionada.

— Tudo que a gente vê depende de para onde a gente olha. Nesse momento eu vejo uma garota linda que não tem nem metade da fúria que tenta transparecer. — Ivy sorriu, seus lábios lilás fazendo suas covinhas aparecer. O cabelo azul-escuro caía sobre o vestido prateado, que parecia desaparecer diante do luar enquanto elas caminhavam lado a lado.

— É um pouco irritante o jeito como você age, parecendo me conhecer tão bem.

— Não posso evitar. — Ela levantou os ombros. — O que posso fazer se nasci em um território onde a principal tarefa diária é observar a vida em outros planos?

— O céu é o mesmo em todos os outros reinos? — Cecília nunca tinha cogitado a possibilidade de fronteiras que navios não poderiam cruzar através das águas.

— O céu, as constelações e as luas podem variar, mas tudo converge pra cá.

Ivy apontou para cima, dezenas de pontos cintilantes cobrindo o firmamento, caminhando sobre a superfície do lago enquanto Cecília a acompanhava logo atrás, admirando o reflexo das estrelas na água.

— Celestia está... *flutuando* no universo?

— Se preferir colocar em termos náuticos, sim. — Ela abriu um sorriso injustamente brilhante. — Só que não tem essa noção de "em cima" ou "embaixo". Eu posso estar aqui com você agora, e no momento seguinte ver um rapaz se declarando para uma garota de cabelo lilás ao pôr do sol. O Reino Astral conecta todas as realidades. Todos os tempos. — *Ou assim costumava ser, quando a Ampulheta de Chronus mantinha a estabilidade entre os planos.*

— E os outros planos sabem da existência de vocês, ou preferem manter o mistério?

— Isso depende. Alguns sabem, outros já souberam, mas preferiram nos chamar de lenda em algum momento da história. Pouquíssimos já vieram até aqui, então pode se sentir bastante especial.

— Vou me sentir quando me contar algo sobre você. Algo que ninguém mais sabe.

— Por que a curiosidade súbita?

— É só para ficarmos em pé de igualdade. Você sabe muito sobre mim, graças ao seu espírito bisbilhoteiro. É justo que eu saiba algo importante também. — O sorriso de Cecília era esperto, e ela sabia que havia vencido.

A brisa era fraca, mas até ela parou de soprar para ouvir o que Ivy iria dizer. O mundo parecia pertencer a elas, assim como tudo em volta.

Ivy pensou em falar que a Ampulheta estava em seu bolso. Pensou em pedir perdão por ter manipulado a tripulação do *Aurora*. Pensou em revelar a verdade sobre sua chegada ao palácio e sobre como saíra do Reino Astral. Achou injusto o fato de existirem verdades que distanciavam, e outras que aproximavam, e fitando o olhar esperto e curioso da humana a sua frente e seus lábios vermelhos pelo frio que prendiam um sorriso, ela sussurrou:

— Eu nunca beijei ninguém.

Nem eu, foi o que Cecília pensou, mas ela só fez um som indecifrável e apressado que parecia um "E daí?".

— Nunca quis... — Ivy olhou para baixo, sentindo os pés descalços sobre a água e o peso da Ampulheta em seu bolso. — Até hoje.

— O que aconteceu hoje? — Cecília perguntou, sem uma ideia melhor do que falar e desesperada para não ficar em silêncio.

— Você não brigou comigo. — Ela abriu um sorriso que rivalizava com a lua cheia em brilho e beleza, e Cecília pensou em fazer alguma coisa com toda a franqueza de seu coração.

Imaginou como seria tocar seus lábios nos de Ivy e descobrir como o calor irradiava de cada parte de seu corpo. Como seria poder olhar para ela por horas sem fim, admirando cada detalhe hipnotizante de sua figura.

E, usando um tipo de coragem diferente – não a de que ela precisava para enfrentar tempestades ou o mar bravio –, ela deu um passo na direção da estrela que parecia imóvel, exceto pelas mechas azuis que flutuavam quando a brisa voltou a correr.

Contudo, assim que o pé de Cecília encontrou a superfície da lagoa, a garota afundou, seguida da estrela, e agora batiam os pés gargalhando contra a água fria que estava por toda parte. E, nadando até a margem do lago e de volta ao seu lar temporário, elas fingiram que nada tinha acontecido.

Não era só o Reino Astral que era capaz de mudar de um instante para o outro, afinal.

Capítulo 26

Um dia de cada vez, quando é possível contar os dias, é claro

— Ok, qual o nosso plano? — Nero perguntou ao mordiscar uma fatia de um bolo qualquer que estava sobre a mesa da sala de jantar. Ivy construía abrigos para os humanos com base na energia bruta de suas vontades, e algumas vezes a pura indecisão do que comer no café da manhã era o suficiente para proporcionar refeições confusas e suficientemente saborosas.

Era difícil contar havia quanto tempo estavam ali, uma vez que o sol e lua revezavam no céu de forma inconstante. Nenhum relógio parecia funcionar; já haviam contado três amanheceres no mesmo dia, e uma noite de mais de vinte horas. Pouco a pouco, os humanos começavam a sentir que o Reino Astral não era feito para eles, pregando peças em sua consciência.

O terreno que abrigava a residência tinha vista para o lago que já havia se transformado em um deserto. Eles seguiram viagem sentindo falta do frescor úmido e das sombras fartas, liderados por Ivy Skye, que sempre improvisava algo parecido o suficiente com uma casa humana para que eles descansassem.

Dessa vez as botas estavam repletas de areia, o ar seco deixava os lábios craquelados, e roupas mais leves junto a turbantes foram encontradas nas gavetas das cômodas. Todo dia era uma nova adaptação, um ritual impreciso de abrir os olhos e não reconhecer onde estavam. A única coisa que permanecia a mesma eram as pessoas a seu redor, e enxergar os mesmos rostos por um tempo era tudo que mantinha suas mentes sãs.

— O plano é encontrar o Palácio, mas entendo perfeitamente se precisarem partir logo. Não precisam me escoltar até lá, a não ser que desejem ficar mais aqui — a estrela disse, forçando para não soar como uma lamentação. Não sabia ao certo quanto tempo podia mantê-los a seu lado, mas era bom ter alguém para conversar todos os dias.

— Estou preocupada com o artefato que precisamos transportar, já que nossa princesa não consegue descobrir o caminho do seu próprio palácio. — Cecília franziu a testa, alisando a superfície de uma maçã vermelha. — Estamos caminhando desde o início dos tempos. Tem certeza de que não há chance de alguém invadir o *Aurora*?

— Não há ladrões no meu povo, capitã. — *E eu não sou parte do povo*, Ivy omitiu com pesar.

— E suas irmãs fofoqueiras? Elas não sabem do item que estou transportando? — Cecília provocou.

— Nós temos curiosidade pelo mundo humano. Fascínio, até. — A estrela fitou a humana com calma, pausando até que o rubor encontrasse seu rosto. — Mas não é como se colecionássemos badulaques, como pode perceber.

A Ampulheta em seu bolso parecia mais inquieta agora. Ivy sentia um calor estranho de seu vestido, um peso crescente a cada dia, como se o objeto pedisse para voltar a seu verdadeiro altar. Era cada vez mais difícil de ignorar, mas de fato ela não conseguia encontrar um caminho direto para o palácio. Ele, assim como tudo no Reino Astral, havia mudado de forma, de endereço, e parecia estar na direção oposta à de Ivy em todos os momentos.

— E se a gente pedir informação? Duvido que eles neguem um favor para sua princesa — Soren sugeriu, com os pés apoiados na mesa, ao lado de Nero. Seus cachos estavam ligeiramente mais compridos, o que deixava o parceiro ainda mais enamorado.

— Mesmo que alguém tenha vindo do Palácio, não é como se ele ainda pudesse permanecer lá quando nós chegarmos. Distância é um conceito que não se aplica aqui do jeito que vocês estão acostumados.

— Pelo visto nem direção — Cecília resmungou.

— Isso te deixa particularmente irritada?

— Qual foi sua primeira pista, princesa?

— Você está girando essa maçã como se fosse uma bola de brinquedo e olhando para os lados como se um mapa pudesse se materializar a qualquer momento.

— É um daqueles momentos? — Nero perguntou para Soren, os dois se entreolhando.

— Com certeza — ele respondeu, e ambos se levantaram, deixado Cecília e Ivy sozinhas na larga sala de jantar.

Cecília fez uma anotação mental para perguntar aos dois depois que "momentos" eram esses. O ambiente era o suficiente para abrigar uma família grande, mas com a súbita deixa dos marujos ele pareceu pequeno demais para a estrela e a humana. Era fácil fingir que nada tinha acontecido ao lado deles, mas respirar sozinhas no mesmo cômodo era inviável. Como se só houvesse um assunto possível – sobre a grande trapalhada no lago –, e justamente o que nenhuma das duas planejava abordar.

Cecília caminhou até um cômodo que tinha as paredes curvas em vários semicírculos, combinando com o mosaico em flor no chão, tal qual pétalas de jade que expandiam do centro até a beirada.

— Não tem nada aqui — Ivy constatou o óbvio.

— Ainda, princesa. — Cecília sorriu sem olhar em sua direção, medindo as paredes com a palma da mão, sentindo o material frio e calejado em seus dedos. Ela não entendia como Ivy era capaz de criar tantos detalhes todos os dias, mas finalmente pensara em uma utilidade para isso. — Eu tenho um desejo para fazer.

— E o que te faz pensar que vou te atender? — Ivy deu de ombros, fitando a janela e o deserto além dela.

A areia não era branca, nem amarelada, mas tinha um tom alaranjado como se estivesse estagnada no pôr do sol eterno. Era lindo e dolorosamente passageiro, como tudo a sua volta. Bom, *quase tudo*, ela pensou ao ver a luz dourada sobre o rosto da garota no centro da flor desenhada no chão.

— Você já tomou decisões mais complicadas por mim. — A sobrancelha de Cecília quase grudou na linha do cabelo. Foi o jeito de ela dizer que sabia da barganha com o pesadelo, e ainda uma forma de explicitar para aquela estrela sabe-tudo que uma mera humana também podia fazer seu coração saltar.

Cecília acreditava nisso porque conhecia a lei da equivalência de seus estudos alquímicos, e era simplesmente *injusto* que seu coração descompassasse toda vez que uma mecha idiota do cabelo azul da estrela passasse por sua visão, enquanto Ivy não sentia absolutamente nada ao olhar para ela. Ela não aceitaria nada assim.

— O que você *sabe*? — Ivy arregalou os olhos, com medo da verdade. De quantas verdades Cecília podia conhecer e desconhecer sobre ela.

— Te chamei aqui por causa do que eu *não sei*. Não interessa o que eu sei neste momento, isso não está levando a gente a lugar algum. — Cecília andou até Ivy, e, em um ato que já tinha visto Jim praticar com Pryia algumas vezes, olhou no fundo de seus olhos e colocou uma mecha de cabelo para trás antes de sussurrar em seu ouvido. — Eu desejo...

— O quê, Cecília? — Ivy ofegou. A proximidade e o perfume cítrico da garota era demais, cada vibração da capitã que misturava aventura, inocência e perspicácia a fazia querer pertencer a essa realidade onde elas duas eram uma verdade, e não tempo emprestado.

— Uma biblioteca com as histórias do Reino Astral. Especialmente, registros de seu funcionamento, coordenadas antigas, o que você conseguir.

— Isso ocuparia um espaço maior do que o infinito, você é louca. — Ivy não resistiu a revirar os olhos, deixando Cecília mais irritada do que ela gostaria de transparecer. — Esses livros existem, mas estão espalhados por essa dimensão. Perdidos no tempo como se fosse impossível localizar todos eles.

— Livros que não são lidos por ninguém? Não consigo pensar em nada mais triste.

— Sorte a sua, consigo pensar em várias. — Ivy fungou.

— Ivy — Cecília pediu, e dessa vez pegou em sua mão. Era mais morna e macia do que tinha imaginado, as runas em sua pele com um relevo suave. — Se tem alguém que pode fazer isso, é você.

A humana colou um beijo na mão da estrela e se afastou alguns passos com um sorriso no rosto para encará-la. Ainda estavam perto o bastante para se abraçar, mas nada além.

Pryia, cunhada de Cecília, era geniosa e determinada, e seu irmão sempre a convencia dessa forma. Se a pirata não percebia ou se deixava levar, Cecília não sabia, mas valia a tentativa.

— Vou fazer o possível. Não trago promessas, então não crie expectativas.

— Como quiser, princesa.

Ivy colocou as mãos nos bolsos, sentindo a Ampulheta mais quente do que antes, e resistiu a retirar a mão com agilidade para não chamar a atenção da capitã.

Ela tinha o que precisava para começar: um desejo e um artefato primordial. Sozinha não conseguiria os títulos mais assertivos para Cecília, ou implodiria a casa com um número irracional de exemplares que levariam uma vida imortal para serem explorados.

Mas, com um toque na Ampulheta, Ivy era *um* com o Cosmos.

Os títulos se destacavam para ela, reluzidos contra uma escuridão em todo o espaço-tempo, como se fossem guiados pelo desejo de aprender de Cecília, que era claro e prático, assim como ela.

Em um momento, a estrela estava fora de qualquer dimensão, fora do tempo. Lá não existia a constante mutação, nem o que foi, tampouco o que terá sido. Era apenas sua existência frágil diante do infinito que cintilava a sua volta, como dunas de um deserto feito de estrelas. Caminhar por ali era como pisar em manteiga derretida, mas ela conseguiu os tais livros com uma clareza que não pertencia a seu ser e que exigia demais de sua mente.

Quando Cecília olhou a sua volta, a sala estava preenchida por estantes curvas, com alguns exemplares encadernados em capas coloridas lotando as prateleiras. A humana teria corrido para folheá-los, maravilhada com a demonstração de poder da garota impossivelmente linda e mágica que estava a sua frente, mas ao invés disso se apressou a tomar Ivy nos braços quando a estrela caiu desacordada no chão.

Capítulo 27

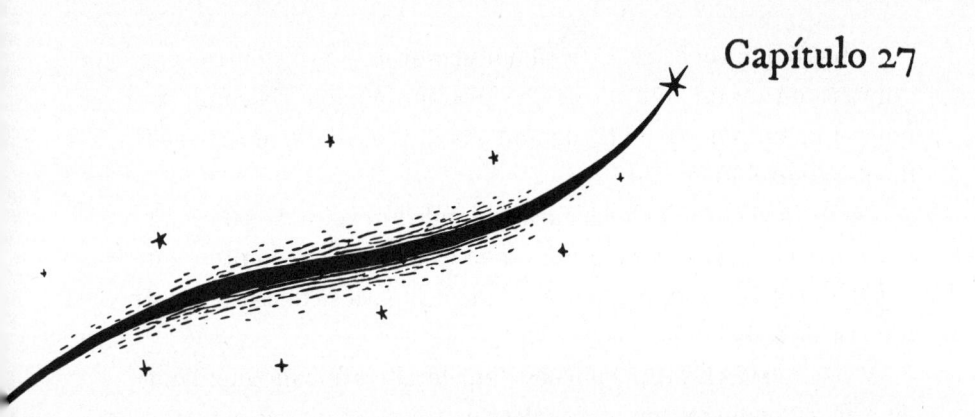

Você controla o que deseja, não o que recebe

— Ivy! — Cecília gritou. O corpo esguio da estrela havia batido desajeitadamente em seus braços, e a garota fez pouco para evitar que ela tombasse no chão. As duas caíram sem jeito, e, mesmo com a descarga de choque em seu quadril, Cecília conseguiu segurar a cabeça de Ivy em seu colo.

O cabelo azul da estrela se espalhou sobre seu rosto, e Cecília afastou as mechas macias. Os lábios da estrela estavam pálidos, não com o tom usual de lilás que enfeitava seu riso perene.

— Ivy, o que você fez? — Cecília murmurou, junto a outras perguntas sem sentido que a estrela claramente não teria como responder no momento. — Pra alguém que flutua, você é mais pesada do que eu esperava.

Cecília a segurou pela cintura, olhando em volta da sala repleta de livros, e avistou uma almofada grande, convenientemente jogada no chão, do tipo que seria deliciosa para se deitar e passar uma tarde toda lendo.

Mais uma vez Ivy tinha pensado em detalhes que ninguém imaginaria, e Cecília tentou não se desesperar enquanto se arrastava sentada no chão até colocar Ivy em uma posição confortável. Passos se intensificaram no corredor quando os marujos adentraram o cômodo.

— Mas que diabos aconteceu aqui? — Nero arregalou os olhos.

— De onde vieram todos esses livros? — Soren completou.

— Longa história, mas tem como dar uma ajudinha aqui? — Cecília pediu, agora de joelhos ao lado da estrela. A luz alaranjada cobria o chão do cômodo enquanto os três humanos cercavam a estrela, que não respirava.

— Ela não tá se mexendo — Cecília falou, observando a inércia de seu peito.

— Eu acho que ela já não respirava mesmo — Soren tentou.

— A gente devia ter reparado nisso antes! — A capitã começou a se desesperar.

— A gente nunca precisou reparar nesse tipo de coisa! Ela caiu do nada, Cecília?

— Logo depois de esses livros aparecerem.

— E que livros são esses?

— Eu desejei eles. Achei que pudessem ser úteis.

— Algum deles é de medicina?

— Não tive tempo de folhear nenhum, como você pode perceber — Cecília gritou, seus olhos verdes arregalados enquanto tentava sentir a pulsação de Ivy, ou qualquer coisa que indicasse que a estrela não tinha exaurido seus poderes. Ela sentiu o medo correr pelo corpo. Diferente daquele que a cercava perto das tempestades, mais parecido com a sensação de que o amanhecer estava chegando e de que logo precisaria se despedir de alguma coisa.

Nero entrou novamente na sala; Cecília nem tinha percebido que ele havia saído. Dessa vez trazia uma garrafa de rum e um pano limpo. O marinheiro arrancou a tampa da garrafa, jogando o líquido de qualquer jeito no tecido e colocando contra o nariz de Ivy.

Cecília aguardou esperançosa por um instante, antes de perder a paciência e pegar a garrafa nas mãos. Envolveu a estrela até que ficasse quase sentada e encostou o gargalo nos lábios de Ivy, forçando algumas gotas em sua boca. Esperava que o sabor forte despertasse seus sentidos. Em seguida, tomou um longo gole por conta própria.

Trinta segundos antes Ivy estava de pé, sorrindo, irritantemente linda contra o deserto, e agora ela estava...

Estava *se mexendo*. Cecília começou a tremer de nervosismo, respirando fundo enquanto Ivy parecia voltar ao normal (em uma versão aparentemente exausta e sonolenta, mas *viva*). Cada fibra de seu corpo sabia que isso tinha sido pura sorte.

— Não vou cobrar explicações agora, mas vou querer saber que infortúnio te fez desfalecer assim.

— Eu consegui? — a estrela perguntou. Cecília assentiu. — Se não te conhecesse, diria que ficou preocupada comigo. — Ivy forçou a voz.

— Claro que fiquei. Duvido que pegaria bem saberem que o corpo da princesa de Celestia estava em minhas mãos.

Soren encarou Nero e desabotoou o tecido azul-turquesa que usava em volta dos ombros como uma capa, cobrindo Ivy. Deixou o cômodo em seguida, falando algo sobre buscar comida para as duas.

— Se quiser fingir que gosta de mim enquanto minha cabeça não para de girar, eu aceito. — A voz da estrela ainda estava fraca.

O coração de Cecília apertou.

— O que posso fazer para você se sentir melhor?

— Pode ficar aqui um pouco mais — Ivy pediu, pressionando seus dedos contra os de Cecília com o mínimo de força. Seus olhos estavam mais fechados do que abertos.

— O tempo que precisar, princesa.

Cecília observou os cílios longos e azuis de Ivy semicerrados em sua direção, e seus dedos se entrelaçaram devagar. A estrela estava fria, o que fez a humana aproximar seus corpos na tentativa de oferecer calor. Ivy recostou a cabeça no peito de Cecília, quando a garota percebeu que ela respirava fundo. Admirou as marcas desenhadas em suas mãos e braços, até os detalhes discretos que decoravam seu rosto perto da linha do cabelo.

Cecília recostou a bochecha sobre o cabelo da estrela, aconchegando-a mais em seu corpo, e finalmente colou um beijo doce em sua testa. Tudo o que a garota mais queria todo esse tempo era um lugar novo para explorar, uma descoberta para chamar de sua e uma história que pudesse ser cantada por gerações.

Então encontrara tudo isso em um só lugar. Só não esperava que esse lugar pudesse ser uma pessoa.

Na verdade, mais do que uma pessoa. Uma estrela.

Sendo franca, mais do que uma estrela.

Um desejo.

Um desejo que ela não sabia como realizar.

Capítulo 28

O infinito fala a língua das estrelas

— O que você estava cantando nos seus sonhos? — Ivy perguntou, aninhando-se no ombro de Cecília como se fosse um gesto natural.

O quadril de Cecília estava dormente quando a garota acordou, sem perceber que tinha adormecido com Ivy em seus braços. A estrela a olhava de volta, e uma covinha apareceu quando ela repuxou levemente o lábio para cima. Seus lábios estavam lilás de novo, Cecília reparou. Grandes chances de essa ser a sua nova cor favorita.

Lua pincelava o bigode pelas prateleiras dos livros, caminhando no alto das estantes e farejando cada item que não estava ali antes. O mundo lá fora ainda parecia o mesmo, mas a ilusão do céu escuro e sem lua fazia parecer que estava de noite. Murmúrios e cochichos ressoavam distantes, e ao levantar o olhar Cecília percebeu que toda uma cidade parecia estar vivendo ali como se jamais tivesse se mudado. Luzes de lampiões traçavam uma fileira infinita. O aroma de especiarias e de algo quente sendo cozido entrou pela janela.

A garota já havia escutado histórias sobre povos nômades do deserto, que viajavam por toda a vida fixando apenas seus companheiros e suas tradições. Nunca ocorrera à garota nascida em berço de ouro que ela provaria um pouco dessa rotina incerta, muito menos que encontraria certo fascínio no desconhecido constante.

— Eu estava? — A garota parou de se mexer ao sentir a estrela confortável em seu colo, mas se forçou a soltar o ar do peito e a abrir um sorriso galante.

— Uhum. Uma melodia com uma cadência bonita, algo como... — Ivy fez o melhor para imitar, e após algumas tentativas a humana conseguiu preencher as notas desencontradas em sua memória.

— A "Balada da meia-noite". Uma música que minha mãe insistiu que eu aprendesse antes de... — De ter roubado o artefato? De ter mentido e fugido? De ter chegado ao Reino Astral? De ter conhecido Ivy? — *Tudo.* — Cecília concluiu, sentindo o pesar de tudo que ela estivera ignorando nos últimos tempos. Era como uma pilha de roupa em uma cadeira, renegada por semanas demais, e que agora ganhava vida para sufocá-la.

— Você sente *saudade* deles?

— É claro que sim. A única coisa que me tranquiliza é saber que o tempo passa de uma forma diferente e que ainda terei tempo de cumprir a missão diplomática em Bosnore, além de barganhar pelo perdão da princesa e dos meus pais. — Cecília sentou-se na almofada, fazendo Ivy se distanciar, e começou a andar em círculos pela sala repleta de livros, olhando por alto para os títulos ali. — E preciso te agradecer por isso, Ivy. Não pelos livros. Quer dizer, também pelos livros. — Ela ajeitou as mangas longas e pretas da túnica leve que vestia, tentando organizar os pensamentos. — Mas por ter me tranquilizado. Eu já teria pirado totalmente se não soubesse dessa brecha no tempo, e agora... acho que finalmente vou ter alguma coisa que garanta o meu perdão. Vou voltar a Traberan como uma heroína e devo tudo a você.

Naturalmente ela não sabia nada ainda sobre a traição da estrela, ou sobre o desejo realizado pelo pesadelo, muito menos que o príncipe que deveria encontrar tinha alcançado o poder de um Deus sem nenhuma misericórdia. Como podem ver, sua inocência era muito fofa.

Cecília pegou nas mãos de Ivy sem hesitar e beijou o dorso de uma delas. Ela não estava preparada para se distanciar do toque da estrela, que ainda ecoava em seu corpo. Ivy não retraiu, mas seu rosto parecia tenso. A humana deu um passo desajeitado para trás, temendo ter ultrapassado um limite, e desviou o assunto.

— Eu entendi algo errado? Vou chegar com meses de atraso em Bosnore ou algo assim? — Sua voz ficou mais aguda.

— Não, Cecília, o tempo que você passa aqui não interfere no tempo que você está lá. Fica tranquila, *isso* é verdade! — A estrela resistiu à urgência de levar a ponta dos dedos da humana até a boca.

— Alguma coisa não é? — Ela levantou a sobrancelha, confusa e impaciente.

Todo o resto, Ivy guardou para si. Não, isso também não era verdade. Muito do que tinham vivido juntas era real, e a estrela preferiu iluminar só essas partes em seu pensamento.

— Só acho que você está colocando muitas expectativas nesses livros. — Ivy andou até a estante mais próxima, abriu um tomo de capa vermelha e com escamas de dragão na lateral, em uma página qualquer. — Eles estão todos na minha língua natal, e não faço ideia de como alguma parte desse conhecimento pode ser útil para o seu reino.

— Seria muita sorte minha se eu conhecesse alguém sabichona o suficiente para ler esses símbolos para mim.

— Seria sim. — Ivy sorriu, sentindo um alívio súbito por Cecília agora estar concentrada nos livros. Ela pegou o exemplar pesado em suas mãos, hesitando antes de tocar nos símbolos circulares que cruzavam as páginas como engrenagens sagradas.

— Seria mais sorte ainda se eu pudesse desejar saber ler nesse idioma. — Cecília levantou os olhos gigantes e verdes na direção de Ivy; dificilmente alguém negava algo a esse olhar. — Se isso não te desacordar de novo, é claro.

— É possível... — Ivy ponderou. — Mas vou querer algo em troca. Parece que tudo que faço esses dias é realizar seus desejos.

— E quais são os seus?

— Chegar ao palácio de Celestia me parece o mais urgente — ela admitiu. Não era seu desejo mais profundo, mas o que deveria contar com suas energias. A Ampulheta pesava a cada momento em seu bolso, inquieta para voltar para casa e repousar em seu altar eterno, interromper a cisão entre as realidades e manter o firmamento estável, e todas as outras coisas grandiosas e importantes que por um acaso foram parar nas mãos de duas adolescentes que não conheciam sua complexidade.

— Você se esquece de que está falando com uma capitã. Eu não seria honrada se não devolvesse a princesa ao seu castelo em segurança, e então estamos quites, o que acha? Vou aprender a navegar por esse reino, nem que seja a última coisa que eu faça. É possível aprender a ler em pouco tempo?

— Ler sim... compreender é que demora. — Ivy apontou para um dos círculos que terminava em uma meia-lua, junto a alguns pontos espaçados. — Não é o tipo de desejo que se realiza em um estalar de dedos.

— É que tipo de desejo, *princesa*? — Cecília sorria com o tom de deboche ao usar o título real, e Ivy parecia ter se acostumado à forma como ele soava.

— Um que acontece em etapas. Posso te ensinar, e minha magia vai tornar as coisas mais "fáceis" pra você. Não necessariamente mais simples. É diferente de fazer um objeto aparecer, ou de flutuar. — Ela prendeu os lábios em uma linha fina. — Eu não posso manipular sua mente e colocar dentro dela coisas que não estavam lá antes.

— Eu não duvidaria se pudesse — Cecília confessou. O número de coisas que Ivy já tinha inserido em seus pensamentos era quase demais para que ela pudesse lidar.

— Humanos duvidam de poucas coisas, não é?

— Só daquilo em que a gente não é capaz de acreditar.

— É uma honra que você acredite em mim. — *Mesmo que eu não mereça, mesmo que isso vá acabar em breve.*

— Meu irmão e minha cunhada me ensinaram a sempre acreditar no impossível.

— E o que você ensinou pra eles?

A pergunta a pegou de surpresa, lembrando-a de dias mais longos e despreocupados, quando mostrar para Jim suas novas peças no piano, além de recitar sonetos em três idiomas, era o que mais gostava de fazer para passar o tempo. Ainda existia essa garota dentro dela, só que havia se tornado uma jovem travessa, manipuladora e brilhante. A inocência, contudo, começara a se perder quando sua esperteza passou a sobrepujar a dos outros. E agora se manifestava mais uma vez.

— Eu ensinei que às vezes a gente tem que estar disposto a se afogar, porque a gente pode acabar respirando debaixo d'água.

— Gosto da sua versão poeta.

— Gosto da sua versão que se surpreende com as coisas.

— Se você ainda não reparou nas vezes em que me surpreendo, talvez não seja tão esperta quanto pensei.

Ivy a fitou com calma. As luzes laranja iluminavam a lateral do rosto de Cecília, e o delineado preto fazia seus olhos parecerem pedras preciosas. O tecido preto da túnica balançava com a brisa que entrava pela janela, o mundo lá fora inexistente enquanto elas debatiam os mistérios do universo.

— O quanto você conhece sobre poesia, Ivy? — Cecília estava em parte curiosa, querendo entender o quanto os astros realmente podiam assimilar do mundo humano, em parte querendo se gabar.

— Não muito... Sei que elas muitas vezes são declamadas para o céu, em vez de ser para a pessoa que as inspirou — ela respondeu depois de refletir um pouco. — Que existem algumas de júbilo, paixão, desespero e esperança. Algumas que viram canções e várias que se perdem no vento. — Ela soltou um riso baixo. — A maioria, na verdade. Tão rápido que nem nós conseguimos registrar.

— É muito feio dizer que não sabe um assunto quando claramente você o conhece profundamente. — A capitã estava irritada e impressionada em igual medida.

— Eu nunca escrevi uma. Muito menos tive uma endereçada para mim. Eu admiro o seu mundo como um reflexo no espelho, claro como a luz do dia e totalmente inalcançável. — Suspirou enquanto seus olhos passeavam do teto até o rosto da humana.

— O que você acabou de fazer, princesa, é poesia. De um jeito um tanto irritante, você inteira é — Cecília deixou escapar, querendo que ela sentisse a intensidade de suas palavras, a maneira como ela a desestabilizava, desafiava e fascinava com um único olhar, uma frase.

— Só porque você é boa em interpretar. Não teremos problemas com a linguagem do Cosmos, então.

A estrela se sentou no chão com o livro nas mãos, voltando para a primeira página, e a humana se colocou a seu lado para ouvir o que ela tinha a dizer. Não iriam a lugar nenhum sem aquele conhecimento, e, após uma vida inteira apaixonada por novas ideias, Cecília sentiu-se extremamente empolgada. Perdoou a si mesmo por todos os erros que cometera, pois claramente tinha tomado as decisões certas em sua vida para chegar até ali.

Parte dela queria explorar a Cidade Errante que se aconchegava lá fora, mas viver era fazer escolhas. E, entre enfrentar uma multidão desconhecida em um lugar novo e excitante e ficar em uma sala sozinha com Ivy aprendendo um novo idioma, Cecília não tinha dúvida do que escolheria.

— Me ensine o que for mais complicado. Faça seu pior. — A garota sorriu.

— E depois eu sou a sabichona. — A estrela revirou os olhos, e o próximo som de sua voz não era mais nada parecido com humano.

Capítulo 29

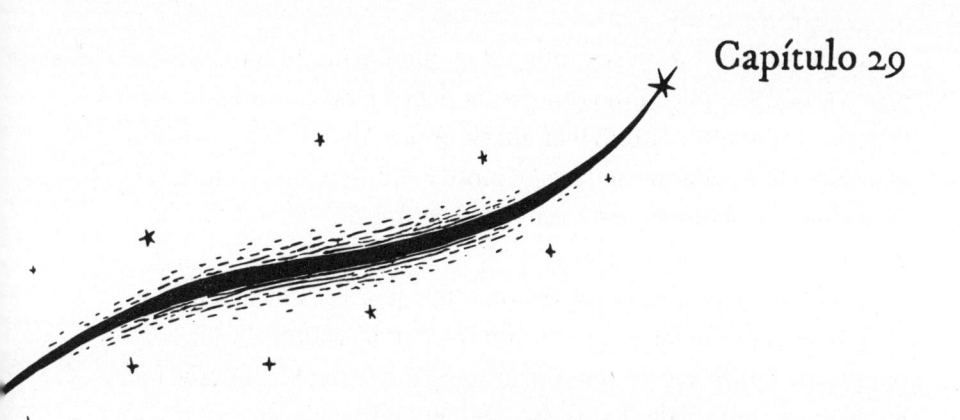

Para que *lógica* quando você pode não entender nada?

Cecília, se tentasse descrever o que ouviu quando Ivy falou, diria que soava como o vento que cortava uma noite silenciosa, como um riacho distante e fresco ou como o tilintar de cristais, se eles pudessem sussurrar. A garota claramente falharia na descrição, mas as outras em que pensou eram igualmente confusas. A estrela soava como antigas lembranças que surgiam de madrugada, como a antecipação de um segredo revelado por seu melhor amigo. O idioma do Reino Astral era algo feito para ser sentido, mas jamais compreendido por humanos.

Algumas horas se passaram antes que Cecília finalmente cedesse e pedisse para interromper as lições pelo dia, algo que se repetia frequentemente havia quase uma semana. Elas estavam sentadas diante da mesa da sala, junto a Soren e Nero, que serviram alguns biscoitos e café sem fazer grandes perguntas, observando-as com um misto de assombro e fascínio.

Quatro livros estavam abertos diante delas: um de capa púrpura, sobre coordenadas estelares, um vermelho profundo, morno ao toque, que falava sobre meios de atravessar o universo, um pequeno de capa preta, com anotações feitas a mão por um mago que não pertencia à dimensão de nenhuma das duas e contendo incorrências valiosas sobre o tempo, e o último, de capa azul, o mais grosso e mais pesado, que falava sobre a linhagem das estrelas.

O aspecto das folhas era amarelado, mas a grafia estava legível. Ivy traçava a ponta do indicador por alguns símbolos em cada folha, levitando da superfície do papel. Caracteres eram projetados no ar para serem manipulados a cada toque da estrela, enquanto ela tentava da melhor forma possível explicar a Cecília como compreendê-los.

— Estamos aqui há dias, horas, milênios e eu não consigo reproduzir nenhum dos sons que você fez — a garota confessou, exausta. Parte de seu cérebro já havia se tornado manteiga. — Duvido que minha garganta seja capaz de reproduzir algo assim.

— Não é o tipo de magia que precisa das palavras. Se você conseguir ler e escrever, já vai ser um tremendo avanço.

— Estamos aqui há quatro horas hoje e não tem um único símbolo que eu consiga reconhecer corretamente.

— Você está procurando padrões com isto aqui. — Ivy apontou para os olhos de Cecília. — E precisa enxergar com isto. — Ela tocou no centro da testa da garota.

— Não tem uma lógica? Um alfabeto, um conjunto? — Era a quarta vez que a garota barganhava algo assim.

— Tem várias *perspectivas*. Um mesmo símbolo pode mudar de significado totalmente se o encontrar em uma posição diferente.

Ivy manipulou algumas das grafias circulares que pairavam sobre o livro vermelho, projetando os símbolos no ar diante delas e explicando mais uma vez algo que nenhum humano a sua volta entendia.

— Esse fala sobre cruzar o universo, certo? — Cecília fechou o livro, sem suportar encarar os símbolos por mais um minuto sem enlouquecer.

— Eu li o primeiro capítulo pra você, mas o restante do livro parece se aprofundar no assunto.

— Acho que você vai precisar ler ele inteiro, e vamos ter que dar sorte para que eu consiga pensar em uma alternativa útil pra gente. — Cecília bufou. Ela imaginava que dominaria o idioma e que voltaria para casa com novidades impensáveis para o mundo humano. A garota não era de desistir, mas, a julgar pelo estado exausto de sua mente, ela jamais aprenderia aquela linguagem. Não era feita para humanos, ela decidiu, mesmo sabendo que era um reflexo de sua teimosia.

★

Cecília não se importou com o tempo que perdera enquanto dormia, já não tentava classificar os dias pelos astros e passou a confiar em seu estômago para saber se era hora de almoçar, lanchar ou jantar. A noite parecia ter tomado conta da torre, que permanecia no meio do deserto, e a cidade abaixo crescia repleta de vida, música e aromas curiosos enquanto ela tomava uma xícara de chá preto, ao lado de Nero. A garota tinha ignorado a pilha de livros sobre a mesa, cada um deles a lembrando de seu fracasso no dia anterior.

— Vai tentar hoje de novo? — Nero perguntou, apontando para os livros com a cabeça, e Cecília reparou que seu cabelo estava marcado por uma trança recém-desfeita.

— É isso ou ficar presa nesta terra de loucos para sempre.

— Não acho que Ivy seja louca.

Cecília ouviu a risada dela ao longe, certamente brincando com Lua, já que a gata tinha aprendido a mastigar seus cabelos azuis.

— Ela é ótima.

— *Ótima*, Cecília? Uso essa palavra pra falar de uma almofada que achei no meu quarto, nunca sobre a pessoa de quem eu tô a fim.

— Nero, eu sou uma dama! Não fico "a fim" das pessoas. — Sim, ela fez as aspas com os dedos.

— Você nunca quis ser uma *lady*.

— É, eu nunca quis. Sempre desejei ser uma aventureira, uma conquistadora de novas ideias. Mas agora acho que sinto falta de ver o sol nascer e se pôr no mesmo ritmo. De ter um relógio que sirva pra alguma coisa.

— Você nunca usou relógio — ele rebateu.

— O ponto é: acho que eu só queria estar em casa.

— Com um dia previsível e chato pela frente?

— Eu tinha a noção de ser *útil*. Era boa no que fazia. As pessoas podiam não gostar muito de mim, mas me alimentava a ilusão de ser melhor do que elas. De estar passos à frente do nosso reino, de contribuir com a Coroa.

— Você continua sendo formidável.

— Só tá dizendo isso porque está mais confuso que eu esse tempo todo.

— Não tô odiando as férias forçadas com Soren, não disse isso. — Ele abriu um sorriso bobo. — Mas acho que você está encarando este momento como uma maratona de trabalho, e não como algo a ser desfrutado. E a vida é o que acontece enquanto você está fazendo planos.

— Eu tenho um objetivo, meu caro amigo: acompanhar Ivy até o palácio. Entregar o artefato a Bosnore. Estreitar relações entre os reinos e voltar para casa como uma heroína.

— Me parece que são três objetivos, e dos grandes.

— Não se chega longe se não se sonha alto.

— Você já atravessou as nuvens? Quando vai finalmente sentir que já é uma heroína?

— Quando eu alcançar as estrelas.

— Se for só por isso, eu aconselho a beijar uma quando tiver a chance.

Ivy e Soren se aproximaram no corredor, murmurando algo sobre o festival que acontecia lá fora.

— Só se esqueceu da parte em que ela fica aqui e eu em outra dimensão — Cecília sussurrou, distanciando-se da janela onde estavam debruçados. — E não tô falando no sentido poético.

— Não me parece nada com que você não possa lidar.

Nero se distanciou, deixando Cecília sozinha com seus pensamentos, mas até mesmo eles eram barulhentos demais para a garota. Ela não ousou olhar para trás e ver a estrela reluzindo como se fosse o único lugar possível para admirar em todo o cômodo.

O sentimento que Cecília via crescer no peito era como um nó, cada vez mais embolado. Estar ao lado de Ivy a fazia se sentir vulnerável e ignorante, mas conversar com a estrela a fazia acreditar no impossível. Cecília já havia navegado as nuvens, que mal faria caminhar um pouco sobre elas?

A capitã sentou-se à mesa diante dos livros e repetiu alguns dos movimentos com a ponta dos dedos no jeito que Ivy a ensinara. As linhas se projetavam para fora da página como chamas cintilantes.

A estrela e os marujos observaram sem interferir, e Cecília folheou as páginas despretensiosamente, entendendo menos ainda do que na noite anterior. Ela via as linhas circulares e sabia que faziam sentido para *alguém*, e aquilo provocava sua mente. Quase entendia o que *deveria estar entendendo*, e isso tinha ainda menos sentido do que não entender *nada de nada*.

Ivy se aproximou devagar, sentou a seu lado sem esperar um convite e se inclinou para o livro de capa preta, traduzindo para Cecília o que estava escrito. A estrela perdia muito do significado original, mas tentou ao máximo recitar as palavras de uma forma que fizesse sentido. Para Cecília, a estrutura das frases ainda parecia ter o pensamento invertido, mas pelo menos estava em seu idioma, e por horas e horas a humana e a estrela falaram sobre os mistérios do universo.

    Depois do que pareceram eras de estudo, Cecília decidiu que iria se liquefazer se não deixasse o espaço daquela torre. A própria realidade do Reino Astral já ameaçava se transmutar, e Soren colocou em uma mala larga os exemplares dos livros que deveriam levar consigo, lamentando os que deixariam para trás e que nunca teriam tempo de explorar. Os quatro colocaram os pés na areia, seguindo o caminho da caravana que rumava a lugar nenhum por Celestia. Ainda sem perspectiva do palácio, mas tudo de que Cecília precisava naquela noite era um pouco de música. E, quando se viu no centro do festival que não comemorava nada em particular, ela sorriu.

Capítulo 30

Algumas músicas só tocam no silêncio

Cecília diria que um aroma de fogo, cravo, canela e de mudanças inesperadas fluía pelo ar. Não havia indicação do que era comemorado ali, mas ela jamais identificaria as celebrações de Celestia, pois sua noção de tempo era ligada a coisas frágeis e não confiáveis como calendários e relógios, dando a impressão de que a vida era uma flecha que se desenrolava para a frente sem nenhum tipo de freio ou curva. O calendário não sabe que existem dias em que nossa memória simplesmente falha, ou momentos tão repetitivos que só os ignoramos. O relógio não sabe que tem segundos que duram uma eternidade, e outros que são rápidos demais.

A festividade era diferente dos costumes da corte de Traberan, onde todo evento era cuidadosamente organizado pelas damas da nobreza, cada traje finamente produzido e engomado, cada conversa fria e calculada com algum objetivo que atendia a sua própria família e aliados. Cecília odiava eventos assim, preferia o caos do improviso e o choque nos rostos falsos e sorridentes, como acontecera no noivado da Princesa Sabrina com Lady May ao revelarem seu relacionamento, ou nos encontros despreocupados em que jogavam cartas e não ficavam presas a regras de conduta.

Porém, após dias tentando entender a linguagem do Cosmos com as instruções de Ivy, a garota precisava experimentar a vida em sua forma mais plena, e caminhou com calma pelas tendas de cores vibrantes arrumadas em um semicírculo, fincadas na areia, com bolinhos, biscoitos, bebidas, flores e até mesmo joias jogadas despretensiosamente. Alguns seres eram como Ivy, tinham aparência humanoide e peles e cabelos coloridos (verde, roxo, rosa e amarelo sendo as cores mais comuns); outros eram animais com corpo cintilante e fluido de fundo escuro com pontos brilhantes desenhando seu contorno. Todos estranhamente familiares, contudo, não do tipo que se conhece pessoalmente, mais como um sonho revisitado por noites a fio.

— Algum deles estava na floresta que vimos com a Cidade Errante? — a humana perguntou.

— Eu diria que sim, mas só pra te dar uma resposta — falou Nero. — Não faço a menor ideia.

— Acho que aquele é a constelação de escorpião — comentou Soren, sussurrando e apontando para uma criatura que parecia ter o tamanho de um cachorro, mas o inegável formato do animal do deserto.

Lua estava com eles, ao lado de Cecília, e as duas tiveram uma conversa muito séria sobre a gata não se afastar da tripulação do *Aurora*. *Fique próxima a mim, Nero ou Soren a todo momento, en-*

tendido? E a gata miou em concordância, subindo no ombro de Nero. Os quatro vestiam trajes pretos com um capuz longo e leve que cobria o topo de suas cabeças, e logo repararam que os outros seres cobriam a mesma parte do corpo (ou o que tinham de similar).

— Acertou! — a estrela respondeu. — Existem mais constelações do que os humanos já identificaram, então provavelmente não vão reconhecer todas elas.

— E você é uma constelação? Ou parte de uma? — Cecília sentiu que tinha feito a pergunta mais burra do mundo, porém a dúvida era real.

Ivy prendeu um riso, deixando a covinha aparecer, e foi até uma das tendas onde havia joias apoiadas. Pediu licença para um ser brilhante com olhos brancos e as pernas mais longas que Cecília já tinha visto, o que ela poderia descrever como um coelho desproporcional, e a viu pegar alguns diademas que reluziam como diamantes.

— Eu só sou uma estrela. — Ivy deu de ombros, e colocou as joias sobre os mantos de Nero e Soren, ajeitando as pedras de diamante em suas testas.

— Você é a princesa deles — Cecília retrucou, mas Ivy colocou o dedo em seus lábios murmurando um *"shhhh"* apressado.

— Não quero ser reconhecida. Meu rosto não é conhecido, Celestia não é tão emblemática quanto os humanos, e além disso... Eu não tenho permissão para estar aqui. — A estrela tentou explicar, e, por mais que as palavras tivessem o gosto da verdade, elas doíam.

— Você é proibida de sair do palácio? — Cecília murmurou.

— É mais complicado do que isso.

— Sabe que pode me contar qualquer coisa, não é?

— É o que eu mais queria.

— E por acaso não confia em mim?

— Não é isso, Cecília. Em algum momento... — Ivy pegou a mão de Cecília, os diamantes cortando a pele das duas pela força súbita, mas nenhuma delas soltou. — Eu vou te contar tudo. Só não aqui. Não agora.

Cecília nunca tinha visto os olhos azuis de Ivy suplicando alguma coisa, então assentiu e afastou uma mecha escura de seus olhos.

— Que tal começar explicando o que são essas joias? E o que estamos celebrando aqui hoje — a garota pediu.

Ivy colocou o diadema na cabeça de Cecília. O dela tinha uma esmeralda em forma de gota que encaixava no centro da testa. A pedra não estava ali originalmente, todos os modelos de jóias eram iguais, mas a estrela desejou essa alteração. Ressaltava o olhar da humana, que ao mesmo tempo era doce e astuto. Por último, colocou a joia em si mesma. Estava um pouco torta, e Cecília contraiu os dedos, sem saber como ajustar de maneira não invasiva, nunca tinha sido uma garota que sabia se arrumar. Conseguia entrar em seus vestidos sozinha, fazia tranças simples e bonitas, mas para qualquer coisa diferente disso sentia que tinha dedos desajeitados feitos de linguiça.

— "Hoje" não se aplica muito bem aqui, minha querida capitã. — Cecília torceu o nariz, ainda sem estar acostumada com a falta de termos temporais, e Ivy continuou: — Esses diademas representam nossa herança astral. Em alguns momentos, é como se todos os planos estivessem um pouco mais perto de nós. Alguns veem isso com o alinhamento dos planetas. Em outros mundos é marcado por um eclipse ou uma chuva de meteoros. Aqui, é o nosso jeito de celebrar o infinito.

— Estão comemorando a eternidade? — Soren interveio.

— São conceitos bem diferentes para nós. Podemos testemunhar o infinito, mas ninguém aqui conhece a eternidade. Somente Chronus tem essa capacidade.

— Quem é esse? Achei que vocês fossem imortais. — Nero cruzou os braços, a luz de alguma fogueira chegando até seu rosto.

— O soberano do tempo, naturalmente. Acho que já comentei sobre ele quando chegaram aqui.

— Ivy, minha estrelinha favorita, a gente viu coisas bizarras demais até agora pra se lembrar de todos os detalhes do que você contou — comentou Nero, mordiscando uma fruta intensamente verde. Se dissessem que ela tinha sabor de aurora boreal, faria sentido.

— Posso fingir que não me lembro da sua história com Soren se quiser ouvir tudo de novo? — a estrela brincou, caminhando pelas tendas tão coloridas que parecia que o céu era feito de tecido.

— Claro — Nero respondeu.

— E como você testemunha o infinito sem ser eterno? — Soren claramente estava mais interessado na diferença entre os conceitos.

— Se você coloca um espelho em frente ao outro... — Ivy tirou dois espelhos do bolso como se sempre tivessem estado lá. Foi um truque que os fez sorrir, apesar de o toque dos dedos na Ampulheta ainda lhe causar desconforto. Segurou um espelho, refletindo o festival, e colocou o outro em frente, permitindo que o eco da imagem se formasse. — Você tem o infinito em um instante. — Ela abriu um sorriso satisfeito de quem tinha vencido com seu argumento. — E a essência de *qualquer ser* é imortal, não é um privilégio nosso — Ivy concluiu como se fosse óbvio.

— Se eu não consigo entender isso, há pouca esperança para aprender o seu idioma.

Cecília abriu um sorriso sem graça e passou a mão no rosto, sem saber o que fazer com a angústia crescente. As informações que tinha sobre a linguagem do Cosmos *quase* faziam sentido, mas alguma coisa ainda não encaixava. Andou sozinha a esmo, pedindo licença aqui e ali, ouvindo idiomas que se pareciam com o dela, embora nenhuma palavra fizesse sentido e a maioria parecesse o som etéreo que Ivy fazia quando usava a própria língua.

A garota pegou em uma tenda um pequeno pote com vários cubos coloridos, parecidos o suficiente com uma salada de frutas, e seguiu a música adiante. Ela queria estar perto de algo familiar, e assistir a uma canção existindo era conforto o bastante para ela naquele momento. Na música, sabia o que fazer, e não se sentia tão perdida como quando tentava entender a língua das estrelas.

Para sua surpresa ao provar o quitute, o sabor era salgado e parecido com camarão apimentado. Não era sua comida favorita, mas estava saboroso o suficiente para esvaziar o pote enquanto tentava seguir a melodia. Não vinha de um só lugar, mas de vários, o som fluindo em todas as direções, fazendo-a andar até a areia entrar em seus sapatos, pinicando seus pés.

Cecília tateou a joia na testa, sentindo a gota no centro, e procurou mais uma vez pelo sinal de instrumentos, músicos ou qualquer coisa familiar. Andou por vários minutos até as tendas ficarem passos atrás. Revoltada, jogou o pote no chão, e ele desapareceu como se jamais tivesse existido.

Nada ali fazia sentido para sua limitada mente humana, e se sentir burra e indefesa era a pior sensação que tinha experimentado. A garota deu um grito contra a própria mão e olhou para cima, sabendo que não encontraria as estrelas. Estava em volta delas, mas podia perfeitamente estar no mar à deriva.

Talvez não tivesse sobrevivido à tempestade, e esse fosse o *além*. Fazia mais sentido do que, bom... qualquer outra explicação.

A garota humana só sabia que não estava morta por um motivo, que estava ao seu lado. Ela. Seu perfume a fazia *querer* estar viva, e as poucas vezes em que se tocaram foram o suficiente para saber que não era o *post mortem*, tampouco um sonho.

Então por que uma parte dela se sentia no paraíso?

— Você é rápida pra uma baixinha.

— A gente tem a mesma altura.

— Não tem não. — Como se alguém ligasse para os poucos centímetros a mais. — Quer me falar por que saiu correndo?

— Queria ouvir música. — Cecília gesticulou em volta mostrando o nada que tinha encontrado, frustrada. Ivy chegou até o seu lado, e parou.

— Mas ela está tocando em toda parte no festival.

— Ok, eu queria *ver* a música. Não sei de onde ela vem, e não faz sentido. A música é uma onda física, eu deveria poder ir na sua direção sem parecer uma tonta.

— Te falei que a música aqui funciona de um jeito diferente. Ela é... um reflexo da mente de quem está presente. Isso se mistura com o ambiente, com a nossa cabeça, e a música *existe*. Ela não é criada. Eu nem sei se nós estamos ouvindo a mesma coisa, para ser franca.

— Como pode isso ser tão lindo e tão triste ao mesmo tempo? — Cecília não sabia que era possível se sentir cansada de tanto estar fascinada. Tudo ali a desafiava até o limite das maravilhas que existiam nas lendas e cantos de bardo, mas talvez ela não fosse feita para tais histórias, então.

— Não sei.

— Achei que soubesse de tudo.

— Deve ser solitário saber de tudo. Mas também acho que música faz mais sentido quando ela vem de *alguém*. — Ivy hesitou, mas deixou as palavras saírem. — Quando vem de você.

— Alguma chance de um piano aparecer aqui?

— Agora mesmo, capitã.

— Não sabia que "agora" era uma palavra que vocês usavam.

— É tudo que a gente tem.

— E o passado e o futuro?

— São feitos de *agoras*. — A estrela deu uma piscadela.

Um piano profundamente preto estava diante delas, apoiado na areia do deserto, como se nunca tivesse estado em qualquer outro lugar. Cecília se perguntou se Ivy criava os objetos ou se os mudava de lugar, fazendo algo desaparecer em algum canto do universo. Ela ia perguntar, mas antes fitou a estrela que reluzia mesmo na escuridão daquela noite sem começo nem fim. O cabelo azul-escuro tremulava em volta de seu rosto, o único indicativo de que uma brisa soprava de algum lugar. As runas em sua pele pareciam mais brilhantes, o contorno cintilante se destacando em sua pele azul. Ivy encostou em uma das teclas do piano, mas não pressionou.

— Toca uma música pra mim. — Era uma afirmação e uma pergunta.

— Qual você quer ouvir?

— A sua favorita.

— É bem difícil escolher uma só — Cecília respondeu, sentando-se no banco. — Por que não toco a sua favorita? Você pode fazer a partitura aparecer, e eu tento meu melhor.

— Porque quero te conhecer mais — sussurrou.
— Funciona dos dois lados.

Cecília abriu um pequeno sorriso, parte por não acreditar no que dissera, parte por se sentir um tanto sem graça. Ivy se sentou a seu lado no banco comprido e não disse mais nada. Cecília pensou em algumas canções de que gostavam, e raciocinar o bastante para identificar uma favorita era tão complicado quanto parecia. Como se concentrar ao lado de uma garota bonita? Pior ainda, ao lado de uma estrela que tinha tudo de sublime e cósmico em sua essência. E agora tudo que ela queria era ouvir uma música tocada pelos dedos da outra. Ela pensou nas músicas que mais gostava de tocar porque suas mãos faziam um balé gracioso pelas teclas, e naquelas cuja melodia a transportava para algum lugar tranquilo.

Posicionou os dedos nas notas com a mão esquerda, iniciando um padrão melódico, lento e belo. Logo sua mão direita começou a acompanhar, em uma melodia que Cecília sempre pensava que era o mais próximo que já tinha testemunhado do paraíso. Ela usou os dedos de forma precisa e sábia, já havia feito o mesmo movimento inúmeras vezes ao longo dos anos. Não era uma música pedida em festas e soirées, mas eventualmente aparecia em recitais.

Ivy fechou os olhos, apoiando a cabeça em seu ombro, o que quase fez a humana se desconcentrar. A estrela tinha um sorriso despreocupado no rosto, desejando que aquele momento pudesse encaixar na definição de eternidade. Pensou que talvez o silêncio fosse seu aliado em manter aquele momento por mais alguns instantes, e quando Cecília parou de tocar ela a fitou sem uma palavra. Admirou o verde nos olhos da humana e o reflexo da esmeralda em sua testa. Seu rosto estava sério, prestes a dizer alguma coisa que faria a estrela a querer ainda mais, ainda que isso aumentasse seu ressentimento pelas mentiras que contara.

— Posso te ensinar uma música. Você quer? — Cecília sussurrou. — Assim você não vai precisar de mim para ouvir o que gosta.

— Acho que sempre vou precisar de você — ela respondeu, falando baixo demais. Cecília franziu a testa, sem entender, e Ivy se sentou no banco, com os ombros para trás — Eu adoraria. É o mínimo em troca das aulas de linguagem.

Cecília revirou os olhos e se levantou, ficando atrás de Ivy, seu perfume cítrico envolvendo o aroma de nuvens e sonhos da estrela. A garota pegou na mão da estrela como se colhesse uma flor rara e colocou a ponta dos dedos dela sobre as teclas.

— Repete o movimento que meus dedos estão fazendo — ela disse, e mostrou uma sequência nas teclas.

Seguiu a melodia por mais algumas notas, completando a música em um ciclo quase perfeito. Simples, mas bom o suficiente para uma primeira vez.

O calor da estrela parecia mais intenso quando estavam assim tão próximas, o rosto de Cecília ao lado do dela enquanto instruía cada mudança e consertava cada deslize, o perfume de mistérios se misturando à seda de sua pele cintilante. Seus rostos acabaram se encostando, e nenhuma das duas fez menção de se mover. Em certo momento, Cecília pegou na mão de Ivy para mostrar mais uma vez onde as notas certas estavam.

Finalmente, quando nem o Cosmos nem o tempo suportavam mais esperar, seus lábios se tocaram. Cecília viu então que o infinito era totalmente diferente de dois espelhos um de frente para o outro, e por um instante não se preocupou com o futuro. Já Ivy percebeu que teria a eternidade, e não seria o bastante para saciar esse beijo.

Ainda que o silêncio pairasse no ar, seus corações retumbavam em medo e fascínio, e aos poucos uma mesma melodia foi ouvida pelas duas. Uma canção do Reino Astral que tocava só para elas, enquanto seus destinos se entrelaçavam de um jeito que desafiava as regras do tempo.

Capítulo 31

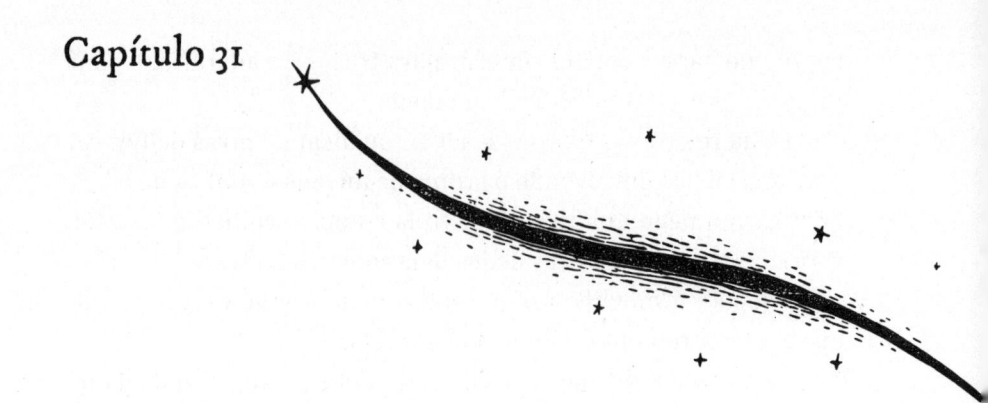

Alguns desejos se realizam como uma maldição

Há mais em comum entre um coração obstinado e uma alma caída do que se pode imaginar. À primeira vista ambos parecem distantes como opostos, mas é natural as extremidades se tocarem. E a teimosia unia o propósito nobre ao vil, tornando seu encontro inegável. Klaus não havia percebido que sua misericórdia o tinha deixado; ele só se sentia mais forte. Cecília não queria ter abandonado a missão, mas seu objetivo parecia mudar tal qual o mundo a sua volta.

A jovem capitã vagava pelo Reino Astral como uma criança que aprendia a ler, explorando as placas das flores em um jardim abandonado. O rei bastardo procurava cegamente por algo que nunca lhe pertencera, em troca de uma vingança que lhe fora imposta.

O pesadelo o levava nas costas, sugando a luz ao redor e abrindo caminho por Celestia. Os dois seguiam certeiros até a Cidade Errante, e, como não havia nada que desejassem além de recuperar a Ampulheta de Chronus, ela logo apareceu no horizonte. Primeiro como uma miragem, depois como uma seta.

Klaus tinha seus olhos nublados, nenhuma luz passava por eles desde que ativara a runa que havia lhe custado tudo que tinha em troca de tudo que desejava. Agora ele só via o rastro que levava até o objeto de que precisava e a pessoa que seria punida como sua primeira medida oficial como rei de Bosnore.

O rei percebeu o quanto gostava da superfície da areia assim que chegou ao deserto, porém uma parte dele sabia que ali lhe faltava o mar. A sucessão de dunas altas era um adorno de mau gosto, excessivo e opulento. Klaus fincou os pés em sua montaria maldita, apressando-a, como se correr interferisse na realidade. No Reino Astral o tempo era manipulado por muitas vontades e *quereres* simultâneos.

Ivy desejava que o tempo parasse. Klaus queria que fosse mais rápido. Cecília só queria entendê-lo.

Por fim, o aroma de especiarias veio de trás de uma torre alta que fazia sentinela diante de um festival cercado de estrelas, música e joias.

Sim, seus destinos estavam prestes a colidir. Esse é o momento da história que a gente sabe que não vai acabar tudo bem, alegre e perfeito, e isso é parte da vida. A boa notícia é que nesse instante três desejos foram realizados:

Ivy fez o tempo parar. Klaus decolou como o vento.

E Cecília, finalmente, *entendeu*.

Pausa

Ivy sentiu algo formigar em sua perna, o peso inquieto da Ampulheta a avisando de que algo ali se manifestava. Da última vez que usara o aparato para localizar os livros perdidos no Reino Astral sobre a estrutura do tempo, o poder do objeto havia sido forte demais para seu corpo, drenando quase toda a sua energia enquanto realizava o desejo de Cecília. Agora era como se a Ampulheta de Chronus realizasse um desejo *dela*. E pode parecer estranho, mas estrelas cadentes não estão acostumadas a ver seus caprichos se tornarem reais.

Seus lábios da cor lilás se afastaram de Cecília por um instante, o suficiente para contemplar os cílios escuros da garota abrirem seus olhos em um misto de transe, fascínio e tranquilidade. O piano ainda estava ali, em meio ao deserto, como se fosse parte da paisagem, e a música fluía como se fosse tocada de verdade.

Algo no ar, contudo, parecia estático. Permanente. Algo que ela jamais sonhara sentir antes. O Cosmos atrás de Cecília não parecia se movimentar, e, para testar sua teoria, a estrela roçou os dedos nos da humana e aguardou sua reação.

A garota retribuiu o gesto, afastando o cabelo azul e fino de Ivy de seu rosto, desenhando as linhas que já havia traçado mil vezes na mente, e a beijou novamente. Com mais certeza, mais determinação. O sabor doce invadiu suas bocas em um misto de aventura e novidade, e a estrela não desperdiçou seu toque com palavras. Não queria pensar em nada, apenas sentir, e foi isso que fizeram por uma hora ou pela eternidade, até hoje não sabemos.

Cecília sorriu, colando um último beijo na ponta do nariz da estrela, que recostou em seu pescoço, esquecendo que era fluente em mil linguagens. Nenhuma palavra parecia ser justa para quebrar o silêncio.

— Eu nunca achei que iria encontrar — Cecília sussurrou o fragmento aleatório de algum pensamento.

— O quê? — Ivy franziu a testa, confusa, fitando seus olhos.

— Não sei dizer. Uma sensação que eu tinha... bom, que eu tenho — ela se corrigiu — toda vez que o *Aurora* rompe o horizonte e não há mais terra à vista. Nunca achei que essa sensação de liberdade, medo e deslumbramento fosse ser algo que eu pudesse *tocar*. Achava que era um chamado, algo feito para poetas e partituras. — E Cecília olhou para cima, ainda sem perceber que o tempo estava suspenso, e disse de uma vez só, sentindo-se a mais corajosa das heroínas: — Até agora.

Ivy endireitou a postura, pegando a mão de Cecília em seu colo, ainda receosa de fazer qualquer coisa que pudesse fazer o tempo voltar a passar. Ficou em silêncio encarando os olhos verdes da humana, o delineado escuro que rimava com a noite perene atrás delas, e beijou o centro da palma de sua mão.

— Você não vai falar alguma coisa? — Cecília franziu o cenho. — Eu falei algo errado? — A garota começou a se preocupar. Ivy colocou o indicador sobre sua boca e abriu aquele sorriso de quem não oferecia respostas esclarecedoras.

— Eu não pararia o tempo por mais ninguém no universo. — A estrela sorriu.

Cecília levantou-se do banco do piano e caminhou em volta dele, a areia fofa parecendo rígida sob seus pés agora que não havia o tempo para se deslocarem. Pensou que era mais um desejo que Ivy realizava, não tinha como saber que era um efeito da Ampulheta roubada. Ela tocou uma tecla do piano, que não se mexeu. Pegou no próprio rosto, testando seus movimentos como se existisse pela primeira vez. Subiu na cauda preta do instrumento e estendeu a mão para Ivy, que usou as teclas como degraus até chegar aos braços de Cecília.

A humana pegou em sua mão e começou a valsar em passos pequenos sobre o piano, enquanto sua mente se esforçava para entender o sentido do que estava vivendo. Ela viu que o espiralado cintilante que parecia haver no firmamento estava paralisado, enquanto uma melodia etérea insistia em tocar. Rodopiou Ivy como vira tantas vezes acontecer nos bailes do palácio, e sorriu quando a dança imaginária terminou.

Deitaram-se sobre o instrumento, e ali, vendo o firmamento paralisado, Cecília sussurrou:

— Pode ser pura empolgação, mas pensei em um jeito de chegar ao seu palácio sem andar mais em círculos. E depois disso podemos ver uma maneira de fazer isso aqui funcionar. — A humana deu um beijo na estrela. — O que acha?

— Acho que você é brilhante — Ivy respondeu com o coração pesado em seu peito. Não haveria futuro ao voltar para o lugar do qual partira.

Capítulo 32

Correr contra o tempo nunca fez tanto sentido

O tempo escorregou e voltou a passar do jeito amorfo e inconstante que Ivy conhecia tão bem. Cecília ficou de pé no piano e observou o mundo a sua volta. O que era deserto começava a mudar, o som distante do mar batendo contra as rochas e o desenho das ondas subindo a linha do horizonte enquanto nuvens fofas e prateadas se formavam.

— Há uma chance de desencontrarmos de Nero e Soren, mas, se eu estiver certa, não será difícil encontrar com eles logo depois — Cecília murmurou em uma prece para si mesma. — As coordenadas estão ali, não é? Presas nas nuvens em mutação, esperando serem domadas. *Escritas*. — A jovem capitã apontou para a formação da névoa e traçou no ar alguns dos símbolos que Ivy fazia ao abrir os livros. — Não é um mero acaso.

— Nada aqui é. — Ivy abriu um meio-sorriso, admirando a forma como a humana descrevia o seu reino.

— Você disse que as nuvens contam histórias. Que *literalmente* é o jeito do Reino Astral de falar o que já aconteceu — Cecília afirmou, pela primeira vez compreendendo o infinito. — É o mesmo padrão que você tentou me ensinar; tem que ser, certo, Ivy?

— Elas contam histórias do passado e do futuro, como uma memória que funciona para os dois lados.

— Ivy, você não é um oráculo.

— Eu sei, mas nunca disse que eles não existem. É confuso demais ver o futuro, sempre nublado, sempre oscilando.

— Mesmo assim, por que não me contou sobre esses presságios de um jeito mais óbvio antes? Eu me senti burra por... sei lá quanto tempo.

— Não é tão simples, Cecília. Você não entenderia a linguagem do Cosmos se jamais tivesse visto os seus ensinamentos de perto.

— Mas o caminho para o palácio, o *seu* palácio, princesa, só é nebuloso por um motivo.

A fala de Cecília foi assertiva, e Ivy sabia que seu segredo não se sustentaria por muito mais tempo. A estrela abriu a boca, mas a humana interrompeu.

— Fala a verdade. Por que você não *quer* voltar se foi exatamente por isso que veio até mim? Se é por isso que eu, Soren e Nero estamos aqui.

— Eu não pertenço mais àquele lugar, Cecília. — Ela sentiu as verdades e as confissões se misturando, implorando para emergir. — Caí no *Aurora* porque fui banida.

— O quê? — Cecília arregalou os olhos.

— Você era a única que poderia me ajudar, e sei que talvez você nunca me entenda...

— Quem é capaz de banir uma princesa? — Indignação e confusão a tomaram.

Ivy engoliu em seco.

— A Dama dos Sonhos.

— Então ela pode se considerar derrotada. Vamos resolver essa situação também, não importa qual seja. Tô do seu lado, Ivy.

— Você não tem ideia do problema em que está se metendo, Cecília.

— Eu sabia que você seria um problema desde que apareceu. Mas você é *meu* problema, princesa. — Cecília deu um passo em sua direção e tocou seu rosto.

— Não mereço que me chame assim...

— Ei, não precisa ter medo de me contar nada. Vou estar do seu lado independentemente do que aconteça, entendeu?

— Cecília... — Ivy sentiu a verdade fermentar em seus lábios, porém uma voz grave cortou o ar:

— Quantas promessas belas, quantas promessas vazias.

A voz de Klaus tinha o som inerte, seus olhos vazios fitando o piano sobre o deserto.

O pesadelo de fogo que o rei usava como montaria iluminava sua aura de vermelho, e o som das ondas batendo ficou mais forte, o deserto se tornando uma orla inóspita e solitária. O frio da maresia preenchia as narinas de Ivy e Cecília, e logo o piano parecia flutuar em alto-mar, como uma jangada.

A garota reconheceu a criatura que a fizera revisitar suas maiores aflições e temeu se aproximar dela novamente. Tinha percorrido um longo caminho aprendendo desde admirar seu reflexo até o momento em que compreendeu, mesmo que de forma limitada, o infinito.

— E você, quem é? — Cecília franziu o cenho, falando mais baixo do que gostaria, cada fibra de seu corpo implorando que fugisse da criatura etérea que a atacou.

Ivy se colocou entre os dois, percebendo o rastro de luz que ligava a Ampulheta em seu bolso até o homem vingativo na frente delas.

— Ajoelhe-se e jure lealdade para Klaus I, rei de Bosnore.

Cecília se lembrou da insígnia do reino que havia nos livros de história e pergaminhos, a mesma que o homem a sua frente usava cravada no peito. Ela esperava que seus caminhos se cruzassem em breve e que uma aliança fosse selada, porém jamais naquele lugar. Jamais no *Reino Astral*.

— Majestade, eu sou capitã na marinha de Realmar e vim em nome da Coroa firmar nosso tratado de paz... — Cecília improvisou, não entendendo bulhufas de como ele havia chegado ali. — Estou agora mesmo a caminho do seu reino para cumprir a palavra de Traberan. O artefato está em segurança...

— Mentiras não vão lhe conceder misericórdia, menina.

— Vossa Majestade está falando com Lady Cecília Cerulius, capitã do *Aurora* e Conquistadora de Estrelas. Em nome do meu reino, afirmo que Traberan é uma aliada e peço que reveja suas palavras hostis.

Um vento etéreo levantou seus cabelos, o Reino Astral pela primeira vez se transformando com a energia da humana, que era uma pirata, uma dama da realeza e uma sonhadora incurável.

— Traberan é uma terra de mentirosos, oportunistas e covardes. Mas não é você que vim buscar, Lady Cecília. Ela vem comigo. — Klaus apontou para Ivy, e, como se estivesse cansado das formalidades, cavalgou em direção à estrela.

— A gente precisa sair daqui — Cecília afirmou, a voz em pânico e apressada.

A realidade se distorcia a sua volta, a areia onde o piano estava apoiado cada vez mais escorregadia, as ondas começando a bater forte nas laterais.

— Como? — Ivy suplicou.

Klaus estava perto demais, o ar quente saindo das narinas do pesadelo de olhos vermelhos como um lembrete de que o fim estava próximo.

— Preciso de um... — Cecília olhou em volta, apressada. Estavam sobre o pesado piano, que se equilibrava na água desajeitado, mas uma capitã sabia como reconhecer qualquer alteração na maré. — De um remo! Você consegue me dar um remo? — a garota gritou.

Em instantes, um remo prateado estava em sua mão, encravado com pequenas estrelas em toda a sua extensão. Não que Cecília tivesse tempo para admirá-lo, pois salvar Ivy era a única urgência em seu peito.

A areia logo se tornou mar completamente, e humana e estrela se distanciaram do rei sem trono como uma jangada que se afasta da praia rápido demais. O pesadelo não ousou tocar na água, ainda sem saber como dominar o elemento. Cecília tentava assimilar o mais rápido possível os arredores instáveis, mas era inegável: a realidade já se moldava com nuvens douradas e fofas que se formavam como montanhas no horizonte.

A garota estendeu o polegar na altura dos olhos, tentando entender o padrão que se formava ali. Desenhou no ar, com movimentos amplos e soltos, uma palavra que ela não conhecia, que não saberia jamais pronunciar em voz alta e que alguma parte muito primordial de sua alma sabia que significava *fortaleza*. Casa. Prisão.

Palácio.

Enquanto o cavalo das trevas desaparecia no horizonte sobre a areia, Cecília pensou em Nero e Soren. Em Lua, que estava com eles, e se ressentiu ao perceber que os biscoitos favoritos da gata estavam em seu bolso. Pensou em Sabrina e May segurando sua filhinha, e em todo o belo reino que ela iria herdar para cuidar um dia. Cecília não sabia, tampouco se importava com quanto tempo havia passado, mas agora ela estava distante de Klaus e de todos que conhecia. Um ponto perdido no infinito, em direção a algum lugar que, com sorte, resolveria o caos que sua vida havia se tornado.

— No que você está pensando? — Ivy perguntou, ainda em choque. O vento frio cortava seu rosto, o cabelo azul longe da face como uma nuvem particular.

— Em como eu mesma estou colocando tudo isso a perder neste exato momento... Se a Princesa Sabrina tivesse partido pela manhã, ela não teria passado pela tempestade. Já teria selado um acordo de paz com Bosnore e nada disso estaria acontecendo.

— Não acho que era paz o que ele estava procurando, Cecília.

Então um estalo passou pela mente da humana.

— Não. — Ela olhou em seus olhos azuis, e pela primeira vez reparou que algo parecido com culpa estava na superfície. — Não era. Você o conhecia, Ivy? — A estrela permaneceu em silêncio, já perdida na quantidade de mentiras e verdades que tinha compartilhado. Não podia mais confiar na memória para pintar seu melhor retrato para Cecília, mas a humana insistiu. — Pela primeira vez desde que cheguei aqui as coisas estão começando a fazer sentido, e preciso que você me explique que merda está acontecendo!

— É impossível dizer se a Princesa Sabrina teria selado um acordo de paz. Você provavelmente salvou a vida dela.

— Você só está dizendo por dizer. — Cecília balançou a cabeça.

— Bom, você salvou a minha. — Ivy sorriu, e Cecília pegou sua mão e colou nela um beijo. O primeiro gesto paciente que fez desde que começaram a fugir.

— Foi pura sorte o *Aurora* ter passado ali na hora certa, não planejei isso. Caso contrário você teria caído na água, então só por isso... Acho que já valeu. Só não queria afundar meu lar por causa das escolhas que fiz, mas as coisas parecem cada vez mais complicadas. — A humana parou um instante de remar, só assim percebeu o quanto seus braços doíam.

— Você não é culpada pelo que está acontecendo. Klaus não parece mais ser quem ele era.

— Então você o conhecia? *Esperava* por ele? É por isso que foi banida?

A maresia de um irritante alvorecer pintava o mundo de dourado, a luz refletindo a esmeralda no diadema de Cecília.

— Nós vemos muito aqui de cima, mas cada um escolhe um ponto para observar. Mas eu não esperava por ele... esperava por você. — E Ivy continuou, pois sabia que em breve Cecília não iria mais querer ouvir sua voz: — Então me perdoa por tudo que fiz, porque não me arrependo de nada que a gente viveu.

— Você está me assustando, Ivy. Por que está pedindo perdão? — Cecília puxou sua mão de volta, continuando a remar enquanto o amanhecer irrompia.

— Porque eu preciso. Enquanto você ainda gosta de mim o bastante para me dar ouvidos. — Sua voz tremeluzia. — Não foi um acaso ter chegado até o *Aurora*.

— Como assim? A gente acabou de falar que foi sorte. — E Cecília acreditava mais no poder da sorte do que no destino, ou em coisas frágeis como coincidências.

Pensava que tudo na vida era como um rolar de dados, e que a sorte escolhia seus favoritos como aliados, tal qual um padrinho ou um patrono. Se a humana fosse menos determinada, ela pediria que a estrela não falasse nada. Uma sombra passou por seu coração, na certeza de que o que ela iria ouvir mudaria tudo.

De fato, a garota estava começando a compreender o tempo que funcionava de trás para a frente e de frente para trás, sua memória sendo capaz de atravessar coisas frágeis como a "ordem dos acontecimentos" para vislumbrar, no futuro, o que já havia acontecido. Todos os momentos eram parte da mesma coisa: passado, presente e futuro em um aquário que distorcia o tamanho e a posição dos peixes e objetos, inegavelmente pertencendo ao mesmo conjunto.

— Eu buscava por isso. — Ivy colocou a mão no bolso do vestido e usou mais força do que pretendia para tirar a Ampulheta de lá. O objeto parecia escoar mil galáxias em um fluxo próprio que nada tinha a ver com a gravidade.

A luz nos olhos de Cecília se apagou, e a garota soltou a mão da estrela como um reflexo.

— Você me roubou. — Não era uma pergunta.

— A Ampulheta de Chronus nunca pertenceu a Bosnore. Nem aos humanos. É um artefato do Reino Astral que passou tempo *demais* na sua dimensão. É por isso que estamos ruindo.

— Agora sim, tudo faz sentido! — Cecília bateu palmas. Seus olhos estavam arregalados, brilhantes contra um perene amanhecer.

— Deixa eu explicar...

— Você realmente conseguiu me ludibriar. Minha desconfiança estava certa desde o início.

— Não é roubo se é seu. Você pensava assim!

— Não use minha lógica contra mim. Uma parte de mim ainda quer achar que você não me enganou, e que esse objeto é diferente do que eu estava guardando no *Aurora*. O que mais me dói é que eu *quero* acreditar nisso. Foi por isso que você afirmou com tanta tranquilidade que ninguém o roubaria na minha caravela. Porque você já tinha feito isso. E, já que foi banida, quer comprar sua passagem de volta para herdar o trono, certo? E tudo que você precisou fazer foi me transformar em uma completa idiota!

— Nunca quis te enganar, Cecília, essa é a única verdade que eu tenho.

— Não fale de "verdade" como se conhecesse o real significado dessa palavra. Você pode saber a linguagem do Cosmos, mas ela não adianta se não for real, *princesa*!

— Eu não sou uma princesa. Não sou ninguém neste reino, nem em nenhum outro! — Lágrimas cintilantes corriam pelo seu rosto.

— É, sim. Uma traidora! Aposto que deve existir uma palavra universal pra isso. — Cecília segurava o remo, continuando a mover o piano pelo oceano astral, as forças voltando devido à raiva e à decepção no seu sangue. Ela precisava chegar a algum lugar, sair dali, desaparecer para sempre.

— Eu não te traí, Cecília.

— Me manipulou. — A garota apontou para o próprio peito, os olhos vermelhos em fúria enquanto sua voz quebrava, sem querer acreditar no que dizia. — Mentiu pra mim de novo e de novo!

— Não sobre o que importava. O que a gente viveu foi *real* — a estrela suplicava.

— Beijo nenhum vale o preço de destruir o meu lar. — Não importava quão inebriante ele fosse, ela omitiu. — Qual era o seu plano, Ivy? Ficar no palácio, me deixar voltar para *Aurora* e navegar até Bosnore *sem* a Ampulheta e depois até Traberan com uma promessa de guerra contra o meu reino?

— Eu jamais deixaria algo ruim acontecer com você! Ou com Nero e Soren.

— E com a minha mãe? Meu pai? Meu irmão, minha governanta? Você não é a única que observou as pessoas existirem. Pode até saber dos nossos segredos, mas está claro pra mim que não sabe absolutamente *nada* sobre amar.

Ivy pensou em rebater, dizer que amava a música e o jeito como Lua andava entre suas pernas. Que amava realizar pequenos desejos bobos que surgiam na tripulação do *Aurora*: um bolo quente e fresco, uma almofada que não deixava a cabeça escorregar.

Porém, pensou que isso era muito pouco, e que de fato ela não sabia nada sobre o amor. Nunca tivera vínculos com nada nem ninguém, e, como o futuro não existia, também não havia tido a preocupação necessária para prevenir uma guerra de chegar até o reino de Cecília.

Fazer planos era algo extremamente humano, e observá-los não fazia a estrela *pensar* como eles. Então ela se calou. Criou mais um remo, e ajudou Cecília a remar em direção às nuvens. Via o formato que a garota havia desenhado no ar, e como as nuvens pareciam se moldar a ele a cada instante, criando uma silhueta cintilante que as orientava.

Em pouco tempo, um feixe de luz insistente e dourado cortava as nuvens em uma linha reta, e Cecília sabia que estavam chegando. Atrás da neblina densa estava uma torre gigantesca e branca, com uma cúpula escura apoiada entre rochas que deveriam ser ancestrais. A água do mar parecia flertar com tons de roxo e lilás conforme o piano, flutuando pelo infinito, se aproximava do lar da Dama dos Sonhos.

— Este é seu palácio? — foi tudo que Cecília disse, sem emoção.

Ivy apenas assentiu, seu coração apertado por ver o lugar que tanto evitara desde que chegara a Celestia. A estrela sabia que, uma vez que entrasse ali, estaria tudo acabado. Elas se separariam para sempre, e Ivy seria forçada a ver Cecília seguir com sua vida sem jamais ser a causa de sua risada novamente.

Para as duas, um palácio era o mesmo que uma prisão. Um destino que nenhuma delas havia escolhido e, ainda assim, uma eterna intercessão separando-as de seus verdadeiros sonhos.

Cecília fitou a estrela, o olhar melancólico e arrependido que tinha ao remar, e se repreendeu por achá-la tão linda. Se detestou por querer abraçá-la e dizer que ficaria tudo bem. A última coisa que precisavam era de mais uma mentira.

As nuvens cederam até se tornarem uma fina neblina dourada, e a falsa sensação de tédio e calmaria a fez esquecer por um instante que estava sendo perseguida. A humana que havia aprendido a entender a língua das estrelas agora observava o amanhecer diante de terra firme, e olhava para cima contemplando o lar de Ivy, da Dama dos Sonhos, da Ampulheta ou do inferno que fosse.

— Eu não imaginava que o seu palácio fosse um farol — a garota falou, fitando a estrela enquanto recolhia o remo.

— É a primeira vez que o vejo assim — Ivy confessou, como se fosse improvável. Como se ele já tivesse se parecido até com a droga de um repolho gigante, mas jamais desse jeito.

As duas desceram do piano, escalando as pedras até o gramado que levava ao muro do farol.

— É aqui que te deixo, princesa. Mas antes você tem algo que preciso levar comigo. — Cecília estendeu a mão, odiando o que teria que fazer em seguida. — Me devolve a Ampulheta, Ivy.

Capítulo 33

Nada pior do que escolhas difíceis antes do café da manhã

— Capitã, pode me odiar para sempre, mas não pode me condenar por ter o mesmo objetivo que você.

O jeito como ela falou. Como Ivy ousava chamá-la de "capitã" quando Cecília estava o mais longe possível de sua caravela e das águas que um dia havia jurado que eram suas? Como ousava chamá-la de um jeito que fazia uma provocação parecer uma prece? Como ousava feri-la com a única arma de que não poderia se defender — o seu olhar?

— A Ampulheta nunca pertenceu ao seu mundo, e sem ela o meu está desmoronando. E o seu também vai, logo depois. — O corpo de Ivy começou a cintilar em um azul anil, e como se a parede do farol não significasse nada, seu braço começou a atravessá-la enquanto ela falava.

— Você vai condenar toda Traberan se desaparecer com a Ampulheta. Todo o mar e toda a terra! — Cecília implorou, enquanto podia vê-la. Pegou em sua mão, querendo puxá-la de volta por mil motivos. A garota sentia raiva, mas não podia aceitar que iriam se despedir assim. Que seria a última vez que brigariam.

— É isso, ou condenar todo o céu. Mas, quando você olhar para cima, saiba que estarei pensando em você.

— Isso não chega nem perto do suficiente... — Cecília perdeu as palavras ao ver a estrela desaparecendo.

A parede cilíndrica branca era muito maior agora que a garota estava ao lado dela. No oceano astral a seu lado, o piano já flutuava seguindo a maré incerta, e o céu acinzentado anunciava tempestades. O vento parecia algo similar ao que Cecília conhecia, e ela arriscou fechar os olhos por um instante e senti-lo. Deu a volta em torno do farol, procurando uma porta, uma escada, qualquer entrada para tentar seguir Ivy. A garota já suava quando completou a terceira volta, sem encontrar nada, cada vez mais cansada e sem esperança.

No céu, nuvens mais densas tomavam forma, e em um ponto comum no horizonte estava um cavalo feito de fogo e fúria, levando o rei sem coroa em sua direção. Cecília queria Klaus como um aliado, queria Ivy como sua... bom, como qualquer coisa melhor do que uma mentirosa, traidora e ladra de corações. Mas ninguém aparentemente estava querendo colaborar, sentar e conversar como seres humanos e celestiais razoáveis. Um pensamento fez cócegas em sua mente ao notar que estava soando como sua mãe.

Cecília não sabia se ele podia vê-la, até então parecia que estava seguindo o rastro da Ampulheta.

De Ivy.

A garota precisava encontrá-la antes dele, agora mais do que nunca.

Tentou se lembrar do que havia aprendido sobre a linguagem do Cosmos. Se podia traçar coordenadas nas nuvens, talvez pudesse criar uma passagem. A garota se concentrou em tudo que entendia como *porta*.

A porta do armário no escritório de seu pai, onde ouvira os primeiros segredos que a levaram até ali.

A porta de seu quarto na mansão Cerulius, que tentava moldar quem ela deveria ser no Reino de Traberan.

E pensou na sensação de atravessar a porta de seus aposentos no *Aurora*, revelando para seu coração quem ela queria ser para o mundo: uma capitã corajosa, aliada das marés, que conhecia a verdade das lendas. Que havia se tornado uma delas.

Ela queria ser alguém que frequentava algo além dos portos e salões de bailes: os lugares para onde ninguém olhava duas vezes. Aqueles que guardavam segredos desinteressantes e histórias perdidas em paredes e cômodos desarrumados.

Cecília tocou na superfície gelada do farol, e algo ali formigava. A própria essência do Reino Astral, implorando para mudar de forma. Energia bruta, esperando para ser moldada. A garota começou a desenhar no ar com a ponta do dedo. Parecia tola, nenhum símbolo brilhava em sua mão, nem o vento parecia levantar as mechas soltas de seu cabelo. Mas aquilo não era um espetáculo de ilusões, era sua vida e a de todos de seu reino que estava por um fio, em um lugar em que o tempo não passava, mas que de algum jeito agora estava acabando.

Nenhuma porta apareceu diante de seus olhos. Contudo, tal como uma passagem secreta, com um empurrão de sua mão a jovem capitã ouviu um *clique* e atravessou a parede, entrando no palácio. A essa altura, a garota não esperava mais uma escadaria ou por um caminho lógico para encontrar Ivy. Se preparou para entrar em um deserto, para nadar no mar turbulento, até mesmo para correr em uma floresta.

Nunca para o que ela realmente viu. Jamais para a familiaridade daquele cômodo, que estava tão distante, quase em outra vida.

Cecília Maria Angélica Cerulius entrava agora no quarto que tinha na mansão onde crescera. Estava na residência do marquês e da marquesa.

Cada parte de sua mente entendia "casa", mas nada em seu coração dizia "lar".

Capítulo 34

Preces perdidas

Há promessas na infância, quando a vida e o futuro parecem coisas mais simples. Uma calmaria própria das marés tediosas que acompanham os dias longos em que um menininho se torna um adolescente. E subitamente você é velho o bastante para entender as regras do mundo em sua totalidade. Basta uma vela a mais no seu bolo para que você assuma as responsabilidades da família. Uma volta em torno do sol, e à meia-noite um garoto se torna um homem.

Para Klaus, esse dia chegara quando ele era tão novo que não havia aprendido a contar até cem. Ele nascera sabendo que era príncipe e plebeu, merecedor de tudo, e dono de nada. Nunca fora rodeado de carinho, apenas de desdém, vindo daqueles que jamais enxergariam o valor de um bastardo, ou de paparicos cegos, dos que sabiam que o moleque era o único na linha de sucessão, mesmo sendo uma opção precária e vergonhosa.

Exceto por *ela*, a sereia dourada que era sua melhor amiga, a melhor parte de seu coração.

Klaus mergulhava com frequência, fosse para fugir dos olhares entrecortados no palácio decadente, ou da pressão de ser o único pivete da cidade com alguma influência e com recursos melhores que pau e pedra. Começou testando seu próprio fôlego, até encontrar a bendita alga que permitia ficar longos períodos debaixo d'água. Procurava por tesouros que não eram feitos de metal, ouro ou pérola. Flores com formatos que só existiam no balanço do mar, texturas diferentes nos corais, cardumes coloridos. Até que, um dia, a viu. Deitada em uma pedra, perto demais da superfície para seu próprio bem: a criatura que era objeto das lendas de fascínio e terror.

O príncipe plebeu não duvidara de que uma palavra de seus lábios pudesse compelir uma pessoa a dar sua vida por ela, pois bastara um olhar em sua direção para que ele jamais quisesse desviar para qualquer outro lugar.

O que ele não sabia é que havia algo nele que fizera a sereia se aproximar. Algo nele parecia perdido, como as partes de si que jamais encontramos. Nada em seu aspecto físico lhe dizia que era um príncipe, a julgar pelas roupas de segunda mão e pela falta de adornos, mas seu jeito de se mover era próprio de quem vivia no palácio. A sutileza da reverência que ele havia feito com a cabeça, ainda mais lenta debaixo d'água, tinha incentivado a sereia a se aproximar. A acenar. A sorrir.

Naquele sorriso, ele dera graças pela alga gosmenta que havia ingerido, caso contrário teria perdido todo o ar e se afogado.

Daquele dia em diante, a sereia e o garoto criaram uma forma de conversar só dos dois, usando gestos e olhares, refinando a comunicação a cada ano que se passava. A sereia jamais tinha saído da água para conversar com ele, não arriscava o movimento tão perto assim da terra firme.

E agora, uma década depois, em alto-mar, a sereia assistia ao amanhecer nublado da superfície, o desenho das nuvens nítido como jamais era nas profundezas. Ela observava o rastro que ligava Bosnore até os céus, a ponte invisível criada por Chronus, e sentiu seu coração encolher.

Reconhecia maus presságios quando via um, e pela primeira vez na vida, como se seu amigo pudesse ouvi-la e lhe obedecer, ela disse seu nome em voz alta. A palavra nunca tinha sido pronunciada, mas era um caminho que seus lábios sabiam.

— Klaus... Volta pra casa. — A sereia lembrou que ele jamais tivera uma. — *Volta pra mim.*

Mergulhou, agora em direção ao coração do oceano. Precisava de respostas, precisava fazer alguma coisa enquanto testemunhava o início de uma era sombria no mundo. Se arrependeu por ter compartilhado o que sabia sobre a Ampulheta de Chronus, por achar que ele teria uma *escolha* antes de fazer o pacto que cobraria seu preço. Normalmente, acordos no fundo do mar eram fechados com ambas as partes sabendo o que estava em risco, e ele erroneamente assumira que na superfície também seria assim.

A sereia dourada nadou pelas correntes mais velozes, tal qual apenas a soberana do oceano faria. Precisava ser rápida se quisesse chegar à misteriosa República de Nanrac a tempo. A mítica ilha não abrigava um povo, mas o poder dos governantes das profundezas, e ocasionalmente subia à superfície, apenas para receber alguns poucos humanos que possuíam convite para entrar.

Era circular, as largas ruas dispostas como a espiral de uma concha, anéis organizados segundo aquilo que ofertava e escondia. Nos círculos mais largos, podia encontrar produtos da superfície e dos sete cantos dos mares; quanto mais se aprofundava em Nanrac, mais raros ou perigosos eram os itens, até chegar, finalmente, ao centro da república, ao qual apenas os governantes possuíam acesso. Era lá que as decisões eram tomadas, acordo, feitos, ou guerras, declaradas. Sempre por meio de um cumprimento e de um acordo selado.

Se a sereia fosse uma criatura do mar qualquer, poderia explorar apenas o primeiro anel, como faziam vários seres interessados em frutas terrestres ou bugigangas curiosas, porém ela precisava de algo mais específico. Algo raro e poderoso. Algo que seria um grande erro, e sua única solução.

A sereia não fazia isso apenas por Klaus, mesmo que uma parte gigantesca e considerável de sua motivação fosse *culpa* por ter indicado um caminho que o destruiria, mas porque ela percebera que o brilho das estrelas começava a *falhar*. Não era o tipo de coisa com que o povo do mundo submerso costumasse se preocupar, tendo uma infinidade de luminescências no próprio território, mas nossa sereia era apaixonada por ir até a superfície e observar os astros. Sabia que as constelações se movimentavam como seres sencientes e enxeridos, e agora elas pareciam estáticas. Havia algum tempo não se comportavam de forma natural, e agora pareciam... *evasivas*.

Uma parte dela não negava a realeza que corria em seu sangue, e a responsabilidade de ser a herdeira do trono do mar gritava nesse momento. Ela não precisou falar uma palavra ao nadar pelas passagens cada vez mais estreitas de Nanrac; todos sabiam quem era Pérola Solare, princesa herdeira do mar de Cascais até a costa do Arco-Íris (praticamente a volta ao mundo; havia um ou dois territórios que não aceitavam a soberania da princesa, mas nesse momento da história eles não estavam fazendo nada de interessante).

Pérola não olhou duas vezes na direção das reverências que aconteciam como um dominó, parando um pouco depois da metade do caminho até o centro de Nanrac. O que ela buscava era um item de uso pessoal, apesar de extremamente perigoso. Atravessou uma cortina de algas escuras até uma pequena tenda abarrotada de frascos e potes. Tudo ali parecia vivo, mas não de um jeito saudável: como se estivesse nascendo — ou morrendo.

Formas com tentáculos, carapaças, ou abstratas como bolhas, se debatiam no pequeno espaço de vidro, algum tipo de comunicação doentia acontecendo enquanto o responsável pelo setor vinha cumprimentar a princesa.

— Que prazer em servir a realeza hoje. — O topo de sua cabeça era triangular, e seus membros eram muito mais compridos e finos do que qualquer coisa que Pérola já havia visto. Ele alcançava o topo das prateleiras mais altas sem precisar nadar para se deslocar. O espaço ameaçaria riscar a superfície, se eles não estivessem tão nas profundezas. — O que procura, Alteza?

O respeito estava em suas palavras por pura formalidade; nenhuma reverência foi feita. Pérola sabia que metade de seu arsenal poderia derrubar o reino de terra e mar, mas o vendedor era um mago agente do Caos. Estava ali para fornecer itens que ajudariam sua patrona, a Deusa Eris, a se manter entretida, sendo a principal patrona de objetos amaldiçoados.

— Preciso me tornar humana — ela se apressou, sabendo que era proibido. — Apenas por algumas horas — explicou, como se suavizasse seu crime.

— Você é como a Rainha, não sei por que estou surpreso. — Sua mãe havia feito isso uma vez e tido uma filha com um pirata humano. Após a façanha, todas as formas de executar o feitiço foram banidas por seu pai, quando ela finalmente voltara para o mar e precisara assumir suas responsabilidades para com o trono e se casar com o rei do oceano. — Infelizmente não é o tipo de "medida temporária" que podemos oferecer.

— Eu posso pagar — Pérola declarou entre dentes; estava acostumada a ver as coisas saindo do jeito que ela queria.

— Oh, criança inocente. Sabe que Nanrac não valida a moeda volátil que costumam usar. Sabemos que quer se tornar humana para salvar o herdeiro de Bosnore.

— Como sab...?

— É a república regida pela troca de informações e segredos, querida. Uma princesa do mar apaixonada por um humano com sangue plebeu é um conhecimento valioso, que possuo há um tempo.

— Se não pode me ajudar, não continuarei aqui ouvindo absurdos. — Ela não negou estar apaixonada; não fazia sentido naquele momento tentar dissuadir o mago.

— Eu posso te transformar em humana. — Ele soltou um longo suspiro. — *Para sempre.*

Pérola engoliu em seco. Ter pernas e caminhar na superfície nunca havia sido um desejo seu; ela era apaixonada pelo balanço das ondas do mar, por mergulhar até se perder nas profundezas, por observar o recife de coral por horas a fio enquanto os raios de sol o iluminavam.

— Isso é um absurdo.

— É a única oferta que você vai encontrar para salvar o Príncipe Klaus.

Pérola fingiu que não ouviu e nadou pelas algas que encontrou, distanciando-se da tenda. Deveria haver algum outro lugar em Nanrac com a solução para seu problema.

Capítulo 35

Me acostumei com coisas sem sentido há muito tempo, mas tudo tem um limite

As coisas pareciam estar no mesmo lugar em que estavam na noite anterior a sua partida. Eras antes, dias antes. Contar o tempo havia perdido o sentido de tal forma que Cecília já se contentava em apenas existir. De um jeito torto, ela estava mais confusa do que nunca e o mais certa de si que se sentira em toda a sua vida. Tinha acabado de usar a linguagem do Cosmos e de *manipular* uma fração da realidade com seu próprio conhecimento. Se não fosse pelo caos emocional e político de sua vida, ela teria certeza de que conseguiria fazer qualquer coisa.

A caneta-tinteiro que usara para escrever o bilhete entregue a Nero, e as cartas para seus pais e para a Princesa Sabrina, estava destampada em cima da mesa. Cecília tocou na ponta, ainda molhada, a tinta fresca como se não tivesse sido esquecida, uma viagem ao passado inesperada. A garota temeu encontrar consigo mesma ao entrar no quarto, as ideias absurdas parecendo tão irremediavelmente familiares agora.

Antes de tudo começar, ela olhava para o que não conhecia e perguntava: por quê?

E agora fazia muito mais sentido questionar: por que não?

Cecília passou a mão pela colcha em sua cama, reconhecendo os bordados floridos que eram a marca da família Cerulius, a almofada favorita onde Lua costumava dormir, ainda quente, e, contudo, não encontrou nenhum sinal da gata em lugar algum pelo quarto. Lá fora entardecia, e ao espiar pela janela Cecília não encontrou nenhum sinal de vento, nenhuma folha se mexia. O ar estava estagnado, como era dado aos dias mais quentes do verão.

Abriu a porta de seu armário, observou os vestidos que haviam sido confeccionados para ela, jamais *por ela*. Foi nesse momento que Magda entrou, já apressando a menina para se trocar e jantar, afinal todos esperavam por ela lá embaixo.

De alguma forma, aquilo fez sentido para Cecília. Uma parte dela – a parte inocente, que acreditava em lendas e unicórnios em outros continentes – ansiava pela normalidade de jantar com os pais, em uma casa que ela conhecia, em um horário que fazia sentido. De repente, ela sentiu fome como se jamais tivesse se alimentado na vida e escolheu um vestido verde como seus olhos para o evento. A governanta agilmente ajudou a garota a se trocar, mas Cecília interrompeu o movimento ao ver o espartilho. Buscou uma longa faixa de tecido preta e deu algumas voltas na cintura, até dar um nó simples na lateral do corpo. Nada de laços nas costas, nem algo apertado. Em seu mundo, em sua realidade, Magda não permitiria que a caçula dos Cerulius se apresentasse de forma tão desleixada para a família, mas nessa cena ela nada fez. Apenas sorriu para a menina, prendeu algumas mechas de seu cabelo com uma presilha cravejada de pérolas e a apressou mais uma vez.

Cecília cruzou o longo corredor, que parecia ainda mais comprido do que se lembrava. Ou talvez fosse ela que estava andando muito devagar.

A filha do marquês passou pelos outros aposentos nobres da mansão: o quarto de seus pais, onde ela não entrava desde que era pequena. O quarto de Jim, que visitava sempre que queria se esconder para ler um livro em paz, já que quase não era usado pelo irmão, que vivia com a esposa no mar. E o quarto de Leonardo, o irmão mais velho, que partira quando ela era jovem demais para entender o peso das despedidas. Lá, ela nunca tinha ido.

Parou em frente à sua porta, cogitando se deveria tocar na maçaneta pela primeira vez, algo a chamando, mesmo com seu pensamento nublado. Tudo parecia um sonho, seu próprio corpo um pouco mais leve ao se movimentar, mas ela acreditava que era muito mais um tipo de vida paralela do que um devaneio. Magda a apressou mais uma vez, então Cecília decidiu ouvir seu estômago roncando e ignorou os fantasmagóricos sinais de alerta em seu coração.

No fim das escadas, o salão de música estava à esquerda. Era preciso atravessá-lo para chegar até a sala de jantar, e Cecília parou em frente ao piano.

— Uma música — ela disse, como se fosse uma frase completa. — Devemos ouvir algo antes de jantar.

Magda juntou as mãos em frente ao corpo, resignada, e Cecília sentou-se no banquinho e tocou algumas teclas. O som não era como o esperado, e a garota precisou forçar os dedos até que alguma nota soasse como deveria. O que elas ouviram era tudo menos música. Pelo menos não uma conhecida, daquelas agradáveis aos ouvidos humanos.

— Deve estar desafinado. Eu posso ajustar isso, se me der alguns momentos.

A garota se apressou até as cordas, analisando o que precisava ser feito e testando o som das teclas, quando alguém a chamou.

— Cecília? — Era a voz de sua mãe, ao longe. — Vamos, minha querida. Esperamos por você.

— Mamãe está me chamando — Cecília declarou o óbvio. Magda apenas balançou a cabeça, concordando. Nenhum comentário instrutivo, nenhuma reação em seu rosto. Nada que a verdadeira governanta faria. — Ela deve estar brava pela carta. Eu devo levar algumas flores até ela para acalmá-la.

A garota declarou, recitando pensamentos intrusivos como se pertencessem a ela, e caminhou como se fosse seu plano desde o início até a entrada principal da casa, dando a volta até o jardim dos fundos. Ela sabia que botões de todas as cores desabrochavam ali, e sempre escolhia as flores violeta para os arranjos favoritos da mãe. Contudo, o jardim estava coberto por flores azuis como o céu e o mar.

Cecília prestava atenção em todo tipo de história, fosse um conto de marinheiro, de pescador ou uma canção de bardo. Sabia que tinha verdades ocultas nas lendas, o tipo de sabedoria que só é acessível para aqueles que possuíam fé no impossível. As flores a sua frente pareciam saídas de um conto de fadas, de um reino repleto de magia e aventura, de princesas e heróis que eternizavam seus nomes na história ao fazer o bem triunfar contra o mal.

E, pela primeira vez, um pensamento claro passou pela sua mente:

Uns diriam que era uma espécie de lírio, outros afirmariam que era um tipo raro de lótus. Mas o que todos concordavam era que as flores eram *venenosas*; bastaria se aproximar delas para o encontro ser fatal. Elas não poderiam estar aqui, no mesmo terreno onde crescera. Certamente não estavam quando ela partira, não teriam como ter crescido tão rápido, não é?

Algo estava errado, mas, de algum jeito, as flores pareciam ser a única coisa *certa* a sua volta.

— Cecília, te encontrei! Vamos, seus pais estão esperando e eu já estou ficando sem jeito de ficar lá sozinha — uma voz doce e alegre a chamou.

Dedos delicados pousaram em seu ombro, e seu coração errou uma batida ao ver que Ivy Skye esperava por ela.

Capítulo 36

Sonhos lúcidos são supervalorizados

— Eu estava procurando por você — Cecília falou, como se conversasse com uma fotografia encontrada no fundo da gaveta, não com alguém a sua frente.

— E agora me encontrou. — Ivy sorriu, mas nenhuma covinha apareceu. — Vamos, seus pais estão nos esperando — ela repetiu.

— Mas e a Ampulheta? — Cecília lembrou, andando ao lado de Ivy.

— Eu devolvi ao marquês, como você gostaria que fosse. Pode ficar calma, está tudo bem.

Só que a verdadeira estrela cadente que ela conhecera jamais teria feito isso. Cecília teria percebido em uma circunstância normal, mas aquela definitivamente era a situação mais anormal que ela viveria em sua vida. Seus pensamentos lutavam para seguir o fluxo natural, parecendo mais arrastados do que nunca.

Ivy pegou sua mão e a guiou para o interior da mansão como se soubesse o caminho melhor do que ela. A garota queria se soltar, alertar sobre as flores venenosas que deveriam ser arrancadas do jardim, que estavam todos em perigo, mas acompanhar a estrela era reconfortante.

— Espere, como você conhece tão bem minha casa?

— Cheguei aqui antes de você, bobinha. E você veio logo em seguida, para me encontrar. Lembra?

Cecília lembrava, claro. Não era bem assim que tinha acontecido, mas a ordem dos fatos parecia certa, e ela não questionou. Estava com fome, a Ampulheta estava em poder do seu pai, que certamente consertaria as coisas agora. E era hora do jantar. Estava tudo tão bem que ela pediu para seu coração se acalmar um pouco, ignorando o constante pulsar de que estava deixando passar algo importante.

— E as flores? — Cecília insistiu.

— É só você se esquecer delas, e elas não estarão mais ali. Pode fazer isso por nós? Só estou aqui para ficarmos juntas. — O rosto de Ivy parecia triste, e se a estrela estava fazendo tudo por Cecília, a garota não queria magoá-la. Queria ver seu sorriso. Mas o sorriso *certo*, o que formava uma covinha depois de um argumento inteligente.

— Claro que posso. — Cecília olhava para baixo. Já estavam caminhando por tempo o bastante para chegar à sala de jantar, mas pareciam estar a alguns passos do jardim ainda. — Por que estamos demorando tanto?

— Já estamos chegando, meu amor.

Cecília parou e soltou sua mão.

— Você nunca me chamou assim.

Ivy abriu mais um sorriso, ainda o errado.

— Não é o que você quer que eu sinta? Não é o que você sente por mim?

— Não é assim que funciona. — Cecília fechou os olhos com as mãos, apressada ao massagear as têmporas e tentar pensar com clareza. Ela sabia navegar por tempestades, mas enxergar em um nevoeiro era uma habilidade completamente diferente. Era preciso sentir as ondas e as correntes marítimas, já que não podia confiar em sua visão.

Cecília encarou Ivy. Os olhos eram azuis exatamente como ela lembrava, só que ela jamais saberia memorizar as galáxias errantes que reluziam em sua pele. A garota tocou no rosto da estrela e disse:

— Antes, quero te mostrar um lugar. Podemos nos atrasar só mais alguns minutos.

E a estrela, parecendo pela primeira vez curiosa, concordou.

★

A porta de seu quarto abriu. Cecília fez o gesto para Ivy entrar primeiro e, encostada no batente da porta, observou a estrela caminhar por seus pertences.

— A vista é particularmente bonita. Sempre quis te mostrar, e agora você está aqui. — A garota forçou um sorriso, porém Ivy não se moveu. — É de onde nos víamos e conversávamos antes de nos conhecermos — insistiu. O sabor da verdade passou por seus lábios, a consciência de Cecília implorando das formas que podia para se libertar.

Ivy hesitou, mas caminhou até a janela. O quarto pareceu se alongar, e mesmo distante Cecília sabia que precisaria ser mais rápida do que já fora em toda a sua vida.

A garota puxou a porta do quarto, a madeira mais pesada do que nunca, não querendo ser fechada.

Sonhos não gostam de ser controlados, mas a Conquistadora de Estrelas não suportava mais um minuto sendo uma marionete dentro da própria mente.

Aquilo que se parecia com Ivy ficou com os olhos vermelhos e se apressou em sua direção para impedir ser trancada ali. Não fazia sentido, certamente poderia atravessar paredes, mas a garota precisava trancá-la. Precisava dar uma chance a seu plano louco e improvisado (o que, felizmente, era uma de suas especialidades).

A coisa na forma de estrela segurou a lateral da porta, e Cecília se concentrou para fechá-la. Forçou até sentir os braços arderem e o suor escoar pelas têmporas. A porta fechou, prendendo os dedos da criatura, mas o grito que ouviu era com a voz de Ivy. Cecília sentiu as lágrimas escorrerem e se apressou pelo corredor, impaciente. Bateu às portas que conhecia, tentando abri-las, só que todas estavam trancadas.

O corredor parecia mais comprido do que nunca, e a escada não estava em lugar algum que pudesse ver. Sem a opção de encontrar Magda, seus pais ou a liberdade da porta principal, a garota insistiu em testar as portas, forçando as maçanetas para entrar por alguma, cada tentativa mais frustrada do que a última.

Ela sentia que corria em ambas as direções, de um lado para o outro, sem ser capaz de encontrar ao menos o seu quarto. Em pouco tempo ela mesma estava parada, e as próprias paredes deslizavam por ela, cada vez mais rápido, como um navio zarpando com ventos oportunos.

Cecília gritou, desesperada e impaciente, sabendo que fazia parte de uma contagem regressiva até ser pega. Os passos soavam cada vez mais alto atrás dela, mas a garota não se atreveu a olhar para trás.

Correria por toda a eternidade se fosse necessário, morreria de cansaço, mas não pelas garras do que quer que fosse que a seguia.

Estava tudo perdido, foi o que ela pensou quando uma mão grande e misteriosa tocou em seu ombro, puxando-a para dentro de um quarto que ela não conhecia.

Capítulo 37

Ninguém fala da resiliência emocional de quem vive um surto atrás do outro

— Eu sempre imaginei que você seria assim quando crescesse.

Nada nele era familiar. Ela o havia visto por baixo do tecido de quadros encobertos, sabia do curso que sua vida havia tomado por meio de histórias melancólicas e orgulhosas de sua mãe, e de façanhas malditas narradas por Jim. Contudo, a maneira como nossos familiares nos representam sempre revela a faceta de nós a que eles decidem prestar atenção. A complexidade fica para os amigos e os amantes.

Inegavelmente, a figura diante dela era mais um desconhecido do que um irmão. Mais um Deus caído que um homem.

Para Cecília, Leonardo, seu irmão mais velho era tal como as lendas que colecionava em sua mente. Havia algo ali de verdade, apesar de ela jamais ser capaz de dizer o quê.

A figura diante dela tinha a forma de um homem feito, o casaco longo dado aos capitães, e um par de botas dolorosamente parecido com o que ela havia perdido. A pele de seu rosto, contudo, cintilava com estrelas e desenhos de constelações desconhecidas. Seus olhos em tom de avelã, segundo o que lhe contaram e memórias antigas demais para serem confiáveis, agora reluziam como ouro.

— Das alucinações que eu tive hoje, essa foi a mais inesperada. — Cecília recuou alguns passos em direção à porta, como se aquele corredor insano oferecesse alguma segurança.

— Você não é idiota, sabe que se sair vai se perder para sempre.

— E por que você se importa? Eu nem sei se você é real.

— Sou sua única esperança agora, ao menos é o que parece. — Ele apoiou o braço na cintura, confiante.

— Se você é de verdade, a única coisa de que tenho certeza é que traiu nosso pai, partiu o coração de nossa mãe e nos deixou — a garota disse entre os dentes, uma mistura de raiva e indignação clareando sua consciência.

— Tão, tão diferente assim de você, jovem e perfeita Cecília — ele ironizou, abrindo um belo sorriso. — O orgulho da marinha de Realmar, se estou certo... e eu estou.

— Eu não te vejo desde que tinha uns quatro anos. Você não tem o direito de aparecer do nada para me dar lição de moral.

— Pelo menos já se convenceu de que eu não sou uma alucinação, irmãzinha. Talvez papai esteja certo, e você seja a mais esperta de nós três.

Cecília tirou a mão da maçaneta e assimilou o quarto onde estava. Cama, cadeiras e mesa estavam cobertas por tecidos brancos, uma atmosfera fantasmagórica para preservar a memória de quem não pisaria mais ali.

— Você não ser gentil ou não concordar comigo me deu a primeira pista — ela alfinetou.

— E a segunda?

— Sei lá. Eu vi flores venenosas no jardim, e de algum jeito elas fizeram sentido. Como se fosse minha mente me alertando para desconfiar dos arredores. Contigo é a mesma sensação.

— Ser chamado de flor venenosa está longe de ser o pior xingamento que já recebi — Leo ponderou.

— Não foi o que eu disse, só tinha uma sensação...

— Cecília, *Ceci*, relaxa. — Ele passou a mão no cabelo dela, bagunçando os fios. — Estou tentando colocar em dia uma vida inteira de implicância entre irmãos que a gente não teve.

— E de quem foi a culpa?

— Ceci, sem hipocrisia. Sim, eu saí de casa, abandonei o título de marquês e me tornei um respeitável pirata. Mas duvido que você ame as formalidades da corte de Traberan mais do que eu.

— Não sabe nada sobre mim, Leo.

— Pelo menos já me deu um apelido. É um avanço. — Leonardo se abaixou, apoiando um joelho no chão para falar com a irmã. — Você não estaria *aqui* se não tivesse feito algum tipo de merda colossal, Ceci.

— Somos dois, então — Cecília respondeu, analisando as estrelas sob sua pele, os olhos inumanos que agora a encaravam. Era belo, mas apenas do jeito que encarar a beira de um precipício também era fascinante, pois fazia contemplar a vida face a face com a morte.

O caos proporciona encontros inesperados e curiosos. Leonardo se lembrava de Cecília ser um pouco mais do que uma bolinha macia e bochechuda em seu colo, enquanto sentava escondido na poltrona de seu pai, lendo sobre as futuras responsabilidades ao assumir a marinha de Traberan.

— Eu queria o mar, Ceci, não concordava com as formalidades sem sentido. Queria o prestígio e os tesouros, mas só na parte em que a diversão e a sensação de conquista predominavam. Quando tentei me interessar pelo legado da família, disse que nossa marinha deveria expandir para conquistar novos territórios, já que Traberan era mais desenvolvido em equipamentos, recursos e inovações. O marquês, nosso querido pai, discordou, com uma desculpa sem sentido de "preservar o conhecimento nas fronteiras do próprio reino, pros outros governos não verem Traberan como uma ameaça".

— Papai disse que você não teve coragem de assumir as responsabilidades.

— Ele que foi o covarde, irmãzinha. Teve medo de novas ideias, teve medo de crescer. Então eu parti. Melhor fazer as coisas pela minha cabeça do que viver como uma marionete bem-asseada.

— E valeu a pena, Leo? — Não tinha julgamento na voz de Cecília.

— Olha pra mim, Ceci. Nenhum humano tem tanto poder quanto eu. — Um riso triste cortou seu rosto orgulhoso. — Ser livre era o que eu mais queria, e, quanto mais poder, maior a sua liberdade.

Cecília não perguntou, sabia fragmentos o bastante da história para entender o que tinha acontecido. Leonardo era livre e poderoso até tomar um elixir que faria dele um Deus, o poder forte demais para uma alma humana compreender, e nesse mesmo dia ele fez um voto de casamento com a Deusa do Caos. Eris o levara do mundo que conhecia e lhe concedera ainda mais poder, graças a sua aliança. A única coisa que tirara dele tinha sido sua liberdade.

Ele havia se lembrado do que era ser um homem inseguro e com medo diante do infinito. Eris dissera que o caos era ter todas as possibilidades a sua disposição, que maior liberdade que essa não havia. Poderia dizer que havia amor entre essa Deusa e esse humano transformado, mas essa é uma história para outro momento.

O ponto é que Leonardo jamais poderia escolher por conta própria qual vertente do caos seguir, fadado a existir para sempre em uma correnteza de eventos não planejados.

Livre, até mesmo das próprias decisões.

Era uma existência desgraçada, mas um dia ele implorara para Eris intervir, assim que viu Cecília entrar no maldito farol. Uma única vez em um tempo infinito.

Haveria uma penalidade, é claro. Ao tentar dominar o caos, ele se tornara mais selvagem logo em seguida. Ele assentiu.

"Pode ser que doa. Pode ser que você jamais os observe aqui de cima novamente", Eris havia alertado.

Leo a mandara se calar; aceitaria o inferno que fosse. Preferia não saber, pois tinha certeza de que não deixaria sua irmãzinha perdida no labirinto da Dama dos Sonhos, presa no Reino Astral para sempre.

Ele a observava de longe nos últimos quatro anos. Sabia como ela se sentia infeliz diante da corte de Traberan, e como seus olhos reluziam ao atravessar algumas poucas milhas de água em sua caravela. Ela merecia ver o mundo, ter tudo que ele nunca tivera. Possuir liberdade, prestígio, glória, e edificar todo o esforço de sua mãe ao amar e educar seus três filhos.

— Por que nos deixou? — Cecília insistiu. Não haveria justificativa boa o suficiente para ter crescido em uma família para sempre partida ao meio, mas ela precisava tentar.

— Pelo mesmo motivo que você está aqui, ou pela razão que fez nosso irmão decidir abraçar a vida embarcado. Um sonho.

— E valeu a pena? — A dúvida era genuína.

— Só posso dizer que sim. A alternativa é enlouquecedora, querida irmãzinha. — Uma sombra passou pelos olhos de Leo. — Agora vamos, preciso te tirar daqui.

— Se importa em dizer onde é "aqui"?

— A morada da Dama dos Sonhos. Uma entidade que domina a maior parte do Reino Astral, mais uma força do que um ser senciente. Ela é feita da mesma matéria-prima dos desejos, mas em uma forma selvagem.

— É como uma rainha?

— Como um vulcão. Os motivos para estar ativa, furiosa ou incomplacente não são da nossa alçada.

— A Ampulheta... — Cecília murmurou.

— O quê?

— Ela deve estar assim porque eu trouxe um artefato mágico até aqui. Provavelmente foi por isso que Ivy entrou sem olhar para trás, e...

— Ceci, vou precisar te interromper aqui. — Leo colocou o indicador na testa da irmã. — Eu não posso ajudar. Já comprometi possivelmente o que restava da minha sanidade em troca de te tirar desse ninho de loucura.

— Como é que é? — A garota não entendia. Em um momento tinha seu irmão, e no outro ele estava prestes a partir para sempre, como se esse encontro fosse uma memória inventada.

— Receio não ter tempo para contar minha história, mas preciso te tirar daqui para que possa terminar a sua.

— A gente mal começou a conversar! Tem algum jeito de encontrar você depois que as coisas ficarem mais calmas? — A garota gesticulava, enquanto Leo a puxava pela mão até o canto do quarto em uma passagem que não sabia que existia.

— Te ver, mesmo que na pior das circunstâncias, foi um golpe de sorte. — Cecília sorriu; gostava de saber que seu irmão pensava como ela. — Não sei se o Caos permitirá outro encontro assim tão cedo, irmãzinha. Mas está tudo bem. Você vai voltar para casa, salvar o mundo e navegar os mares. E talvez seja a única da nossa família que se lembre de mim como alguém que fez algo bom.

A voz de Leonardo quebrou, e Cecília sentiu o quarto onde estava estreitar. A passagem diante dela se abriu, e ele se abaixou, sinalizando para que ela fizesse o mesmo.

— A mamãe fala muitas coisas boas de você.

— São as que ela escolhe lembrar. Diz pra ela... — Ele fungou, esfregando os olhos com firmeza. — Diz pra ela que eu sempre me lembro dela. Das músicas que ela tocava. Diz pra ela que eu a amo.

— Você mesmo pode dizer, por que não vem comigo? Por que não volta pra casa? Eu te ajudo a explicar o que aconteceu...

Ele forçou um riso triste e a interrompeu de novo.

— Acho que você vai ser melhor que eu passando a mensagem. Vocês duas têm os mesmos olhos, mas essa determinação sou eu todinho.

— Leo... — Lágrimas correram pelo rosto de Cecília, e com o polegar ele as afastou.

Respirou fundo antes de dizer:

— Cometa erros diferentes dos meus, Ceci.

E, antes que ela pudesse se despedir, Leo a empurrou.

A garota acreditava que fosse engatinhar por um túnel, mas em vez disso começou a cair pelo espaço-tempo gelatinoso, até se chocar contra areia quente e fofa na beira do farol.

O mar tentava chegar às paredes da construção, mas, se a maré fosse parecida com a do mundo real, faltavam umas duas horas para atingi-lo.

De repente a fome apertou, a saudade do irmão que queria conhecer, a solidão e a impotência de estar tão longe de casa. Tudo isso doía de tal forma que a deixaria louca, mas também a lembrava de que estava viva, e agora ela tinha uma mensagem para entregar.

Cecília sabia o que tinha feito de errado e caminhou com determinação até a parede lisa do farol, desenhando as palavras que deveriam tê-la guiado: Ivy Skye. Não *estrela*, não *amor*, não *futuro*.

Mas quem carregava todo esse sentido em um só coração.

Capítulo 38

Depois dessa, chega de conversas sérias por um tempo

— Eu não me aproximaria. Não faça isso, Cecília — Ivy pediu, a voz fraca.

Alívio encontrou seu peito quando a capitã viu Ivy ajoelhada diante de um trono de cristal grande o bastante para ser um castelo, a Ampulheta de Chronus cintilando acima, flutuando. Sua cabeça não se levantou; ela apenas manteve a postura submissa diante do trono vazio. Seja-lá-onde-estivessem, parecia refletir como a superfície da lua, acinzentado e solitário. Não havia paredes, apenas o infinito escuro e denso, salpicado de pontos luminosos – a humana não sabia se podia chamá-los de estrelas.

Estavam sozinhas, ao menos o quanto a garota humana podia perceber. Aquilo não era mais um espetáculo de ilusões, porém seguia tão perigoso quanto, Cecília sabia pelo arrepio que subia em sua espinha e pelo frio em volta de seus tornozelos quando deu o primeiro passo.

— Já está mais do que claro que nós tomamos decisões totalmente diferentes uma da outra. Eu não saio daqui sem a Ampulheta, princesa. Vou deixá-la com Klaus, isentar Traberan das responsabilidades e você pode roubar *dele* depois, se quiser — a garota disse, sabendo que a última coisa de que gostaria era encarar o herdeiro de Bosnore novamente.

— Você não a viu ainda, não é? — A voz de Ivy ecoava rouca, e ela inclinou a cabeça para o trono.

Cecília observou com mais atenção. A formação de estrelas ali era mais concentrada, tal qual uma constelação que desenhava uma coroa de hastes pontudas e uma silhueta humanoide com asas de pássaro pendendo das costas.

— Ora, ora, então estou na presença da famosa Dama dos Sonhos e você nem nos apresenta?

— Cecília, não seja tola!

— Eu já confiei em você, princesa, é tarde demais pra isso.

Cecília deu de ombros, fingindo não estar ferida. Fingindo que não queria correr até Ivy, protegê-la, sacudi-la e beijá-la, nessa ordem. Caminhou até o trono, a superfície sólida de alguma forma desenhando círculos luminosos a cada passo, até que parou ao lado da estrela. A garota odiou estar de pé, enquanto a estrela permanecia ajoelhada. Encarou-a mais do que um instante e percebeu cortes irregulares em sua mão e em seu rosto, a mancha de sangue arroxeado ainda suja na pele. Ela estava machucada, e Cecília podia destruir a Dama dos Sonhos ali mesmo por isso.

Uma risada ecoou em sua cabeça, doce e calma, exceto que não era sua. A Dama dos Sonhos se levantou do trono e andou até Cecília, ficando cada vez maior a cada passo. Quando estavam a uma distância suficiente para se tocar, a garota percebeu que sua cabeça estava na altura do joelho da entidade astral.

— Você é uma Deusa ou uma estrela? — a garota perguntou, claramente sem senso algum de preservação.

— *Uma força.* — A resposta veio em sua mente mais uma vez. Sua voz era aveludada e antiga, tal qual uma canção de ninar ecoada muitas e muitas vezes.

— Se não for pedir muito, a gente pode ter essa conversa fora da minha cabeça? Não sei se já disseram o quanto isso é desagradável.

— *Não.*

— Ok, e adianta pedir para você soltar minha amiga traidora...?

— *Amiga?* — Um riso baixo. — *Vi outra coisa em seu coração.*

Ivy olhou para cima, surpresa, e Cecília sentiu o rosto aquecer. Ela queria discutir, dizer que não fazia sentido se comunicar com a mente de alguém se essa conversa não pudesse ser privativa, mas preferiu focar o motivo de estar ali.

— ... e me entregar a Ampulheta para eu evitar uma guerra, rapidinho?

— *Não.*

— Pessoas vão morrer se eu não fizer isso.

— *É isso que pessoas fazem: morrem. É para isso que eu existo.*

— Você pode ser a soberana no mundo inconsciente, mas está claro pra mim que não entende nada sobre sonhar acordado. E sinto te dizer: é onde você não tem poder *algum*.

Cecília sabia que tinha ido longe demais. Havia certa linha de bom senso ao confrontar seres eternos e poderosos, o que claramente tinha passado longe de sua família.

A Dama dos Sonhos se abaixou, estendendo a mão gigantesca para Cecília. A garota hesitou, mas subiu, flexionando os joelhos para não se desequilibrar enquanto a Dama levantava a palma até sua cabeça.

Não havia olhos ali, e nem precisava, para Cecília se sentir observada em todas as direções.

— *Fale mais, criança.*

— Não sei quanto tempo passei aqui no Reino Astral, mas percebi que a realidade aqui é moldada por desejos e que é particularmente caótica, porque cada um deseja uma coisa diferente o tempo todo. Tem beleza nisso, mas para um humano pode ser enlouquecedor. Eu mesma acho que nunca mais serei a mesma quando voltar pra casa. — Cecília prendeu os lábios. — *Se* eu voltar para casa.

"Nós não criamos a realidade desse jeito. É bem mais complicado, demorado e com milhares de etapas e obstáculos. — Como um filme, ela se lembrou da primeira vez que zarpara no *Aurora*, da solidão pensando em sua caravela nos corredores do palácio, da tempestade em que conhecera Ivy. — Mas a gente não se cansa de imaginar. A gente imagina tanto que até parece vício. Imaginamos o futuro, o passado e algumas horas à frente do presente. A gente brinca de trocar lembranças e memórias por cenários que só existem na cabeça de cada um."

— *E faz isso o tempo todo? Como consegue isso e ainda viver?*

— Às vezes é o paraíso, um jeito de planejar o futuro e de ser feliz antes mesmo de ele chegar. Outras, é uma armadilha. Mas é *nosso*, e só nosso. E tão insano quanto tudo que existe aqui... — Ela apontou para baixo. — É real. Então não vou me desculpar quando digo que você não tem poder algum quando sonhamos acordados, e que os sonhos que temos no seu reino são apenas fragmentos ao despertar.

— *Eu os possuo todas as noites. Isso não te assusta?*

— Eu não tenho medo dos meus sonhos. Não se torna uma Conquistadora de Estrelas sem um punhado de coragem.

Cecília tremia, a ousadia em cada palavra descarregando a necessidade de sair correndo, de se esconder e de gritar. Mas a garota sabia que estava chegando a algum lugar, então segurou as mãos atrás do corpo e continuou:

— Eu sinto muito pela Ampulheta de Chronus. Ivy pode levá-la comigo até Bosnore e depois trazê-la aqui? Basta *isso* para evitar um mal-entendido.

— *Criança, você entende o que está pedindo? A cada momento em que a Ampulheta se distanciou do Reino Astral, ela se fragmentou. Você pode imaginar um mundo sem estrelas? Uma realidade onde seu mundo nunca mais poderá ver o nosso?*

Um vazio diferente tomou o coração de Cecília, como se toda felicidade tivesse desaparecido para nunca mais voltar, e um pânico infantil a invadiu. Ela engoliu em seco antes de falar.

— Não posso imaginar uma realidade onde todos que conheço irão sofrer e morrer. Em sua infinita sabedoria, não consegue pensar em alguma forma?

A cabeça gigantesca feita de estrelas pareceu se inclinar para o lado, e a voz doce voltou a ressoar em sua mente:

— *Agora que ela está de volta na sua casa, levá-la para longe seria como forçar um elástico, e a distância até o Plano Material a partirá rapidamente. A Ampulheta vai buscar um retorno ao Reino Astral como um ímã que procura sua base, e nesse momento a conexão entre nossos planos irá romper e acabar. O Cosmos não vai mais interferir no mundo material, e vocês ficarão perdidos em uma era de trevas. Você não terá tempo, criança.*

— Eu só preciso de uma chance. Preciso saber que existe um futuro em que o meu reino não enfrentará uma guerra.

Um futuro em que a legitimidade da princesinha não seria colocada à prova, em que Cecília seria livre para assumir a marinha real, em que seus pais a perdoariam por ter sumido. Um mundo onde ela ainda olharia para cima e sonharia com as estrelas, especialmente a que estava ao seu lado, antes de partir seu coração.

— *Isso é o que chama de sonhar acordada?*

— É o que chamo de esperança. — E nossa capitã nunca foi tão sincera em toda a sua vida.

— *Você tem o que entende por um dia.*

— Mas como vou saber que horas são? Tem algum relógio sincronizado com o Plano Material...

— *Isso está além do meu controle, criança. Boa sorte.*

Capítulo 39

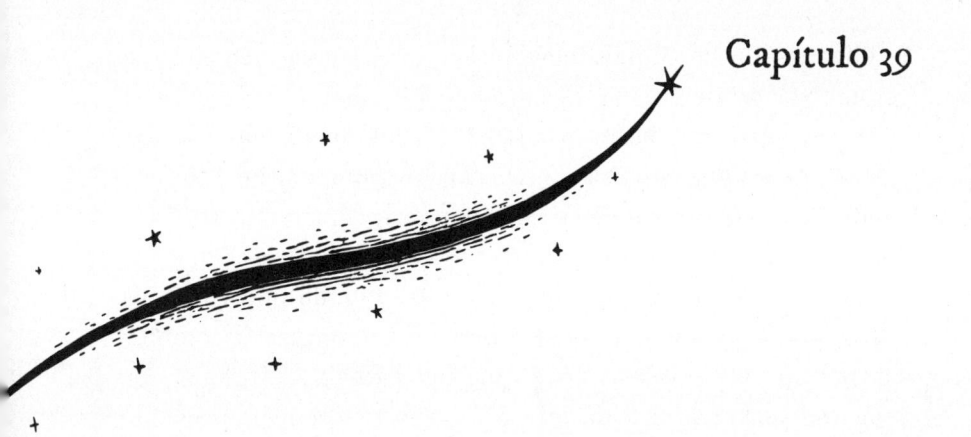

Um acordo com benefício mútuo

Pérola nadou pelos elos centrais até a beira de Nanrac, na esperança tola de que em algum lugar encontraria o que precisava para se tornar humana, sem comprometer o restante de sua vida com isso. Queria ter mais tempo, mais calma para solucionar o caos que sua existência havia se tornado. Contudo, não podia deixar de se sentir culpada pelo que estava acontecendo. Tinha sido ela quem instruíra Klaus sobre a forma de chegar até a Ampulheta de Chronus, porém jamais imaginaria que o artefato não poderia voltar ao Plano Terrestre sem consequências fatais.

Os céus não eram assunto para o Povo Submerso, mas a sereia gostava de admirar as estrelas. Despertava um sentimento fascinante em seu peito, uma solidão, pensar que nada importava e que você era infinitamente pequeno; era angustiante e ao mesmo tempo libertador. Fazia-a sonhar com um mundo onde poderia apenas existir, e não necessariamente performar. E talvez tenha sido por isso que Pérola percebeu que algo parecia perturbado nas águas. Talvez uma parte da sereia fosse de fato conectada com o Reino Astral, já que muito se pode aprender apenas observando as estrelas. Ou então era a culpa em seu peito fazendo tudo parecer mais sério, urgente e imediato.

Relutante, nadou de volta até as algas sombrias do agente do Caos, e lá estava o mago. Diria que ele estava sorrindo, se tivesse semblante para isso, e Pérola percebeu sua satisfação assim que tocou na entrada da tenda. Ele parecia paciente, como se esperasse uma criança terminar uma brincadeira sem sentido e estivesse disposto a arrumar sua bagunça depois. Um de seus membros longos demais se estendeu na direção de Pérola, chamando-a para entrar. Não eram tentáculos, pareciam uma linha com articulações por todo o comprimento, tornando seu movimento reto e desconfortável de olhar, diferente da fluidez natural dos seres do mar.

— Está pronta para pagar o meu preço. — Era uma constatação.

— Sim — ela mentiu com tanta força que seu coração se contraiu. — Vou me tornar humana para sempre.

— Ah, querida, isso é só um pequeno efeito colateral.

— O quê? — Seus olhos arregalaram.

— Aproveitando essa sua viagenzinha de mudança para a superfície, você deve se casar com o herdeiro de Bosnore. Considere um bônus do seu produto, não vai lhe custar basicamente nada, já que gosta dele.

— E como isso pode ser do seu interesse? — A sereia hesitou em cada palavra.

— A Deusa do Caos tem seus propósitos, e a união de vocês é conveniente para seus planos.

Se Eris quer nós dois casados, esse é o maior sinal para ficar o mais longe possível de Klaus, a sereia pensou, tentando não demonstrar reação apesar do arrepio em sua pele.

— E se eu me negar a casar com ele? — Pérola levantou a sobrancelha.

— Ele morre. Seria bem desagradável passar o resto de sua vida como humana sem o seu amor para caminhar ao seu lado, não é? — O mago fingiu ser piedoso. Sem desviar o rosto de Pérola, seus muitos braços pegavam alguns frascos das coisas que pareciam lutar para viver ou morrer em seu interior e as colocavam em um caldeirão.

A sereia nadou até olhar nos *não olhos* do agente do Caos.

— Lembre-se de que ainda está diante da princesa, mago. Exijo que diga por que Eris quer nós dois juntos.

— Eu sirvo a uma Deusa, não a uma monarca prestes a perder o título, Alteza. O tempo está passando, e, se a princesinha do mar ainda está tão em dúvida, vou deixar que experimente a sensação de trabalhar em Nanrac. Vou te contar um segredo. — Algo parecido com um riso satisfeito cortou sua voz. — Se a Ampulheta de Chronus permanecer intacta, seu amado nunca mais voltará a ser o mesmo. Criará uma guerra em que até mesmo o oceano irá perecer. O Deus do Tempo é o único a rivalizar em poder com a Deusa do Caos, então é de nosso interesse mútuo que você a destrua. Ela foi forjada com pó de estrela no momento da criação da realidade. Seu poder é incomensurável, logo, uma ameaça. E quanto ao seu casamento... será longo e feliz, então pare de choramingar. É do seu primogênito que precisaremos.

O mago colocou um dos membros sobre o ventre de Pérola, arrepios correndo por seu corpo, implorando que ela saísse dali. A sereia teve a impressão de ver uma estranha luz esverdeada reluzir em seu abdome, e, antes que pudesse questioná-lo, o agente do Caos colocou um frasco em frente ao seu rosto.

— Quando chegar à orla, beba até a última gota desse frasco. — Ele pegou um tecido qualquer com outro membro e colocou sobre Pérola. — E vista isso. Vai querer deixar algo para a imaginação quando chegar em terra firme. Os costumes lá são diferentes daquilo com que está acostumada em sua corte.

A sereia não agradeceu, simplesmente partiu. Ainda não era tarde demais, poderia voltar para seu reino e fingir que a superfície não existia. Que nunca tinha guiado Klaus para a perdição, que de alguma forma não era tudo culpa *dela*.

Mesmo sem saber que as estrelas estavam prestes a se fragmentar em seu mundo, uma parte dela sentia que algo maior do que sua própria vida e suas escolhas estava acontecendo.

Talvez porque tudo que conhecia estava prestes a mudar. Ela não seria mais uma sereia. Metade dela pertencia ao mar, ela conhecia suas ondas e correntezas, os segredos que se esgueiravam quando a luz do sol desistia das profundezas.

Ela não seria mais uma princesa, e toda a sua perspectiva de futuro agora parecia desaparecer, ao mesmo tempo que ficava rígida demais. Teria que desistir do trono do Povo Submerso para ficar ao lado de um rei que, no momento, era um fantoche sádico. E, quanto a seu primogênito... ela preferiu nem pensar muito sobre.

Pérola não sabia como veria novamente suas irmãs, seus pais, ou ao menos seu quarto novamente. Se soubesse disso, talvez tivesse trazido consigo um anel que fora presente de sua mãe quando completara dez anos.

O passado e o futuro disputavam sua atenção, enquanto o presente escorria cada vez mais rápido e inútil, incapaz de fazer a sereia pensar com clareza.

Ela tentou dar bons motivos para tomar a maldita poção e parar de choramingar só porque estava tudo mudando injustamente rápido demais. Seu destino como princesa era zelar por seu povo, e, se uma guerra era iminente, ela tinha motivos bons o suficiente para se despedir do mar. O bem-estar de muitos era mais importante do que o dela.

E dar adeus para o que você ama nunca dura o suficiente para que a saudade não te assombre depois, certo?

Acariciou os corais que tanto amava ao se aproximar da ilha, e, ao romper a superfície pela última vez, ela admirou sua cauda dourada, tentou memorizar como a luz refletia em suas escamas e bebeu em um só gole a mistura amarga no frasco.

E doeu.

Ela sentiu cada um dos ossos se transformar em pernas humanas, o tecido se partir e esgarçar, os músculos se rearrumando até que ela pudesse ter pernas para caminhar. Ela tentou não gritar, mas, hora ou outra, falhou. Chorou e se arrependeu, mas era tarde demais. Não tinha tempo para autopiedade e passou o pedaço de tecido pela cabeça como já havia visto de longe alguns humanos fazerem em seus navios. Era um vestido simples e branco, encharcado, mas que seria bonito depois de passado e engomado. Ela não estava ali para se apresentar.

Com as pernas desengonçadas, e odiando a gravidade grosseira que a impedia de se movimentar com a suavidade do mar a que estava acostumada, ela caminhou em direção ao som da multidão que se formava em Bosnore.

Não era mais nem uma sereia, nem uma princesa. Era uma humana com o ventre amaldiçoado, clamado pela Deusa do Caos. Era uma tola que fazia de tudo por amor.

Capítulo 40

Uma promessa é a mais doce das mentiras

Euforia correu pelo corpo de Cecília assim que a Dama dos Sonhos a colocou no chão. Ali no infinito estrelado, no coração do domínio do Reino Astral onde sonhos, desejos e possibilidades sem fim se encontravam, a garota humana correu. Se antes sentia que o tempo não importava, já que perdera a noção de como medi-lo, agora era tomada por uma pressa maior do que tudo que já tinha experimentado.

Correu até Ivy, ainda ajoelhada no chão. O olhar da estrela era de desespero, resignação, como se a capitã tivesse feito uma escolha absurda. Cecília tinha muito a dizer, mas deixaria isso para depois. Agora precisavam sair dali; porém, ao ver de perto as feridas de Ivy, pegou em sua mão e analisou sua palma, os pequenos cortes que se fechavam. Ela quis beijar cada um deles.

— Quem fez isso com você? — Cecília sussurrou, pronta para acabar com quem ela nomeasse.

— Ninguém — ela se apressou. — Precisei manipular a Ampulheta para chegar até aqui, mas não consigo suportar a força dela. O poder sempre tem algum tipo de consequência — a estrela murmurou, esperando a garota entender.

Cecília franziu o cenho, tentando encaixar a informação em alguma memória, até que se lembrou de quando desejara uma biblioteca que pudesse ensiná-la sobre a linguagem do Cosmos e Ivy tinha ficado fraca e desmaiado.

Não tinha sido o desejo absurdo demais, mas o meio que a estrela usara para protegê-lo, ativando a Ampulheta de Chronus para vasculhar o tempo em busca dos exemplares ideais para a garota.

Ivy tinha feito isso por ela. Ajudara a estabilizar o *Aurora* durante a tempestade e salvara sua tripulação. Levara-a até o Reino Astral e a ensinara a entender a língua das estrelas. Ivy Skye tinha sido sua salvação e o motivo de seu desespero.

E agora era sua única chance.

Cecília a abraçou, Ivy a apertou mais forte.

Não tinham um momento a perder, mas elas precisavam desse tempo emprestado.

— Você me perdoa, capitã? — a estrela perguntou.

— Não. Vai ter que fazer muita coisa para eu voltar a acreditar em você.

— Ainda me odeia?

— Seria mais fácil. — Cecília mordiscou o lábio, e colou um beijo nos de Ivy. — Se a gente sobreviver a essa, eu te mato depois, princesa.

Cecília se levantou e estendeu a mão para ela. Correram em direção a um portal de luz que surgiu no horizonte, na certeza de que levaria até um meio de chegar a Bosnore.

Se tudo de que precisavam para chegar a algum lugar fosse uma vontade teimosa e interrupta, elas conseguiriam cumprir o prazo dado pela Dama dos Sonhos antes que a realidade se fragmentasse para sempre.

O farol não estava em lugar algum. Quando os olhos de Cecília se acostumaram com a claridade, ela identificou uma praia com areia branca e coqueiros aqui e ali. O mar turquesa tinha as ondas calmas e pacíficas. Baleias e águas-vivas estelares cruzavam o céu azul como se pertencessem a todos os territórios a sua volta.

— Se tudo der certo, você pode me apresentar sua casa depois — Ivy murmurou, fitando o horizonte.

Cecília pensou no labirinto que atravessara, na falsa Ivy que conhecera seus pais e em como queria que parte daquela ilusão fosse real.

— Eu gostaria muito. — Cecília sorriu.

A estrela pegou a Ampulheta no bolso. Era mesmo uma coisinha tão pequena, juro. Mal chegava a ser útil para jogar uma partida de Charadas, e ainda assim tinha todo o poder sobre o tempo do mundo. Todos os seus *quandos*.

— Vou levar a gente até o momento em que chegamos a Bosnore, e depois uso de novo para voltar aqui antes de o dia acabar.

— Não, Ivy. — Cecília segurou sua mão, abaixando a Ampulheta. — Isso te destrói, deve haver algum outro modo.

— Qual, capitã sabe-tudo?

— Graças à minha princesa sabe-tudo, eu posso tentar escrever com a linguagem do Cosmos um portal para Bosnore. Um caminho até lá, sabe?

— Mas você ainda não sabe como dominá-la. Nem eu mesma sei como usá-la dessa forma!

— Prefiro tentar a te colocar em risco de novo. Se eu conseguir... — Ela engoliu em seco, não tinha tempo para erros de principiante. — Você usa a Ampulheta só para voltar, se for necessário.

— Você tem uma tentativa. Se não der certo, vamos com a minha ideia.

Cecília mostrou a língua e se colocou a pensar. Adiantou-se uns passos para a frente, precisava de mais espaço para os movimentos, e até o perfume de Ivy a desconcentrava. Não tinha nenhuma relação com Bosnore, não sabia como descrever a ilha, que dirá abrir uma passagem até lá. Ela precisava pensar rápido, e procurou uma forma de desenhar no céu o que estar lá significava.

Reparação diante de seus reinos, *ilha* por sua disposição geológica, *aliança* se tudo desse incrivelmente certo. Até que, na língua do Cosmos, ela escreveu: *futuro imediato*.

Exatamente para onde ela estava indo, e com todo o significado em mente, viu as complexas linhas circulares brilharem na ponta de seus dedos, até tomar forma diante de seus olhos. Os animais se afastaram do mar e do céu, as nuvens abrindo passagem enquanto o portal começava a se abrir. Era uma sabedoria antiga, que ela havia lido em um dos exemplares de capa vermelha que Ivy havia conseguido. Um livro que não havia vindo nem do seu plano, tampouco do Reino Astral, mas de uma dimensão governada por Deuses e dragões. Algo que a capitã só tinha sido capaz de dominar graças a sua fé nas lendas e em atos heroicos memoráveis.

O portal resistia, a magia ainda frágil e incerta enquanto Cecília procurava manter toda a concentração desenhando a coordenada complexa que partia a divisão dos planos. Quando Ivy atravessou o *Aurora* para o Reino Astral, ela o fizera com naturalidade, uma chave encaixando na fechadura. Cecília sentia que esculpia uma escultura usando um barbante como cinzel.

Se ela se distraísse por um instante, tudo estaria perdido. Ela precisava que esse plano funcionasse, e evitou até mesmo sorrir quando começou a surgir outra ilha diante de seus olhos, quase um espelho de onde estavam.

Os astros a sua volta se surpreenderam. Ela tinha conseguido.

Cecília as levaria até Bosnore, só que o portal não se sustentaria aberto por muito tempo.

— Passe, Ivy — a garota pediu, suor escorrendo em sua testa ao proferir as palavras.

A estrela não passou.

— Vai logo, princesa! — ela a apressou, a magia bruta começando a pressionar demais sua mente.

Ousou olhar para trás, para tentar entender por que a estrela não a obedecia. Era o último momento do mundo para ser teimosa.

— Não — Cecília deixou escapar. — NÃO!!!

Klaus havia amordaçado a estrela, que agora estava nas costas do cavalo em chamas que ele montava.

Ele não se importou em dar satisfação alguma, como se falar com Cecília não valesse o esforço. Apenas acenou com a cabeça em uma cortesia ao atravessar o portal que a capitã criara até Bosnore, que se fechou assim que ele passou. A garota ainda correu na direção dele, mas caiu de joelhos na areia áspera.

Cecília gritava, desesperada demais para ser capaz de se concentrar e abrir o portal novamente. Exausta pelo esforço, amaldiçoando a si mesma por não ter percebido sua chegada, por não o ter impedido.

Ela poderia ter salvado Ivy e nada disso teria acontecido.

Agora, estava tudo perdido.

Capítulo 41

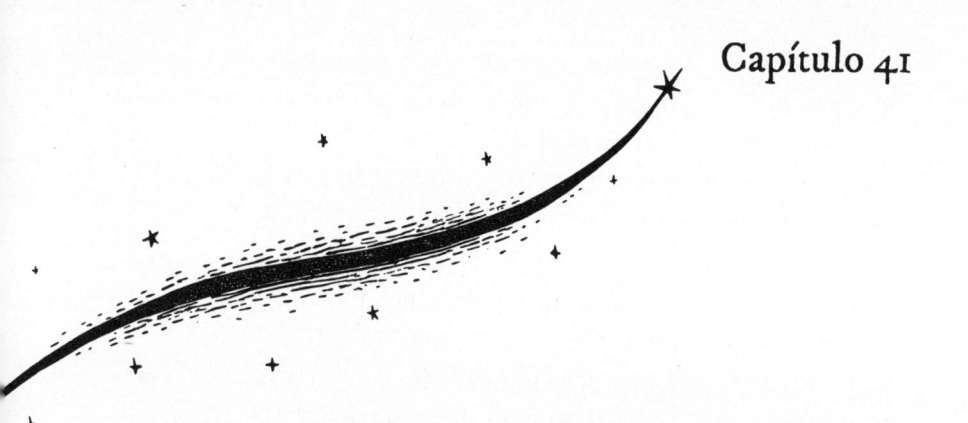

Você só precisa de fé e de um pouco de pó de estrela

Não é que Cecília não tivesse ao menos *tentado* abrir um novo portal. As articulações da garota eram mais do que habilidosas após uma vida inteira tocando piano, e determinação não lhe faltava. Tudo que importava naquele momento era não deixar Ivy nas mãos de um maníaco fora de controle, dotado de poder cósmico e sede de vingança.

Porém, a realidade do Reino Astral e a própria essência da linguagem do Cosmos estavam intrinsicamente ligadas ao foco e à concentração. Ao contrário das palavras escritas no papel, aqui as coisas desapareciam como se tivessem sido assopradas pelo vento. Havia sempre novos desejos, novos *quereres* prestes a tomar forma.

E tudo que nossa jovem capitã desejava era ajuda.

Ela sabia que não seria capaz de enfrentar Klaus sozinha, mesmo que chegasse a Bosnore, e, a cada instante em que ela duvidava de si, Ivy poderia estar presa, machucada ou algo pior, o que claramente não ajudava em sua concentração.

Círculos brilhantes surgiam e embaçavam de forma aleatória no céu, até que o dia escureceu para a noite, apesar de não ter passado tanto tempo assim. Os animais deixaram o horizonte, e a ilha parecia cada vez menor enquanto Cecília tentava, em vão, moldar o mundo a sua volta. Ela tinha todo o poder na ponta dos dedos, mas seu esforço era inútil, a culpa de não conseguir abrir o portal a atormentava cada vez mais.

O desespero era um péssimo imediato, e Cecília agora ouvia cegamente seus conselhos.

Ajuda, ajuda, socorro. Ela havia gritado essas palavras. Chegara a chamar por seu irmão, a respirar fundo esperando um milagre apenas para balbuciar de chorar ao perceber que ninguém viria.

Cecília se esqueceu de que estava no Reino Astral, onde não costumavam interferir, mas tudo era observado desde que fosse uma história interessante o suficiente.

E essa, meu caro, era uma delas.

★

Vários capítulos antes, quando tudo estava bem no festival da Cidade Errante.

O que era deserto se tornara uma praia. As mudanças eram tão naturais que Nero e Soren trocavam olhares e apostas sobre o que aconteceria em seguida. Os marujos estavam deitados na areia, o grosso tecido de suas roupas os protegendo da superfície áspera, observando alguns fogos de artifício explodir em vermelho e amarelo no céu.

Lua mordiscava o cabelo de Nero e pulava de um para outro, sem se decidir se era mais confortável deitar encostada na perna de Nero ou na barriga de Soren. A gata miava e arregalava os olhos a cada nova explosão no céu, ganhando cafunés aqui e ali. Observava indiscretamente os marujos trocarem beijos, às vezes se aproximando demais do rosto deles para entender por que se lambiam.

Gatos, certo?

Os dois se amaram até perceber que o mar tocava seus pés, se obrigando a notar o que o Reino Astral apresentava para eles agora, e sorriram ao ver uma paisagem tão familiar. Lua miava mais forte do que nunca, andando em círculos e esperando que seus humanos a compreendessem. A gata desejou que existisse um biscoito para Nero e Soren, pois Cecília, sua humana favorita, claramente entenderia que precisavam partir o quanto antes.

Lua sempre entendera os sentimentos da capitã, mas no Reino Astral ela os sentia a distância, estavam mais ligadas do que nunca. Foi uma mordidinha na mão de Soren que o fez olhar para o outro lado. Nenhum dos três entendeu como o *Aurora* estava ali, mas os marujos tiveram o pressentimento de que não era um bom sinal. A gata, sendo mais sensitiva e sábia para as energias do mundo, tinha certeza. Havia a possibilidade de terem andado tanto que chegaram ao ponto de partida?

— As nuvens aqui nunca pareceram montanhas — Soren se apressou, agitando a areia da calça até a caravela.

— Nem no inferno isso é uma montanha. Parecem os símbolos que Cecília estava enlouquecendo tentando entender. — Nero subiu na embarcação com Lua agarrada ao seu ombro.

— Também enlouqueceria, não fazem o menor sentido. — Soren correu para o timão.

— A gente não precisa saber ler pra reconhecer o que ela está pintando no horizonte. — Nero pegou uma das cordas e começou a ajustar as velas.

— Nossa capitã precisa de nós — Soren assumiu, e Lua deu um longo miado.

— E essa gatinha precisa de mais biscoitos. — Nero ganhou uma cabeçada na perna, em concordância.

Os ventos pareciam estar a seu favor, e navegaram até uma ilha surgir no horizonte, que parecia diminuir e não aumentar conforme se aproximavam.

Pela luneta, Nero viu sua capitã, o cabelo já solto e selvagem em volta do rosto enquanto fazia movimentos precisos no ar apenas para desistir no meio. Seu peito apertou, e ele fez uma prece silenciosa para chegar à orla mais rápido. Gritou para Soren ajustar as velas novamente e tocou o sino com toda a força que tinha.

— Cecília! Cecília! — ele bradou. — Chegamos, capitã! Estamos aqui! — repetiu e repetiu, até que ela olhasse para sua caravela.

A garota gritou o nome dos marujos e correu pela faixa de areia, jogando-se no mar para chegar até eles mais rápido. Assim como todos na marinha, era boa nadadora, e logo alcançou a escada de cordas que Nero jogou para ela.

— Você está bem? — Nero perguntou, procurando por sinais de ferimento em sua capitã; só encontrou exaustão e desespero no seu rosto. — Onde está Ivy? — completou, olhando em volta.

— Em Bosnore — Cecília falou, quase sem som. E explicou o que tinha acontecido da melhor forma que conseguiu, o mais rápido que pôde, como se eles tivessem uma solução mágica para salvar Traberan, Celestia e a estrela cadente.

— E você não consegue abrir outro portal pra gente atravessar? — perguntou Nero, ganhando um olhar atravessado e irritado.

— É só o que eu tento fazer, mas não consigo! É inútil tentar me concentrar. — A garota bateu o pé no chão e se sentou no convés. — Nunca me senti tão exausta. — Cecília cobriu os olhos com as mãos, querendo se esconder, gritar e voltar no tempo.

Soren correu pela caravela e passou o indicador pela madeira, vendo que o pó de estrela que Ivy deixara no *Aurora* ainda estava ali.

— Capitã... — ele gritou ao longe, hesitando ao soar bobo. — É um tiro longo, mas e se você *desejar*?

Os olhos da capitã brilharam, não com lágrimas, mas com esperança dessa vez. Soren era brilhante e, diferente de Cecília que havia crescido em berço de ouro, aprendera tudo que sabia mediante a observação.

Ela tropeçou ao se levantar, mas logo passou a mão na borda do convés, a poeira azul e cintilante a lembrando tão dolorosamente de Ivy nesse momento.

— Eu desejo abrir um portal até Bosnore — ela disse enquanto os símbolos que riscavam o ar reluziam mais intensamente, mais fáceis. A magia de Ivy estava presente quando atravessaram até o Reino Astral, e agora parecia viável criar um portal. A língua do Cosmos deslizava como um pincel molhado em um papel, e não como pedra em rocha.

A tripulação do *Aurora* era apaixonada por horizontes, mas esse era diferente de tudo. A capitã da pequena caravela agora os guiava diante das nuvens arroxeadas, cercadas de estrelas enquanto o mar de Bosnore aparecia à vista, a bruma das ondas se misturando às nuvens.

Escorpiões gigantes, um arqueiro e um cálice feito de estrelas surgiram no céu, segurando as bordas do portal como se fossem a cortina de um teatro, para que o *Aurora* atravessasse em segurança. Os habitantes do Cosmos presenciavam a coragem e o amor da Conquistadora de Estrelas e agora a saudavam desejando boa sorte. Não era sempre que escolhiam intervir na vida dos humanos, preferindo assistir à vida na Terra existir, mas em algumas raras ocasiões decidiam participar. Continuariam observando de longe, fazendo apostas sobre seu destino.

Cecília não ousaria olhar para o lado e perder a concentração, mas ela sorriu.

Agradeceu.

E partiu do Reino Astral com uma missão em mente: salvar sua princesa.

Capítulo 42

O começo de uma nova era

— Conseguimos. — Cecília soube no mesmo momento que estava em sua dimensão.

O ar ali era diferente, mais pesado e previsível. O tempo parecia pesar sobre seus ossos, a contagem regressiva parecendo mais palpável agora que sabia que horas eram. O sol estava próximo à linha do horizonte, o crepúsculo seria em poucas horas. Mesmo sem saber quanto tempo havia se passado desde que fizera o acordo com a Dama dos Sonhos, tinha certeza de que precisava correr.

Tinha aprendido no Reino Astral a confiar no tempo de seu coração, e o que batia em seu peito agora era urgência. Assim que o portal atrás da caravela se fechou, a garota caiu sentada no convés, prestes a desmaiar. Usar a linguagem do Cosmos dessa forma não era apropriado para humanos; era o equivalente a voltar de um mergulho profundo e rápido demais. Ela sentia o próprio ar pesar no corpo.

Nero ajustou as velas e o curso para a ilha que crescia no horizonte, e Soren buscou um punhado de carne seca e legumes desidratados para a capitã. Lua procurou na bolsa de sua humana por seus biscoitos favoritos, alheia à gravidade da situação. Ninguém tinha explicado para a gata o que estava acontecendo, e Cecília preferia assim. Apenas ordenou à felina que ficasse em seus aposentos na caravela e deu um beijinho em sua testa antes que partisse.

O sol já era uma bola visivelmente laranja quando aportaram. Cecília havia colocado uma roupa de seu acervo, calça preta com uma camisa verde-escura de tecido leve e mangas soltas, presa com uma faixa de tecido preta na cintura. Nero e Soren tinham suas espadas curtas na mão quando desceram do *Aurora*. Cecília estava desarmada, sabia o mínimo sobre lutas; preferia intimidar os oponentes com o que realmente tinha de vantajoso: o elemento surpresa.

— Qual o plano, capitã? — Soren perguntou assim que pisou na areia de Bosnore.

— Salvar Ivy. Apresentar a Ampulheta ao povo de Bosnore. Devolvê-la para a Dama dos Sonhos. Acabar com a garrafa do meu melhor rum... se sobrevivermos.

— Temos tempo pra isso tudo? — Foi a vez de Nero falar.

— Não faço a menor ideia. Imagino que nosso prazo acabe à meia-noite ou antes, então precisamos lidar com isso logo.

— Meia-noite?

— É comum que nas histórias aconteça algo importante à meia-noite. — Cecília deu de ombros.

— Nos contos de fadas, capitã — Soren acrescentou. — Isto aqui está longe de ser algo assim.

— Mais um motivo pra gente se apoiar em algo que tenha um final feliz. — Cecília se adiantou, liderando o caminho pela praia. — Não há chance de terem ignorado um navio vindo dos céus. O povo deve estar por perto, é só acharmos a cidade que encontraremos Klaus também.

E, para variar, pela primeira vez nessa história, um plano de Cecília Maria Angélica Cerulius realmente funcionou. Boa parte do povo de Bosnore se dirigiu ao centro da cidade, onde uma praça larga tinha sido ocupada com um palco central, buscando respostas pelo navio que cruzava as nuvens. Chegando lá, porém, encontraram o herdeiro bastardo segurando uma garota esquisita e azul pelo braço, com um objeto pequeno e brilhante na outra mão.

O plano havia funcionado, mas isso não significava que daria certo.

Cecília, Soren e Nero se esgueiraram pela multidão que ansiava por respostas, a capitã passando por baixo das pessoas, até chegar à lateral do palco. Ela corria, pois sabia que Klaus faria de sua chegada um espetáculo e começaria seu reinado banhado em vingança.

— O navio que cruzou os céus é mais uma prova de que eu estive no Reino Astral. — Sua voz era calma e calculada, parte de um discurso que ele ensaiava desde que aprendera a falar. — Em nome do estimado Reino de Bosnore e do meu falecido pai, o Rei Victor II...

— Bastardo! — Uma voz surgiu na multidão, agitando outras para repetir o mesmo.

Klaus não esboçou reação, um leão ignorando a trajetória de um rato. Inclinou a cabeça para onde estavam seus guardas, e o próximo som que ouviram foi de uma garganta sendo cortada, um grito sufocado e um corpo caindo sem vida no chão.

A ponta das espadas que cercavam a praça agora era evidente, e o povo de Bosnore caiu em silêncio enquanto o seu rei voltou a falar.

— ... eu recuperei o bem mais estimado do nosso reino, a poderosa Ampulheta de Chronus. Um dos artefatos primordiais do Cosmos, que estava em poder de aliados ausentes, o Reino de Traberan! Que tomaram nossa relíquia quando a grande onda assolou nossas terras com o pretexto de protegê-la e a usaram para benefício próprio. Mas eu, Rei Klaus I, fiz questão de restaurar a honra de nosso território e trouxe comigo a responsável pelos nossos infortúnios.

"Nunca mais seremos fechados do mundo, vendo todos crescer enquanto nosso povo perece. Enquanto nossas crianças adoecem!"

Uma salva de palmas irrompeu, como se o cadáver de um homem não estivesse fresco no chão.

Cecília lutava contra a multidão que comemorava, sem conseguir olhar para cima e ver como Ivy estava. Um cotovelo acertou o rosto de Cecília, e ela foi empurrada ao esbarrar em um homem duas vezes o seu tamanho, mas continuou se esgueirando de todas as formas até chegar à lateral do palco. Ele era maior agora que estava a seu lado, e um guarda estava de sentinela na escada.

— Hoje é o dia em que dormiremos sabendo que é o começo de uma nova era. O começo de um tempo justo, em que eu assumo o poder e o futuro de Bosnore!

Gritos inflamados de empolgação corriam de um lado para o outro. Cecília decidiu subir pela lateral em um tronco de madeira que sustentava o palco. Já havia escalado o mastro da caravela algumas vezes e disse para si mesma que era algo parecido, que não tinha tudo que mais estimava em risco.

— Contemplem todo o poder do tempo nas minhas mãos. — Ele mostrou a Ampulheta, segurando com dois dedos a pequena relíquia. Ivy, a seu lado, tinha a boca amordaçada e as mãos amarradas; Klaus ainda segurava seu braço com brutalidade. A estrela estava enfraquecida longe de seu próprio reino, de onde vinha toda a sua magia, além de não ser capaz de realizar os próprios desejos.

Contudo, ela sentiu um desejo ali que queria ser realizado. Alguém queria ir até ela, queria salvá-la. Esse desejo ela podia realizar, e assim fez Cecília chegar até o topo do palco apesar da dificuldade de escalar a madeira repleta de farpas.

— Estimado povo de Bosnore, começa agora a era da justiça. — Ele colocou a Ampulheta no pescoço, com a ajuda de uma corrente que havia adaptado apenas para tê-la consigo a todo momento. Em seguida, sacou uma cimitarra, apontando-a para o céu.

Cecília pisou no palco e correu em direção a Ivy. Precisava soltá-la, dissuadir o povo de Bosnore de tantas mentiras, o que parecia cada vez mais distante e improvável. Diplomacia era sua maior fortaleza, mas aqui ela não tinha poder algum. Não é possível convencer a mente de um homem que foi tomada pela loucura do tempo.

O céu ficava escuro, as primeiras estrelas surgindo no céu mais brilhantes do que nunca. Atentas. Nervosas. Klaus olhou para a garota com fúria, já fazendo o movimento com a espada, e apontou para Cecília.

— Você é uma inconveniência — afirmou.

Os guardas começavam a se movimentar em sua direção. Ela estaria morta antes que pudesse agir.

— Ivy, consegue fazer um escudo nesse palco? — Cecília se odiou por ter que pedir mais esse esforço da estrela, mas era a sua melhor chance. Ivy assentiu e fechou os olhos, concentrando todo o seu poder, que agora parecia tão fraco, tão distante. A capitã continuou a falar: — Nobre rei, a Ampulheta pertence ao Reino Astral. Se não a devolvermos, nossa realidade vai se fragmentar. O céu perderá seus astros, e todos nós sofreremos as consequências. — Discursos diplomáticos e apressados não eram sua especialidade, porém uma pequena parte humana que ainda existia em Klaus fez seu olho reluzir, embora não fosse o bastante. — Peço sua colaboração e confiança para devolvê-la em segurança, se tornando assim o salvador do nosso mundo.

Cecília fez uma reverência, rezando para todos os Deuses que a bajulação fosse suficiente para convencê-lo. Funcionou com seu pai, quando dissera que queria assumir a marinha. Com sua mãe, quando contara que o pai tinha deixado que ela assumisse a marinha. Até mesmo com a Dama dos Sonhos. Quão difícil poderia ser?

— Isso seria tão conveniente para você — Klaus respondeu, indiferente. — Está atrapalhando meu discurso, garota. Saia.

Uma parte dele já a teria matado, mas a outra se conteve.

Os guardas resistiam ao escudo criado pela estrela, atentos à fala de seu monarca.

— Me dê a Ampulheta e a garota, e prometo que nunca mais precisará me ver.

— Escolha. Qual dos dois? — Klaus sorriu, e Cecília sabia que não deveria responder a essa pergunta.

Se escolhesse a Ampulheta, Ivy morreria. Se escolhesse Ivy, sua realidade se partiria. Mas talvez com Ivy a seu lado ainda tivesse algumas horas até a meia-noite. Poderia bolar um novo plano, devolver a Ampulheta para o Reino Astral e fazer algum acordo para prevenir uma guerra diplomática. Ela precisava tentar. Mais do que isso, precisava fazer aquele desgraçado soltar o braço de Ivy; claramente a estava machucando.

— A garota — Cecília afirmou, e deu um passo em sua direção, esticando os dedos para pegar em sua mão.

Ivy sorriu, encontrando seu toque com um meio-sorriso desacreditado. Cecília podia ler em seus olhos: "Péssima escolha, capitã".

— Temos um acordo. — Klaus alargou o sorriso. E fincou a espada no coração de Ivy.

Sangue roxo correu pelo chão e pela espada assim que a estrela caiu no chão, agonizando. O mundo ficou em silêncio quando Cecília gritou, e até os astros cobriram os olhos diante da tragédia.

— Uma nova era começa agora. Através desse sangue, nosso passado é purificado. Vida longa ao rei!

Em um coro mórbido, o povo de Bosnore repetiu: "Vida longa ao rei".

Capítulo 43

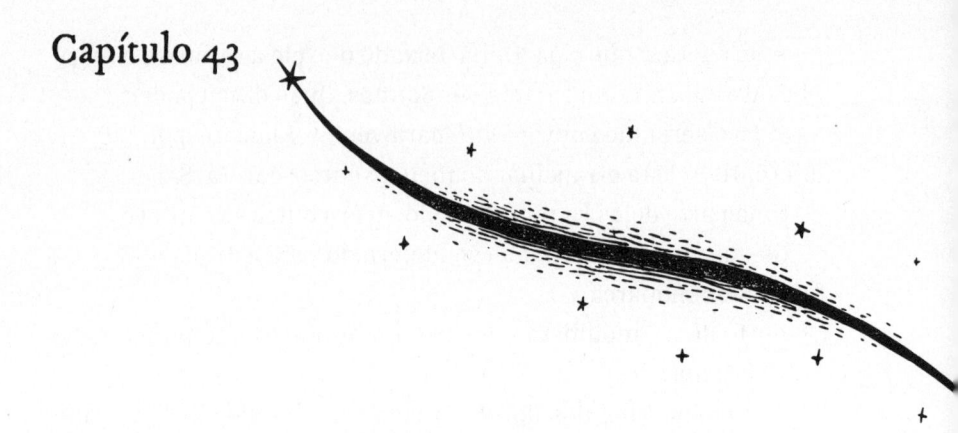

Pausa (mas desta vez o tempo continuou correndo)

Cecília já havia experimentado o tempo de muitas formas ao longo de seus dezessete anos: excesso de tempo (tédio), excesso de futuro (ansiedade), excesso de passado (ora saudade, ora nostalgia), mas, prestes a completar dezoito, se considerava uma capitã esclarecida, com os olhos à frente, no futuro.

Pela primeira vez, percebeu o quanto era tola, pois tudo o que mais desejava naquele momento era a capacidade de voltar no passado. Nem tanto tempo atrás a ponto de prevenir grandes guerras ou de presenciar a invenção da roda.

Apenas alguns segundos. Apenas até o momento quando Ivy Skye ainda estava viva.

A garota correu até o corpo azul caído no chão, tirando as amarras de seu rosto e vendo que a pele da estrela, que costumava cintilar como galáxias vivas na superfície, agora se apagava lentamente.

— Me desculpa — Cecília disse por reflexo, já que nenhuma palavra expressaria seu coração naquele momento, partindo junto a Ivy. — Me perdoa, por favor, princesa, me perdoa.

— Por sempre implicar comigo? — A estrela repuxou o lábio para cima, quase sem força. Cecília a colocou em seu colo, tirando os fios azuis da frente de seu rosto. Ivy tentava manter os olhos abertos, mas a cada instante queria fechá-los.

Cecília soltou o riso mais triste de sua vida. Mesmo aqui, morrendo, a estrela ainda tentava levantar seu espírito.

— Por não ter te salvado. Por ser tarde demais.

— Você já me salvou, lembra? Naquela tempestade.

— Foi você que salvou a gente, sabe disso.

— Sabe qual a pior parte? — Ivy usou o resto de força que tinha para tocar o rosto de Cecília. A garota humana apenas esperou a resposta, uma parte dela achando que, se continuasse a conversa, Ivy continuaria no mundo dos vivos. Ela conversaria para sempre se fosse preciso. — As estrelas, quando morrem, vão para algum outro lugar do Cosmos que eu não conheço. Vai ser incrivelmente solitário não poder te ver mais, nem mesmo de longe.

— Ei, essa ferida nem é tão grande. Você vai ficar boa.

— Mentiras não combinam com você, capitã.

— Eu já menti antes. — Cecília limpou uma lágrima no rosto de Ivy.

— Não disse que era perfeita. — A estrela forçou um riso. — É um dos muitos motivos pelos quais me apaixonei por você.

— Você o quê? — Cecília perdeu o ar. Em muitas partes dentro dela, ela sabia. A afirmação de Ivy não era tão diferente quanto dizer que a água era molhada, ou que o céu era azul.

— E faria você se apaixonar por mim também, se tivéssemos tempo para isso.

Cecília se deitou sobre ela, abraçando-a como se pudesse prender seu espírito na terra alguns instantes a mais. Ela precisava desses instantes, *de cada um deles*. Respirou fundo, sentiu o perfume da estrela e sussurrou em seu ouvido.

— Ah, princesa... você me ganhou no mesmo instante em que olhou na minha direção. Não finge que não percebeu, eu sei que você sabia.

Cecília ficou mais ereta para fitar seus olhos azuis, tão profundos quanto o infinito do Reino Astral.

Não os encontrou encarando de volta. Estavam fechados, e Ivy Skye agora estava em um lugar distante demais para a Conquistadora de Estrelas conseguir alcançar.

Capítulo 44

A vez de mais um plano improvisado e desesperado (como se isso estivesse dando certo)

Você não perde uma pessoa apenas no instante em que ela morre. Seria até fácil se a dor fosse tão repentina, a ponto de acabar em uma despedida. Você a perde a cada vez que percebe que ela não está mais ali, reagindo a seus olhares, a suas palavras. Cada vez que pensa em contar algo especial para ela e lembra que não poderá ver sua reação ao te ouvir. É como ser forçado a subir a mais alta das torres, com todos os degraus escapando de seus pés, sentir que está andando no ar em queda livre. Dói, não porque a pessoa morreu, porque parece que a presença dela se torna mais viva do que nunca, mas a dor vem porque *você* morreu para ela.

Cecília Maria Angélica Cerulius era muitas coisas, e resignada não era uma delas, tampouco violenta, mas um dos dois iria mudar nesse momento. A essa altura, você sabe que ela não se conformaria com a vida de Ivy tirada de forma tão abrupta diante de seus olhos, não é? E, dos poucos sentimentos que fazem o ser humano se sentir infinito e dono das estrelas, o amor é um deles.

Porém, agora seu amor havia partido, ironicamente junto de sua estrela favorita. Irritantemente poético, de fato, mas não havia nada a admirar quando a capitã do *Aurora* se virou para o rei, que agora tinha um trono, e sentiu-se infinita, tomada por outro sentimento.

Ódio, é claro. Ela estava mais do que convencida a tirar a vida de Klaus, mesmo que isso representasse uma guerra contra Traberan. Não importava que tipo de aliança a ilha mantivesse com o Povo Submerso, com Nanrac – a misteriosa civilização submersa – ou com o próprio Deus do Tempo. A história do mundo real não era contada em contos de fadas e finais felizes, mas pautada nas guerras e grandes batalhas travadas por um amor perdido. Cecília sonhava que a dela seria diferente, mas ao menos seria contada de geração para geração.

Ivy ainda estava nos braços de Cecília, que, atônita, encarava seu corpo inerte. O som pareceu voltar aos poucos, o povo aplaudindo com expressão aflita. Klaus sorria triunfante, exibindo a maldita Ampulheta pendurada em seu pescoço.

A Ampulheta de Chronus, o Deus do *Tempo*, Cecília pensou claramente por um instante. Ela poderia voltar no tempo e salvar Ivy, se mais um plano improvisado saísse incrivelmente certo. Agora, mais do que nunca, precisava ser rápida para saber como pegar o artefato, manusear uma relíquia forjada junto à criação do universo e salvar sua estrela.

A garota não era treinada para a batalha, mas entendia o bastante de anatomia para saber que uma pancada precisa em certas partes da cabeça poderia até mesmo desacordar um homem adulto e forte. A alternativa era morrer tentando, e nesse caso ela torceria pela sorte de estrelas e humanos irem para o mesmo lugar no além. Cecília apoiou o corpo inerte de Ivy no chão com delicadeza, não querendo ser notada.

— Nos vemos já, meu amor. De um jeito ou de outro — ela sussurrou no ouvido da única estrela que não poderia ouvi-la e se levantou.

★

Ela demorou a ajustar o ritmo dos passos, o equilíbrio em suas novas pernas e a textura desigual e rígida da areia a desafiando a cada passo. Pérola caiu algumas vezes até perceber que não poderia correr, que, por mais urgente que fosse sua necessidade de chegar até o centro de Bosnore, ela o faria mais rápido se andasse devagar e sem mancar.

O ar era anormalmente mais seco do que esperava. Ela nunca havia estado na superfície sem algum contato com o oceano, e respirar se tornara um obstáculo. Não adiantava lamentar por seu destino, não havia um retorno para sua forma de sereia. Então, provando da própria lágrima e se despedindo do mar, Pérola finalmente pisou nas ruas de pedra que levavam até o centro de festividades da ilha.

A multidão era densa, gritos, lamúrias e aplausos correndo aqui e ali, cacofônicos e impassáveis, porém ela notou que algo em sua essência de sereia se mantinha. Bastava um simples comando para abrir caminho e passar, ainda que se esmagando aqui e ali. "Com licença" logo se tornou "Saia da minha frente" quando viu a ponta da espada de Klaus apontada para cima. Pérola percebeu que não era uma humana muito alta, pois várias cabeças tampavam sua visão para entender o que acontecia plenamente. "Fiquem fora disso", ordenou ao ver um marujo loiro ao lado de outro de cabelos longos e pretos caminhando em direção ao palco com espadas nas mãos. Ela não precisava de mais distrações.

A humana com alma de sereia identificou o brilho anormal vindo da palma de sua mão. A luz que emanava dali não pertencia ao reino terrestre, tampouco aos mares, ela percebeu. Ainda havia magia o bastante em seu sangue para reconhecer a aura de objetos vindos do Cosmos, tão semelhante ao que lhe cativava ao se perder olhando as estrelas.

Pérola se apressou como pôde, gritando enquanto implorava "Saia da minha frente", forçando suas pernas fracas até o palco no centro da praça. Apoiou-se no ombro de um ou outro humano, não poderia se dar ao luxo de cair. A multidão ficou em silêncio e a princesa do mar paralisou ao som do corte que perfurava uma garota impossivelmente azul. Ela estava ao lado da escada que levava até o topo; o guarda de sentinela havia acabado de lhe dar passagem, e era questão de três passos até ela chegar diante de Klaus.

Ela estava alguns segundos atrasada, para sempre.

★

Cecília tateou sua roupa procurando algo resistente e duro o bastante para atingir Klaus, em vão. Ela se voltou para o chão em busca de uma pedra, um pedaço de madeira solta, qualquer tipo de ferramenta, e não encontrou nada que pudesse ser removido. Levou a mão até a cabeça, sentindo a presilha de pérolas que prendia seu cabelo. De algum jeito, o acessório que usava no labirinto da Dama dos Sonhos ainda estava com ela.

Talvez fosse uma coincidência, um acaso sem importância.

Talvez fosse o milagre de que ela precisava.

A peça era resistente o bastante para resistir a uma pancada forte, as pérolas cravadas ali grandes como bolinhas de gude.

Os guardas se perderam em olhares indiscretos na direção de uma bela mulher que se aproximava, e essa foi sua deixa. Sorrateiramente, a garota se levantou atrás da impiedosa Majestade Klaus I e, com doses iguais de esperança e desespero, usou toda a força que tinha contra a nuca do homem.

O silêncio que se fez foi tamanho que, se o povo de Bosnore não fosse visível, poderia ser dito que estavam apenas os dois ali: o rei bastardo, cuja mente fora tomada por um Deus sem misericórdia, e uma garota da nobreza que havia traído seu reino na busca por prestígio e glória.

E agora os dois estavam prestes a fazer a realidade sucumbir. As estrelas estavam inquietas no firmamento, a tensão da Ampulheta fazendo o objeto reluzir cada vez mais forte como uma forja prestes a implodir.

Klaus revidou o golpe, acertando Cecília com o cotovelo e erguendo a espada ainda suja de sangue roxo na sua direção. Um rei pronto para exterminar seus inimigos e ganhar o respeito e a temência de seu povo, de uma vez por todas.

A Conquistadora de Estrelas finalmente iria encontrar a sua estrela cadente.

Capítulo 45

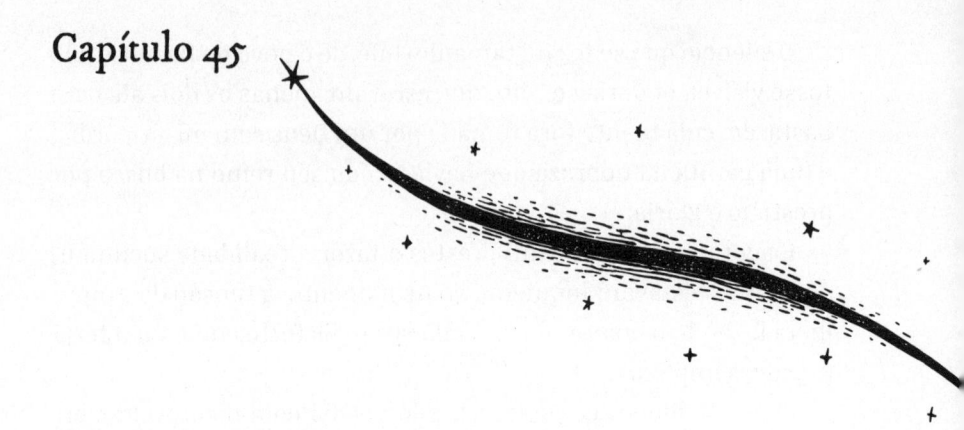

Só há uma coisa que cresce com o tempo: o desejo

— Pare! — foi o comando que Pérola disparou ao se colocar entre Klaus e a pobre garota caída no chão.

Ainda corria em seu sangue parte da magia de sereia, o comando hipnotizante de sua voz era irresistível para humanos. Assim Klaus hesitou ao invés de atacar Cecília.

A capitã observava a cena sem entender, sem pensar em um jeito inteligente de interferir, em parte grata por estar viva, em parte desesperada por ter arruinado sua chance.

A ex-sereia tocou em seu pulso firme, mantendo seus olhos dourados cravados nos dele, buscando algum sinal de que era reconhecida. Nada em Klaus indicava alegria, afeição ou arrependimento, nenhum sinal do homem que ela conhecia desde que ele era um menino. Nenhum sinal de seu amigo.

Contudo, havia algo na forma como ele a encarava que poderia ser útil: curiosidade. Desejo. Os dois ingredientes que sereias usavam para afogar os viajantes do mar que cruzavam seu caminho, e Pérola sabia bem como manipulá-los a seu favor.

— Você não me dá ordens — o rei respondeu, a magia de Chronus nublando sua mente, lutando contra o encanto de sereia.

— Jamais sonharia com isso — ela ronronou, lutando contra a vontade de gritar, de implorar que saísse desse transe. — Apenas vim pagar a dívida que tenho com Vossa Majestade.

— O que você me deve, Pérola? — A voz dele era áspera. Estava claro que sabia quem ela era, que se lembrava de seu passado, porém era uma sucessão de fatos que não tinham mais importância.

— Isso.

E, sem explicações, ela ficou na ponta dos pés, levando as mãos até o pescoço de Klaus enquanto colava seus lábios nos dele. Não era assim que seu primeiro beijo com ele deveria ter acontecido, mas era o eco da única coisa que o tempo não tirava dos humanos conforme passava.

O desejo de querer sempre mais.

Nesse momento, Klaus sabia que segurava em seus braços uma sereia que caminhava em terra firme. Tinha certeza de que faria dela a rainha de Bosnore, como era seu mais insano sonho desde que mergulhara próximo ao recife de coral da primeira vez. Ele a apertou com mais força, posse e luxúria aflorando agora que o desejo de vingança estava saciado. Ele a tomaria para si diante de todo o seu povo, e comemoraria as núpcias em uma festividade repleta de desperdícios. Mordeu seu lábio, o que a fez arranhar o pescoço dele com um pouco mais de força do que esperado.

Um estilhaço foi ouvido logo depois, quando Pérola deu um passo para trás e jogou a Ampulheta de Chronus no chão, partindo-a em mil pedaços. Uma onda de energia empurrou Klaus para trás, atordoado.

O tempo, que estava acabando, agora não existia mais.

Pois a Ampulheta jamais seria reconstruída e o firmamento se separaria para sempre da terra.

O céu se apagou, e esse era o começo do fim.

Capítulo 46

Enquanto ainda havia tempo

A parte mais difícil de tocar piano era virar a página da partitura – ao menos, na opinião de Cecília Maria Angélica Cerulius. Ela sabia que precisava continuar lendo para a música prosseguir, mas havia algumas peças em que as notas se sobrepunham a cada compasso, e era um desafio manter a execução da melodia e da harmonia sem comprometer o tempo da música.

Ela treinou, até que fosse capaz de concluir peças complexas sem sentir que interrompia alguma parte importante, pois sabia que precisava continuar lendo a partitura como se fosse uma história.

Para ela parecia tão certo finalizar uma canção sem encarar a última nota quanto chegar ao final de um livro para largá-lo antes da última página.

Claro, isso era o pensamento de um momento quando o tempo ainda existia, e importava. Quando estrelas brilhavam, atendiam desejos e faziam o papel de confidentes.

Agora, não havia nem Ivy para levar a Ampulheta de volta ao Reino Astral, tampouco uma Ampulheta para ser devolvida.

Cecília não imaginava quão longe as consequências de suas ações a levariam. A jovem capitã desejava conquistar prestígio, renome, credibilidade, e em vez disso havia comprometido toda a sua realidade. E, mesmo com tudo se fragmentando, ela leu cada uma das entrelinhas a sua volta.

Viu o céu apagar as constelações uma a uma, e a noite cair no mais profundo breu. Observou a jovem deitada sobre Klaus, sussurrando palavras adocicadas em seu ouvido, afastando com um comando os cidadãos comuns que se aproximavam.

E, no chão do palco manchado de sangue, o pó brilhante da Ampulheta começava a se espalhar com a brisa gelada vinda do mar.

O brilho que se parecia tanto com o jeito como a pele de Ivy reluzia quando ela estava *viva*.

O olhar de Cecília estava apático, catatônico, mas sua cabeça estava ali, esgotando as possibilidades. Recusando a derrota até o último instante, buscando em sua mente alguma forma de isso tudo não ter acontecido.

Ah, se ela pudesse voltar no tempo e tomar decisões melhores.

Claro que isso agora estava fora de cogitação.

Cecília foi até os cacos estilhaçados da Ampulheta e riscou o pó brilhante com o dedo. Era mais fino que farinha de trigo, macio como se pudesse se aconchegar em grandes quantidades dele.

A garota se lembrou de quando lia sonetos de amor que desafiavam o destino e contos de fadas com finais felizes. De como toda a sua infância fora cercada de músicas e histórias que se solucionavam com o poder de um desejo.

Sem pensar muito adiante, ela juntou os restos da Ampulheta na mão em concha, ignorando os cortes que fazia ao roçar os dedos na madeira no chão e nos finos cacos de vidro. Quando tinha pegado tudo o que o vento ainda não espalhara, andou de joelhos até o corpo inerte de Ivy Skye e assoprou a areia brilhante em sua direção.

Não havia linguagem capaz de definir o que estava em seu coração. Nem a língua do Cosmos, nem a dos humanos, nem a dos anjos.

Só tinha certeza de que, sem amor, ela nada seria.

E, na calada da noite eterna, ela só assoprou, assoprou e assoprou.

Capítulo sem nome (aqui não existe o tempo)

Ela não sabia onde estava.
Nenhum lugar que já
houvesse observado, ou de
que tivesse ouvido falar.
Talvez estivesse no fim de
tudo ou no começo.
Se tinha memórias, elas não
eram um lugar para sua mente
visitar. Existia um intenso
agora de novo e de novo,
mas em alguma parte de
seu coração lhe pesava
a sensação da espera.
Sabia que não era
sua hora de ir para
outro lugar, e sabia
que, se partisse,
não encontraria o
caminho de volta.
Até que uma brisa
tocou sua pele.
Estrelas pareciam
querer brilhar na infinita
escuridão a seu redor.
E Ivy Skye abriu os olhos.

Capítulo 47

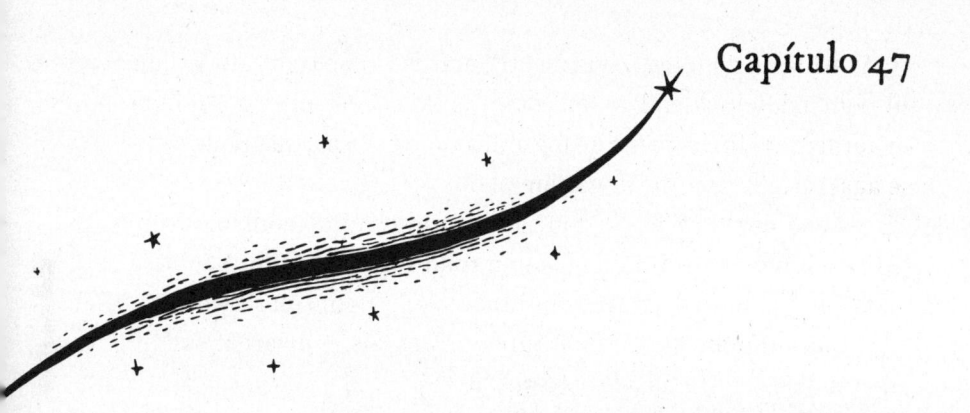

Um novo olhar para as estrelas

— Isso é real? Você tá viva? — Cecília perguntou, eufórica e em prantos.

Cecília viveu para presenciar um milagre, aquele momento que costumava ler nas histórias antes de abraçar o livro, agradecendo a quem o escrevera por não deixar um hiato em seu coração. Ivy estava *viva*. Não importava como a magia havia funcionado, agora seus olhos profundamente azuis encaravam os dela, incrédulos e doces. A estrela desafiara a própria morte, e subitamente o futuro voltara a existir. Um futuro pelo qual Cecília gostaria de caminhar.

A ferida no abdome havia cicatrizado, e sua pele voltara a reluzir com a dança de mil galáxias cintilantes. A estrela e a humana se abraçaram forte, como se fossem a única coisa a que pudessem se agarrar para não se afogar em pleno oceano.

— Acho que, graças à capitã mais teimosa que conheço, sim. — Ivy também chorava e colocou a mão sobre a ferida. Não doía mais, porém o eco da cicatriz permanecia. — Como eu retribuo?

— Não sumindo da minha frente nunca mais. — A garota sorriu, afastando as lágrimas do rosto da estrela.

— Me peça algo mais simples, meu amor — lamentou, tocando no rosto da capitã.

— Como assim? — Cecília franziu o cenho. Não era possível. Já tinha perdido Ivy uma vez; agora deveria ser o momento da história quando *tudo termina bem*.

— Não acho que posso ficar aqui com você, Cecília. — Ivy tocou em seu rosto, afastando as lágrimas que caíam. — Me sinto muito diferente. Mais viva do que nunca, e menos *minha* do que antes. Alguma coisa em mim mudou, meu amor.

— Você acabou de voltar dos mortos, essa resposta tá longe de ser boa o bastante para te perder de novo. Certamente deve haver algum jeito...

— Magia é uma troca de energia, sem isso é impossível manter o equilíbrio — Pérola interveio, sentada no chão ao lado de Klaus, que estava desacordado em seu colo. — A Ampulheta agora manifesta o seu poder no corpo dela; dá pra ver a areia fluindo em sua pele.

— E você é quem mesmo? — Cecília franziu a testa, mais confusa do que nunca. — Ou *o que* é você, já que claramente sabe de coisas demais.

Pérola levantou a sobrancelha. Não estava acostumada com humanos; teria uma longa jornada pela frente em sua nova vida.

— Pode me chamar de Pérola, menina. Como aprendi o que sei é da minha conta. Simplesmente aceite uma informação dada de graça.

— Ela tem razão, Cecília. E, se a Ampulheta precisa retornar, isso quer dizer que ela... quer dizer que *eu* — Ivy se corrigiu — agora pertenço ao Reino Astral. Para sempre — murmurou.

— Princesa, o que está tentando me dizer é que...?

— Que eu consigo sentir no meu sangue que a realidade vai se partir se eu demorar mais alguns instantes. Com a mesma certeza que eu tenho do meu amor por você, Cecília. — Ela engoliu em seco. Não tinha tempo para explicar que seu corpo inteiro formigava com um poder quase sufocante, ou que parecia que todo o conhecimento do universo estava guardado em algum lugar dentro dela, para ser acessado. — O mundo, o *seu mundo*, ainda tem alguma chance se eu partir agora.

— Mas você acabou de voltar. A gente não teve tempo de...

— Nem todo o tempo do mundo seria o bastante — Ivy interrompeu — para tudo que eu desejava viver com você, capitã. Mas pelo menos vou poder te observar de longe. Você vai poder falar comigo, se quiser. Estarei sempre te ouvindo.

O corpo de Ivy começou a ficar transparente, e de repente parecia mais um fantasma do que uma estrela.

— Quando olhar para o céu, lembre-se de mim. — A estrela pegou o rosto de Cecília com as mãos, o toque já distante e gelado, e a beijou.

A garota colocou seu fino cabelo azul para trás da orelha uma última vez.

— Como se eu precisasse de algo assim para pensar em você.

Em um momento Ivy estava ali e no seguinte havia partido. Não para o além da vida, o custo para segui-la seria alto e incerto demais, mas de volta para sua casa.

Não mais como uma estrela caída, mas como uma relíquia essencial para o funcionamento do universo. Ela era mais do que uma princesa, era a essência do próprio tempo. O rosto de seu desejo, o nome que seu coração chamava. Ivy Skye era a história mais linda que ela conhecera, mas que havia acabado injustamente cedo, sem chance de um final feliz como os que Cecília tanto adorava ler.

★

A filha do Marquês Cerulius fizera um trabalho admirável, garantindo um acordo de paz entre Traberan e Bosnore, assinado pelo Rei Klaus I.

A garota tinha ficado mais alguns dias na ilha, sem se importar com o que o povo estava pensando ou com quem era a bela mulher de cabelos dourados que havia restaurado a humanidade em Klaus. Era difícil conceber que várias histórias aconteciam ao mesmo tempo no mundo e que a de Klaus e Pérola de algum jeito se entrelaçara com a dela.

Nada disso importava, Cecília o odiava por tê-la separado de Ivy. Porém, por maior que fosse esse sentimento, não era o bastante para justificar uma guerra. Nenhum sentimento pessoal deveria custar a vida, a paz ou a integridade de inocentes; então, resignada e de coração partido, a jovem capitã cumpriu seu papel diplomático e preparou seu retorno a Traberan com Nero e Soren.

Já no *Aurora*, os marujos a abraçaram, fizeram sua sopa preferida e cantaram algumas canções, tentando animar sua estimada capitã, mas tudo o que a garota fazia era olhar para cima, repleta de tristeza.

Lua tentava animar sua humana, porém até mesmo a gata parecia procurar por Ivy, nos lugares do convés onde a estrela se sentava para brincar com a pequena felina. À noite, sentava-se no colo de Cecília para observar as estrelas. A garota se perguntava se a gata conseguia ver algo que ela não podia.

Os astros haviam mudado novamente, ela percebeu. Os mapas estelares mais antigos agora conferiam com o que ela identificava no céu. Estrelas e constelações jamais vistas agora pairavam no firmamento, contando histórias por ela mesma. Dentre elas, a mais brilhante era Ivy. Tinha que ser.

Cecília queria no mínimo a certeza de que observava a droga da estrela certa, já que nem tivera a capacidade de dizer que a amava nas chances que surgiram.

Não se deve jamais se despedir de alguém sem que essa pessoa saiba o quanto é amada. Com lágrimas nos olhos e palavras não ditas, ela agora navegava de volta para casa. Precisava muito dizer a seus pais o quanto os amava, tanto quanto precisava de seu perdão por ter mentido, manipulado e fugido.

A garota não sabia quanto tempo havia se passado, e isso nem parecia importar.

Ela havia cumprido todas as suas barganhas. Cessara a ameaça de conflito com Bosnore, devolvera a Ampulheta para o Reino Astral. Até havia restaurado o firmamento, que ninguém, exceto por alguns astrônomos metidos a besta, sabia que estava em crise.

Vitórias para contar em voz alta nos salões em que as pessoas importantes costumavam frequentar, conquistas impressionantes para alguém perto de completar dezoito anos.

Cecília estava prestes a ter tudo aquilo que mais desejava, mas a garota não sabia quão volátil é nossa capacidade de "querer", e só havia uma palavra se repetindo constantemente em seu coração.

E, nos dias em que viajara até Realmar, capital de Traberan, ela se fechava na cabine durante o dia e passava a noite fitando o céu e sussurrando baixinho.

O que, como sabemos, era o que ela fazia ao bolar algum plano idiota.

Capítulo 48

A casa é a mesma, mas você cresceu

— *Vi o céu apagar, vou cantar, dançar e beber, e, como rainha, quero você...* — Ela prendeu os lábios, sem terminar a canção. — Quero você, princesa.

Cecília se banhou em sua cabine e colocou o traje de que mais gostava. Calça preta trançada na lateral, uma camisa verde-escura com mangas largas até os cotovelos, e amarrou uma faixa vinho na cintura. Pintou os olhos de preto e deixou as ondas largas do cabelo soltas, exceto por algumas tranças finas que Nero tinha insistido em fazer. Lua subiu em seu ombro quando atracaram o *Aurora*, e o sol nascia quando a capitã pisou no cais, desenhando sua silhueta contra o astro dourado. As tábuas de madeira rangiam a cada passo, e ela sorriu, pois sentia falta disso.

De saber onde estava pisando e de olhar em volta conhecendo cada detalhe da paisagem. O mundo físico voltava a fazer sentido com seus dias e noites tão previsíveis, e ela não pensou enquanto caminhava para casa, apenas se despediu de seus fiéis marujos e caminhou por Realmar em direção a Vertitas, onde morava.

Era escandaloso para uma dama da nobreza estar em trajes como os dela, mas ela não pretendia se esconder nem fingir que era outro alguém. Não foi um pensamento consciente; Cecília simplesmente sabia que não vestiria ou falaria nada que não fosse uma decisão sua. Ela iria se desculpar com sua família e a Coroa, mas, se não a aceitassem ou se a submetessem ao papel de boneca decorativa, ela partiria de Traberan assim como seus irmãos tinha feito. Doía pensar em tal possibilidade, porém, quanto mais reconhecia cada uma das ruas, mais ela sabia que não se encaixava mais em sua antiga vida ali.

Cecília parou um menino que vendia jornais e comprou um exemplar, se importando com a data pela primeira vez desde que o tempo voltara a ser uma coisa cíclica que *passava*. Ela estava fora fazia seis semanas e riu ao tentar entender o que diabos isso significava. No Reino Astral, meses haviam se passado. Talvez um ano inteiro. Talvez a eternidade. Ela tentava entender quando finalmente chegou aos portões da mansão Cerulius.

A jovem capitã tinha as chaves e entrou nos jardins da frente sem fazer barulho. Era ridículo o quanto a versão era parecida com o que tinha visto com a Dama dos Sonhos, exceto pelo cheiro. A fragrância de flores preenchia o ar, e Cecília correu até o jardim dos fundos para encontrar apenas a primavera particular de sua mãe. Rosas, hibiscos, lírios e jasmins. Nem sinal das flores azuis e venenosas.

A garota entrou pela porta dos fundos, que levava até a cozinha, e lá estava a governanta com um bule nas mãos.

— Oi, Magda — disse, com um pequeno sorriso e um aceno, ainda não sabendo direito como ser ela mesma e pela primeira vez sem tanta pressa para aprender.

A porcelana com água quente se partiu no chão, e a boa senhora se apressou a abraçar Cecília, em prantos.

— Vossa Graça, ela voltou! Meu senhor, minha senhora, ela está aqui!

Foi a primeira vez que Cecília viu Magda fazendo um escândalo, e logo em seguida Berenice e Hector entraram no cômodo. A governanta a soltou, sem se importar em ter se excedido, e a garota encarou os pais pela primeira vez sem uma máscara entre eles.

Ela temeu. Manteve a postura, na certeza de que sua mãe analisava seus trajes, e que seu pai aguardava uma explicação pela traição. Preferiu começar dizendo o que havia conquistado, para colocar panos quentes em sua reação.

Pegou o pergaminho amarrado a sua cintura com o selo real de Bosnore e o estendeu na direção do marquês.

— Eis o acordo de paz e de promessa de aliança assinado por Klaus I, rei legítimo de Bosnore. O artefato já está em segurança em seu devido lugar no Cosmos. — Ela respirou fundo; não era o momento de pensar que o "artefato" era na verdade a garota mais incrível que havia conhecido.

O marquês encarou o papel enrolado como se sua filha estendesse uma bugiganga sem sentido esperando que fosse algo importante. Ele pegou o papel e olhou por um instante para o selo real, apoiando-o no balcão ao lado.

— Nada disso importa — ele falou.

— Pai, eu posso explicar tudo o que aconteceu. É importante que você ouça porque...

— A única coisa importante no mundo é você. — Seu pai a abraçou. — É você estar em casa, sã e salva, minha filha.

— Papai? — Ela o abraçou mais forte, e logo foi a vez de sua mãe. — Mamãe? Não estão furiosos?

— Não, Cecília. Não agora, pelo menos — sua mãe respondeu.

Lua subiu no balcão e derrubou o pergaminho com a patinha. Magda buscou a vassoura para limpar os cacos do bule, e Cecília sentou-se à mesa para o desjejum com seus pais pela primeira vez em muito tempo.

Ao contrário do que imaginara, seu pai e sua mãe não perguntaram pela carta ou pelo tratado político. Podiam falar disso depois.

— Onde você estava? Ninguém em nenhum posto da marinha foi capaz de encontrar o *Aurora* — começou o marquês.

— E depois da tempestade nós presumimos o pior. — Berenice pegou em sua mão.

— Nós quase morremos na tempestade. Teríamos morrido de fato, se não fossem as modificações que fiz no *Aurora*.

— Nos conte tudo, filha — seu pai disse, e sua mãe assentiu.

— Bom, eu vou chegar na parte em que o *Aurora* desviou das ondas colossais que ameaçavam nos afundar e começou a velejar pelos céus. — Os olhos de seu pai se estreitaram, e a garota levantou a mão, pedindo calma. — E vou chegar na parte em que Leonardo me encontrou e disse que estava com saudade de você, mamãe. — Foi a vez de Berenice arregalar os olhos, sentindo a lágrima correr em seu rosto. — Mas antes preciso explicar o que aconteceu com as estrelas que vemos no céu.

Cecília sorriu e demorou um pouco para continuar. Olhou para o teto por reflexo, já acostumada a inclinar o pescoço quando pensava em Ivy, e tentou encontrar as palavras certas.

— Especialmente com uma estrela, que agora é a mais importante de todas.

— Por que isso? — sua mãe quis saber.

— Porque eu me apaixonei por ela — a Conquistadora de Estrelas respondeu, com orgulho e saudade inundando seu coração enquanto começava a contar a história de Ivy Skye.

✶

No dia seguinte, o marquês fez questão de acompanhar a filha até o palácio, após ouvir toda a história. Cecília tinha poupado alguns detalhes, mas não deixara nada de importante de lado: a Cidade Errante, o pesadelo tomando forma, a linguagem do Cosmos e o acordo com a Dama dos Sonhos.

O som dos cascos dos cavalos era abafado de dentro da carruagem.

— Então a princesa não chegou a viajar? — a jovem capitã perguntou.

— Na manhã em que você já havia partido, houve uma tentativa de invasão ao palácio. Poucas pessoas sabiam que a nova princesinha estava no palácio, então Princesa Sabrina e Lady May dedicaram toda a atenção a descobrir a origem do atentado.

"Como você estava com o artefato, não havia como alguém tentar cumprir a missão. Escrevemos uma carta para Bosnore, mas nossos informantes disseram que o Rei Klaus I também havia partido. E então fomos informados da repercussão da tempestade, e temíamos pelo pior."

— Eu sinto muito, papai. — Cecília pegou em sua mão, os lábios presos em uma linha fina, envergonhada.

— Já estava impressionado que você não tivesse saído nada como seus irmãos. — Ele abriu um sorriso desapontado.

— Isso não é uma ofensa pra mim, papai. Mas fique tranquilo, você ainda é o homem da família que mais me inspira.

O marquês andou agachado para se sentar ao lado de Cecília na carruagem e a abraçou.

— E você está se tornando a jovem mais notável de todo o mundo. Mesmo que quase tenha matado seu velho pai do coração com uma atitude tão irresponsável.

— Tomar decisões livremente não é sinônimo de irresponsabilidade, papai.

Finalmente chegaram ao palácio, as três princesas já a postos para recebê-los. Cecília sorriu ao ver a pequena Aurora se agitando no colo de May para descer e andar até ela. A capitã se ajoelhou e inclinou a cabeça na menor reverência do mundo para a bebê e a abraçou, cobrindo seu rosto de beijinhos.

— Altezas, Cecília Cerulius assegurou um pacto de paz com o Reino de Bosnore e garantiu que a Ampulheta de Chronus fosse devidamente colocada em segurança no Reino Astral. — O marquês olhou para a filha rapidamente, como quem dissesse: "Entendi certo a história que contou?", e a garota assentiu discretamente. — Por isso, eu peço que em sua imensa bondade a perdoem pelo seu crime contra a Coroa em ter sabotado uma missão diplomática oficial, tendo em vista que a jovem salvou a todos nós com seu ímpeto e espírito livre.

Nas últimas palavras, Cecília se surpreendeu. Jamais tinha pensado que o pai a reconheceria dessa forma. Sabrina pegou o documento, lendo-o com calma em silêncio. Cecília não esperava uma punição severa, mas estava pronta para aceitar o que a Coroa julgasse justo — se fosse algo razoável, claro.

— Cecília, graças a sua atitude inesperada, eu estava no palácio quando minha esposa e minha filha mais precisaram de mim — Sabrina disse, enrolando o pergaminho. — Quando ouvimos falar da tempestade, uma sombra passou pelo nosso coração. A primeira coisa em que pensamos era que Aurora iria crescer sem sua madrinha.

— Madrinha? — O sorriso de Cecília se alargou.

— Mas com esse documento me pergunto se não devemos te nomear embaixadora de Traberan nas águas além do nosso reino. O que acha, Batatinha? — Ela se virou para May, a seu lado.

— Eu concordo, Bri.

— Altezas, então não haverá punição alguma? — o marquês quis se certificar.

— Os Cerulius sempre se mostraram como aliados, e graças a vocês estamos juntas hoje, com a família completa. Em meu reinado, jamais punirei alguém que só considera o nosso bem. — Sabrina se virou para Cecília. — Eu li sua carta e quis te esganar na mesma hora, mas ao mesmo tempo quis te agradecer. Acho que era meu instinto materno que não queria que eu ficasse distante.

— Cecília precisa escolher qual dos títulos ela vai aceitar. Madrinha de Aurora ou embaixadora de Traberan — May comentou.

— Vocês não me conhecem mesmo se não sabem que eu sou plenamente capaz de fazer os dois. — Cecília pegou Aurora no colo, jogando-a para cima. — Sua madrinha vai te ensinar tantas coisas incríveis! A começar pela língua do Cosmos.

— O que é isso? — May perguntou.

— É outra coisa sobre a qual preciso falar com vocês agora que sei que não estão bravas. Eu preciso de acesso aos antigos arquivos astronômicos. — Cecília deu um beijo estalado no rosto da bebê. — E relatar o que aconteceu em minha jornada.

— Já ouvi a história toda, então peço que me deem licença.

O marquês fez uma cortesia e um discreto sorriso se abriu na direção da filha, como se dissesse: "Podemos ficar tranquilos, está tudo certo"; e então se retirou. Cecília retribuiu o gesto, porém sem negar certo alívio ao ver seu pai deixar o recinto. Precisava contar para suas amigas sobre como tinha sido seu primeiro beijo.

Capítulo 49

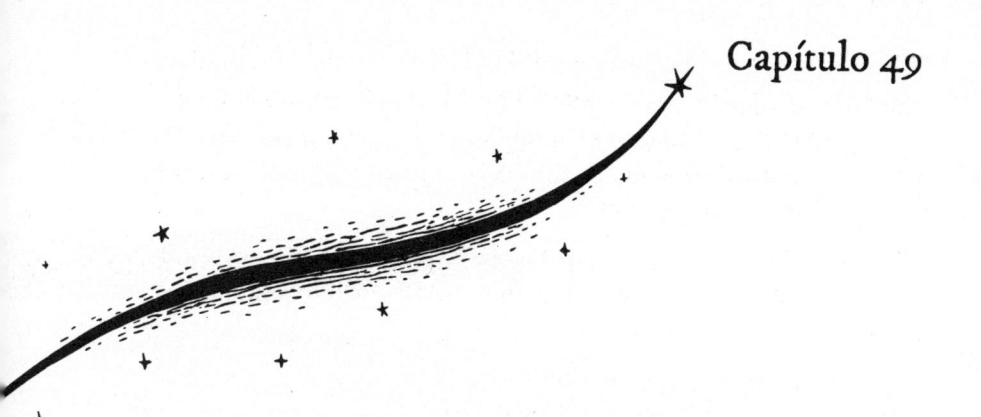

É uma história de amor, só diz que sim

— Deixa eu ver se entendi direito: você está apaixonada pela Ampulheta de Chronus? — May tentou sintetizar as horas de histórias, mordiscando um pequeno macaron cor-de-rosa que resistia na mesa de chá.

A sala de jogos particular das princesas estava uma bagunça por culpa de Cecília, que precisara em muitos momentos da história mudar os móveis de lugar ou usar a cortina para ajudar a ilustrar alguns lances de sua aventura – as ondas gigantes, a passagem para Celestia, o encontro com o pesadelo... Agora, a garota estava sentada de pernas cruzadas em cima do piano de cauda, já que havia subido ali para explicar como chegara até o palácio, que na verdade era um farol, que na verdade era um labirinto etc.

May acabou fazendo um bom trabalho sintetizando a história em uma só frase.

— Exatamente, porque o poder da Ampulheta agora só consegue existir no corpo de Ivy.

— E agora Ivy está presa ao Reino Astral, porque se ela sair de lá a nossa realidade se fragmenta — completou Sabrina.

— Eu não explicaria melhor. — Cecília sorriu satisfeita. Conversar com Soren e Nero era divertido, mas sempre havia uma linha entre mestre e aprendiz pendurada entre eles, ao mesmo tempo que preenchiam o vazio deixado por seus irmãos mais velhos. Com as princesas, era como olhar um espelho e se ver no futuro, ao lado da garota que se ama e plenamente feliz.

Havia um motivo egoísta para Cecília ter narrado com tantos detalhes sua história com Ivy Skye.

— Eu sinto muitíssimo por isso, minha querida. — May pegou na mão de Sabrina ao seu lado. As duas já tinham vivenciado um mundo em que seu amor não seria possível e detestavam saber que a amiga se sentia assim.

— Entendo o que diz, mas não vou ficar aqui parada lamentando minha própria história. É por isso que gostaria de sua permissão para visitar os astrônomos do reino.

— Você quer usar aquela língua mágica para ir até ela? — May arregalou os olhos, certa de que ouvia a ideia mais absurda e maravilhosa do mundo.

Cecília sorriu e levantou a sobrancelha. May havia entendido plenamente seu plano.

— Você conseguiu vir para cá; não funciona no sentido inverso? — Sabrina perguntou, tentando entender.

— Lá a energia é como matéria bruta... *Moldável*, se é que essa é a melhor forma de explicar. — Cecília suspirou, frustrada, olhando em volta. — Aqui tudo *é o que é*. Eu não consigo fazer algo nessa proporção, mas acredito que possa aprender um jeito. Acho que é possível achar alguma fonte dessa energia para que eu possa encontrá-la de novo.

"Eu preciso *acreditar* que é possível. E claro que esse conhecimento pode ter benefícios para o reino. Vou pensar em formas de otimizar..."

— Cecília — Sabrina a interrompeu — o reino está a salvo, e graças a você. Vamos logo até lá. — A princesa se levantou, alisando o vestido roxo já asseado. — Aposto que está contando os instantes para voltar a navegar as estrelas.

★

Quatro meses depois

— Boa tarde, Mestre Darios! Trouxe chocolate quente com marshmallows. Vou deixar na mesinha de café e sigo para o observatório.

Àquela altura, Cecília já havia se acostumado com a escada em espiral na torre do palácio, tendo em vista que todos os dias ela ia até lá, procurando entender mais sobre as fontes de energia mais puras existentes no mundo.

— Lady Cecília, bondade sua. Mas lembre-se de não levar xícaras para esse espaço, pois mesmo...

— ... o vapor pode danificar alguns dos papéis mais antigos — Cecília terminou a frase. — Pode deixar que seus documentos estão em boas mãos, mestre. — Ela sorriu ao ver o novo adorno em sua barba longa e branca.

Os registros mais antigos não eram tão confiáveis, misturando suposições e fatos em medidas iguais, sendo impossível distinguir um do outro. Seguir pistas assim levaria décadas, quiçá séculos, e a garota não suportava mais uma gota de saudade em seu corpo.

Ela estudara as constelações que guiavam antigos navegantes, certificando-se de que haviam retornado ao céu, procurando algo em comum com elas e com alguma história que lhe trouxesse uma solução. Os velhos e bons guardiões dos mapas astrais não gostavam de ter uma jovenzinha mexendo em todas as suas coisas, mas, por ser uma ordem direta da Coroa, em especial para benefício da capitã que havia salvado o reino, eles não tiveram alternativa além de torcer seus narizes peludos e deixá-la à vontade no observatório.

— Foi você que trouxe as estrelas de volta para o seu devido lugar, não foi, senhorita? — Darios perguntou algumas horas depois, ao encontrar a garota debruçada em mapas e anotações espaçadas.

— Resumindo muito, foi isso, sim. Mas voltar até elas é que está sendo meu desafio agora.

— Eu acreditei que o mundo iria acabar e cheguei a esperar por esse momento quando as estrelas se apagaram. — Ele tocou no ombro da capitã de forma reconfortante. — Não há nada de que a senhorita não seja capaz.

O otimismo do mestre era comovente, porém Cecília havia acabado de completar dezoito anos quando verificou o último livro disponível na estante, encontrando o total de zero coisa que a ajudava a descobrir um caminho para Ivy.

A garota retornou para casa no meio da noite, frustrada, não sentindo que tinha motivos para comemorar apesar de a mansão ainda estar decorada com seu tom de verde favorito pelo seu aniversário, e de Lua estar adorável enfeitada com um lacinho da mesma cor.

Para a celebração, seu irmão e sua cunhada estavam de volta à cidade por alguns dias, e foi Jim quem ela encontrou ao adentrar o salão de música, assassinando seu piano com notas desencontradas.

— "Nunca é tarde pra começar" é uma metáfora que não funciona pra quem estuda música à noite — disse a garota, sentando-se no banco do piano ao lado do irmão.

— Nem sonho em ser tão bom quanto você, pequena, mas Pryia disse que eu estava indo muito bem.

— Ela te ama muito, sabia? — Cecília levantou a sobrancelha, desacreditando o elogio da cunhada. — Eu acho que se você tentasse tocar violão poderia dar certo...

Foi só um palpite e um jeito de encorajar seu irmão. A garota não sabia que no ano seguinte Jim se tornaria um violonista espetacular. Ela ainda não tinha percebido que, de tanto estudar a língua do Cosmos e o comportamento dos astros, estava também *sentindo* o futuro de um jeito diferente. Como uma memória de trás para a frente.

Jim considerou com estranha satisfação a sugestão da irmã e se levantou.

— Eu tive sorte de encontrar alguém como a Pryia, Cecília. Mas você também teve essa sorte, não é?

— Jim, você faz sua esposa metade-humana-metade-sereia parecer algo corriqueiro perto de mim, que me apaixonei por uma estrela.

— Acho que é algum tipo de maldição silenciosa na nossa família.

— Deve ser. Leo ficou com a Deusa do Caos.

— E o papai?

— Tadinho, ficou com a mamãe — Cecília riu. Riu de verdade com seu irmão, até chorar e a barriga doer, os dois sem precisar proferir uma única palavra para o quanto seus pais sabiam ser irritantes e excêntricos, mesmo sendo pessoas totalmente normais.

Era essa a beleza de ter irmãos. As únicas pessoas no mundo que conhecem a dinâmica da sua família tão bem quanto você.

— Uma pirata e uma estrela cadente parece uma história daquelas que você lia e contava pra mim — Jim pensou alto, limpando as lágrimas.

— Ainda leio, só que você não está mais aqui para ouvir meus relatos detalhados de cada capítulo. — Ela saiu do piano, jogando-se na poltrona florida no canto da sala.

— Então é melhor você começar a me atualizar.

Jim se deitou no chão ao lado dela, apoiando a cabeça no braço. Cecília ponderou, tentando se lembrar da última história que havia lido, e não vivido. Fazia eras que ela não pegava em um livro por puro prazer e escapismo, então precisou de alguns minutos, que Jim não se importou de esperar. Andou pela sala como se a ideia estivesse no ar e ela pudesse pegá-la com uma rede de borboletas.

— Bom, teve uma, inspirada em uma história real, sobre uma rainha condecorada pela Deusa da Lua em um reino muito distante daqui. Ela caía em um feitiço perverso, perdia tudo e se apaixonava por seu pior inimigo.

— Quem ele era? — Jim a instigou.

— Um dragão! — Cecília revelou. Os olhos de Jim se arregalaram, admirando a pureza da irmã. Ela acreditava nas histórias mais do que qualquer outro ser vivo. — Vindo de outra dimensão através de um portal, que o prendeu aqui na forma humana.

— E o que aconteceu?

Cecília parou de contar, olhando para nenhum ponto específico da sala, como se um fantasma a encarasse de volta. Jim olhou para trás, procurando o que havia tirado a atenção da irmã, mas só encontrou a mobília bonita de sua mãe.

Ela saiu correndo para a biblioteca, deixando Jim sozinho e confuso na sala por vários minutos até que decidiu segui-la, vendo que não voltaria.

— É educado avisar quando se larga alguém esperando.

Cecília estava debruçada sobre o livro vermelho, procurando a parte sobre portais que havia lido.

— Jim, esse lugar existe. Essa história é inspirada em alguma coisa que aconteceu há um século, mas isso aqui tem um fundo de verdade que eu simplesmente ignorei!

— Do que está falando, Cecília?

— Aqui, ó. — O trecho sublinhado para onde ela apontou descrevia a pedra vulcânica que guardava o portal que fora selado entre as dimensões. — Se eu conseguir uma pedra desse vulcão, talvez consiga acessar a energia bruta para ver Ivy de novo. Tem ideia de onde acho algo assim? — ela suplicou.

— Certamente em Nanrac, mas o preço por algo assim deve ser uma informação raríssima.

— Então tenho exatamente o que eles precisam.

Como a Ampulheta de Chronus se tornou uma estrela. Os detalhes sobre a linguagem do Cosmos. As constelações perdidas nas últimas décadas. Saber que o Reino Astral era liderado pela Dama dos Sonhos. Cecília estava disposta a entregar seus maiores segredos, se isso significava uma chance de ver Ivy novamente.

Felizmente, seu papel diplomático no reino lhe dava acesso à misteriosa República de Nanrac, e os detalhes sobre o estado atual da Ampulheta foram o bastante para que ela conseguisse uma pedra vulcânica do reino citado em sua história, e agora ela estava de volta à superfície, no *Aurora*, as mãos tremendo ao segurar a rocha.

Ainda estava quente, como se a chama do dragão jamais pudesse deixá-la. Magia bruta pulsando na ponta de seus dedos quando ela se concentrou para desenhar as coordenadas na linguagem do Cosmos.

Os símbolos vermelhos e circulares começaram a riscar o ar com mais intensidade do que antes, Nero e Soren abriram as placas gigantescas que faziam a caravela parecer alada. Não era momento de comemorar ainda, porém a capitã sorriu quando o encanto começou a envolver o pequeno navio, e uma fenda delicada como um fio de seda se abriu no horizonte, oferecendo um pequeno vislumbre do Reino Astral adiante.

E a Conquistadora de Estrelas pela primeira vez amou presenciar o nascer do sol, pois a aurora cobria de luz quem havia iluminado todas as suas noites desde então.

Ivy Skye estava do outro lado, com as mãos abertas apontando para cima, usando sua própria magia para segurar a delicada passagem entre os reinos.

Como ela ousava estar ainda mais linda, Cecília não sabia. Assim que a caravela atracou em uma das nuvens, a garota desacelerou. Queria fazer uma grande entrada, causar uma impressão que abalasse seu coração.

— Saudações, capitã. — Ivy sorriu, mais reluzente do que nunca. Um manto prateado pendia de seus ombros, e o vestido branco que sempre usava havia sido trocado por trajes majestosos da mesma cor, cintilando com mil diamantes. Uma estrela de oito pontas reluzia no centro de sua testa

Cecília não respondeu, apenas repuxou os lábios para cima, caminhando em sua direção.

— *Oi, Ivy? Oi, princesa? Oi, chata?* Nenhum desses, jura? — a estrela brincou, estranhando o silêncio. Ela esperava uma recepção diferente depois de tê-la observado por incontáveis noites.

A humana abriu um largo sorriso e finalmente correu para lhe dar um abraço apertado, jamais querendo soltá-la. Talvez ficassem assim para sempre, parecia uma boa ideia. Não tinha percebido o quanto sentira falta de seu toque, de seu cheiro, do jeito que se mexia.

Como uma dança, elas se beijaram. O beijo era parte do abraço, parte da espera, parte do futuro que elas tentavam profetizar em silêncio – que jamais se separariam novamente. Uma mentira pertinente, que as aconchegava agora. Uma hora teriam que se despedir de novo, mas essa não era uma história sobre finais.

Era sobre reencontros.

— Oi, meu amor — Cecília finalmente murmurou, encostando sua testa na dela, sem saber o que falar em seguida. Queria dizer tudo, mas o silêncio parecia perfeito. — Desculpa se cheguei atrasada.

— Você chegou bem na hora do "para sempre".

Epílogo

Um ano mais tarde, se o tempo ainda faz sentido para você após essa história toda. Para Cecília, foi muito tempo depois.

Em uma rotina nada tradicional, a estrela e a humana encontraram um jeito de se ver. O palácio da Dama dos Sonhos agora também era a morada de Ivy, mas, diferente da primeira visita de Cecília ao Reino Astral, sua localização e sua arquitetura pareciam ter encontrado um padrão. As vigas pareciam feitas de nuvens que mudavam de cor a cada movimento do sol, e altas torres abaloadas iam até o céu, que era cercado pelas estrelas distantes. Um lar de sonhos se realizando e outros sendo criados.

O interior fazia Cecília se lembrar de casa, as paredes ostentando livros e mais livros por toda a extensão, enquanto nuvens cintilantes flutuavam aqui e ali. Era como caminhar dentro de um doce devaneio, só que dessa vez não era uma armadilha.

As mudanças eram sutis, mas a humana percebia as diferenças no tempo que passava no mundo material. Uma parede mudava de cor, a porta para um cômodo à direita, agora à esquerda, mas o que importava permanecia.

Ivy Skye.

Na sacada de seus aposentos reais, as duas conversavam apreciando a vista do Reino Astral, agora que Cecília chegava para visitá-la mais uma vez.

— Então dessa vez veio só você. — Pela entonação da estrela, era uma pergunta.

— Sabrina e May querem muito te conhecer, mas ainda não podem ficar quase tempo nenhum aqui por causa da minha afilhada, que é pequeninha.

— E extremamente sapeca, mas o que faz vocês pensarem que eu não quero brincar com uma criança pequena?

— É que ela tá mais pra uma bebê gigante, então preferi viajar com calma. Assim a gente tem mais tempo juntas. — Cecília a abraçou por trás, colando um beijo em seu ombro.

— Eu lamento muito que você tenha que ter todo o trabalho de vir aqui.

— Eu também. É positivamente exaustivo o esforço que eu tenho feito *só* para que você tire minha paciência pessoalmente.

— Então por que você insiste em vir? — Ivy fungou.

— Porque eu te amo, chata. Você é minha estrela guia. — Cecília riu.

— Isso é como se eu dissesse que você é minha "pessoa guia". Não soa como um elogio fofinho.

— Desde que virou uma princesa de verdade você ficou ainda mais sabe-tudo.

— Culpa sua, que salvou minha vida.

— Zero arrependimento até agora. — Cecília encarou seus olhos reluzentes e tocou o lugar onde Ivy havia se ferido. — Você ainda se sente diferente?

Ivy tinha confessado para Cecília outras vezes como o poder da Ampulheta se manifestava em seu corpo. Às vezes parecia que ela explodiria de dentro para fora, às vezes sentia que tudo acontecia intensamente devagar, mas o Reino Astral tinha encontrado estabilidade e o mundo de Cecília estava a salvo, então ela não reclamaria. A estrela assentiu em resposta.

— Tenho todo o tempo do mundo, literalmente, para me adaptar. Mas não se preocupe com isso. — Ela deu um beijo estalado no rosto da capitã. — O que você quer fazer dessa vez?

— Bom, preciso analisar alguns livros a pedido da Princesa Sabrina. Estamos aplicando a linguagem do Cosmos em algumas fronteiras, e isso tem ajudado bastante o povo de Traberan. Descobri algumas "palavras" que auxiliam a curar doenças, e, com o povo mais saudável, conseguem se dedicar mais ao crescimento do reino. Já quase não temos crianças nas ruas, a adoção foi estimulada pelo gesto da princesa, e a criminalidade diminuiu absurdamente com a distribuição de recursos.

— Tudo isso graças a você. — Ivy sorriu.

— Quem me dera. Sou só uma ponte nessa história. — Cecília pegou a mão de Ivy e a girou na varanda. O mundo pareceu se pintar inteiro de azul naquele momento. — A lenda que eu gosto de contar está aqui, na palma da minha mão.

— É assim que você fala de mim? Como se fosse uma lenda?

— A lenda de uma pirata que se apaixonou por uma estrela cadente e desafiou os Deuses e a Morte para ficarem juntas. Lindo, não é?

— Um pouco exagerado, não foi exatamente assim que as coisas aconteceram. — Ivy levantou a sobrancelha com um sorriso travesso.

— Mas é assim que vão se lembrar de nós daqui a muitos anos terrenos. Já comecei a compor a canção e a ensinar os bardos nas tavernas que frequento nos portos mais distantes; isso *está* acontecendo. — Cecília fitou o horizonte do alto do palácio, os seres diversos, alados e estelares que cortavam os céus, o oceano ao fundo onde o *Aurora* estava atracado, e sorriu ao ver a brisa bagunçando o cabelo azulado de sua estrela. — Isso é importante para os próximos séculos, quando eu não estiver mais lá e nada disso importar.

— Como assim? — Ivy franziu o cenho.

— Quando meu tempo lá acabar, eu quero vir aqui morar com você. Quero conhecer o *para sempre* ao seu lado. Posso?

Ivy a beijou, e quem estava de fora diria que ela parou o tempo para que se amassem sem pressa alguma. Ser a Ampulheta de Chronus encarnada tinha suas vantagens, afinal.

— Só se eu puder contar a nossa história como "a vez em que um cometa fez de uma humana a princesa das estrelas" — Ivy pediu.

Cecília ponderava o título, deixando o suspense no ar enquanto a tinha enlaçada em seus braços, o luar e os raios do sol tocando sua pele. Ela se perdeu no rosto de Ivy, contando as galáxias e as estrelas que pareciam cintilar em sua pele, e beijou a ponta de seu nariz quando chegou a uma conclusão.

— Conquistadora — ela decidiu. — Conquistadora de Estrelas.

★

Há quem diga que essa é uma história real, que aconteceu há muito tempo, em um mundo muito distante do nosso. Mas, como aprendemos, meu amigo, todas as realidades dividem o mesmo firmamento.

Se você olhar para cima e procurar com os olhos atentos no céu noturno, tenho certeza de que vai encontrar duas estrelas que atravessam o infinito para se amar.

Ou pelo menos é o que acontece com aqueles que encontram sabedoria, verdades e segredos ocultos nas lendas – esse é o primeiro passo para se tornar uma delas.

Reino Astral

Será que as águas são amaldiçoadas mesmo?

Ellioras

Cinaéd

Montecorp

O continente mágico de onde vem todas as histórias da minha estante

Arquipélago do verão

Costa do arco-íris

Reino Submerso

Palácio com localização desconhecida na superfície exceto por Pryia, que não me conta

(Celestia)

→ Trajetória da Cidade Errante
  posso estar errada
  (e com certeza estou)

Bosnore

Última localização ilustrada de Nanrae

Aurora, minha caravela !!!

Praia dos mistérios [elosos]

Palácio de Realmar

Veritas

Traberan

Esqueci o nome dessa parte, anoto depois

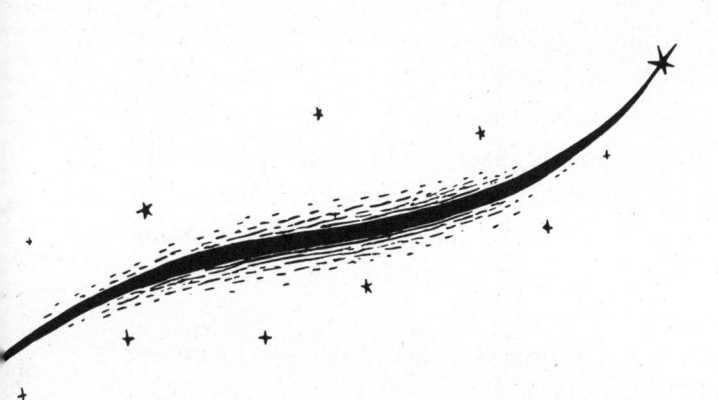

Agradecimentos

Sabe, esse foi o livro mais difícil que já escrevi. A ideia de traduzir a dimensão das estrelas como se fosse o próprio mundo das ideias de Platão, sendo modificado através dos nossos reles desejos, exigiu muito de mim como escritora para que o livro saísse leve, divertido e mágico.

Lembro de passar dois meses observando tempestades até conseguir ter coragem de escrever a cena (e que sorte a minha foram as chuvas de verão no mesmo período do planejamento!). Pode ser coisa minha, mas levo muito a sério essa coisa de acreditar em desejos.

Os vejo como uma ferramenta poderosa para alterar a realidade, especialmente pois foi através de um que meu livro chegou nas suas mãos, e eu agora sou uma vozinha na sua cabeça.

Demorou até que eu pudesse enxergar que essa, é uma história sobre ansiedade e sobre como o tempo nos persegue, então espero que se você já sofreu com isso, saiba que *você tem tempo*, e tá tudo bem viver seguindo seu coração, não os dos outros.

Tá, Naty, mas cadê os agradecimentos?

Bom, o primeiro vai literalmente a eles: os desejos. Os meus e os seus. Se não fosse por meu desejo de contar sobre o amor entre uma pirata e uma estrela cadente, e o seu desejo de ver como seria isso, não estaríamos aqui.

A você, meu amado leitor, por me deixar te levar por essa viagem de sonhos, espero te ver nas próximas!

Agradeço a Letícia, minha agente, por ser uma amiga tão querida e profissional tão dedicada para extrair o melhor possível desse projeto.

Agradeço a minha editora, em especial ao Felipe e a Mari por acreditarem nessa história e por serem uma parte tão especial da minha carreira como autora.

Agradeço às maratonas que fiz de Piratas do Caribe em 2021, que me deu a ideia para escrever "A Falsificadora de Mapas" após um exercício de escrita no meu grupo de estudos. Anos depois, a vontade de fundir esse universo com Stardust foi maior do que eu.

Agradeço ao apoio e torcida diária dos meus familiares, em especial minha mãe, Elizabete e minha sogra, Ana Lúcia, que gritam tanto nas sessões de autógrafo que me fazem passar aquela vergonha que só filho entende. O amor da Berenice pelos filhos, é inspirado em vocês.

Aos meus amigos próximos, garanto que jamais seria capaz de escrever sobre amizade e companheirismo se não fosse a existência de vocês nos bons e nos maus momentos. Obrigada Izzy por todos os surtos como beta, ainda bem que você não terminou a amizade quando a Ivy morreu. Agradeço a Giulia (On Fire!) por emprestar sua voz para a canção de sereia e por ser madrinha espiritual desse lançamento. Long live!

E como sempre, agradeço ao meu esposo, Gimmy, dessa vez não só por ser o melhor namorado do mundo e blá-blá-blá, só que também por ser meu primeiro amor e mostrar que a vida tem um sabor especial quando implicância e parceria se unem. E pelas músicas que compôs especialmente para meu livro, eu agradeço ao Universo pela sorte que é ter um artista tão talentoso na minha vida. Entendo a Ivy, é difícil resistir a um músico.

**Acreditamos
nos livros**

Este livro foi composto em Inria Serif, IM FELL DW Pica e Filmotype Lacrosse e impresso pela Lis Gráfica para a Editora Planeta do Brasil em abril de 2025.

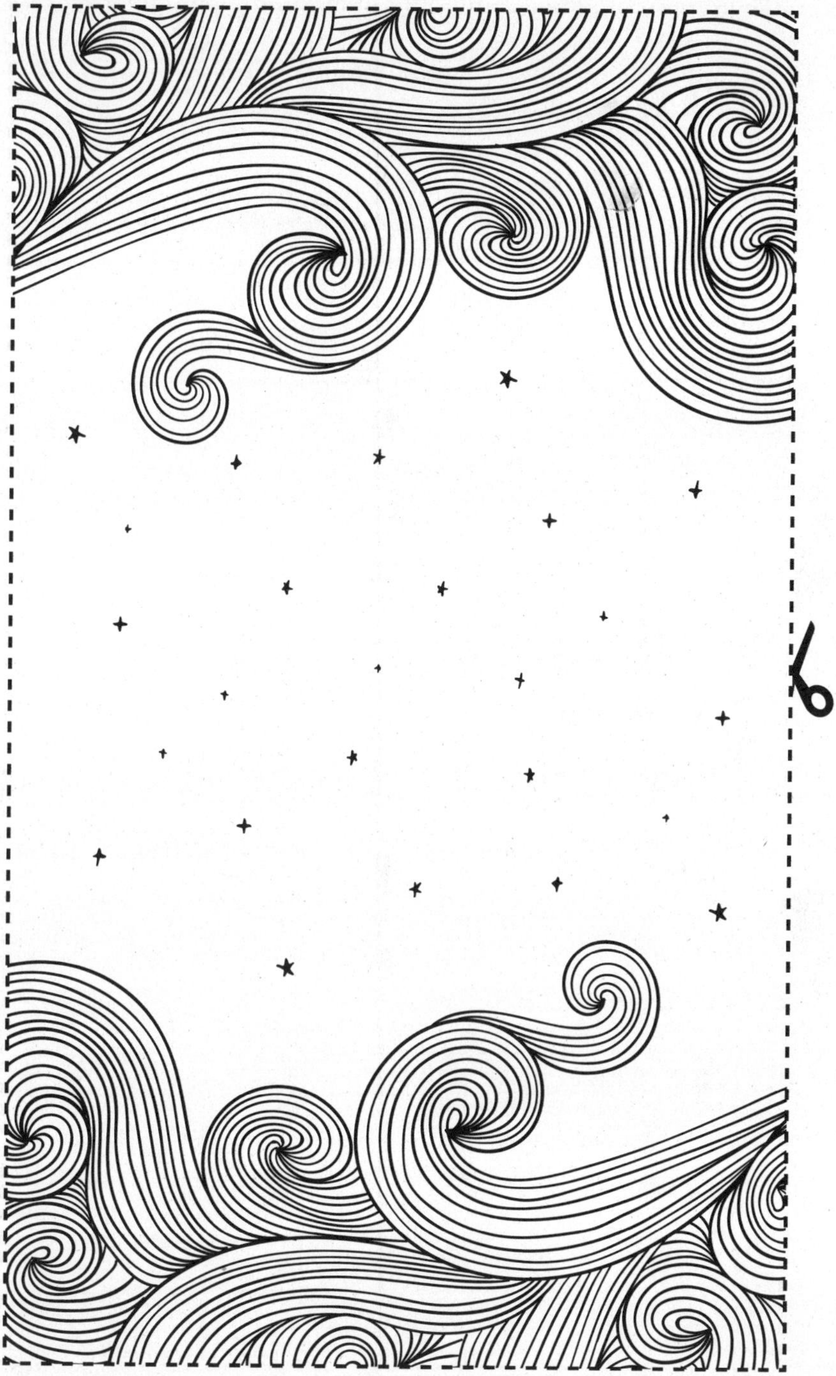